靑春說話
청 춘 설 화

청춘설화 靑春說話

발행일	2019년 5월 24일

지은이	너나들이(화봉중학교 책 쓰기 동아리)		
엮은이	박은영(화봉중학교 교사)		
펴낸이	손형국		
펴낸곳	(주)북랩		
편집인	선일영	편집	오경진, 강대건, 최예은, 최승헌, 김경무
디자인	이현수, 김민하, 한수희, 김윤주, 허지혜	제작	박기성, 황동현, 구성우, 장홍석
마케팅	김회란, 박진관, 조하라		
출판등록	2004. 12. 1(제2012-000051호)		
주소	서울시 금천구 가산디지털 1로 168, 우림라이온스밸리 B동 B113, 114호		
홈페이지	www.book.co.kr		
전화번호	(02)2026-5777	팩스	(02)2026-5747

ISBN   979-11-6299-715-4 03810 (종이책)   979-11-6299-716-1 05810 (전자책)

이 도서의 국립중앙도서관 출판예정도서목록(CIP)은 서지정보유통지원시스템 홈페이지(http://seoji.nl.go.kr)와
국가자료공동목록시스템(http://www.nl.go.kr/kolisnet)에서 이용하실 수 있습니다.
(CIP제어번호: CIP2019020603)

《삼국유사》와 현대소설의 만남

靑 春 說 話
청 춘 설 화

글 _ 너나들이
엮은이 _ 박은영

닭다리
1,500 ₩

2018
울산광역시교육청
학생책쓰기동아리
우수도서

북랩 book Lab

외국의 한 유명 소설 작가에게 어떤 사람이 물었습니다.
'선생님은 무엇 때문에 글을 쓰세요?'
작가가 대답하였습니다.
'제 마음을 만나려고요.'

이 소설가의 말처럼, 글쓰기는
남다른 자기만의 생각과 마음을 표현하는
멋진 작업입니다.

글을 잘 쓰려면 많은 책을 읽어야 하고,
깊이 생각해야 하고 또, 읽는 사람이 감동을 느끼도록
다른 사람의 마음도 잘 헤아릴 줄 알아야 하며,
무엇보다 그 생각과 마음을 조리 있게 잘 표현해야 하니
정말 훌륭한 일입니다.
그래서 글 쓰는 작가들을 멋지다 하나 봅니다.

우리 화봉중의 멋진 작가님들!
책 발간을 축하하며 그동안의 수고에
칭찬의 박수를 드립니다.
여러분이 정말 자랑스럽습니다.

그래서, 저도 여러분께 짧은 시 한 편으로
제 사랑의 마음을 전하며,
앞으로, 더 많은 독서와 글 쓰는 연습으로
꼭 훌륭한 작가의 꿈을 이루기를 빕니다.
여러분 사랑합니다.

2018년, 어느 겨울날

교장 김경숙

차례

모래성

글_ 주한솔·최지유

자식을 땅에 묻으려 한 손순

손순은 경주 모량리 사람으로 아버지의 이름은 학산이다. 아버지가 세상을 떠난 후 아내와 함께 남의 집 일을 해주고 곡식을 얻어 늙은 어머니를 모셨다. 손순에게는 어린 아들이 있었는데 밥 먹을 때마다 할머니의 밥을 빼앗아 먹었다. 손순이 이를 민망히 여겨 아내에게 말했다.

"아이는 또 얻을 수 있지만 어머니는 다시 모실 수 없소, 그런데 아이가 어머니 밥을 빼앗아 먹으니 어머니가 배고플까 걱정이오. 이 아이를 땅에 묻어 어머니가 배불리 드실 수 있도록 합시다."

그리고는 아이를 업고 산에 올라 아이를 묻으려 땅을 파자 땅속에서 돌로 만든 종이 나왔다. 부부는 이 일을 이상히 여겨 종을 나무에 걸고 한 번 쳐 보니 그 소리가 은은히 퍼지며 듣기 좋았다. 종소리를 듣고 아내가 말했다.

"이처럼 신비로운 종을 얻은 것은 아이의 복인 것 같으니 아이를 묻으면 안 될 것 같아요."

손순도 그 말을 옳게 여겨 아이를 종과 함께 업고 집으로 돌아왔다. 종을 집 들보에 매달고 쳐 보았다. 그러자 종소리가 대궐에까지 들려

홍덕왕이 듣고는 신하들에게 말했다.

"서쪽 벌판에서 이상한 종소리가 들리는데 그 소리가 맑고 고와 일반 종과는 다른 것 같다. 가서 조사해 보아라."

왕의 신하들이 손순의 집에 찾아와 종을 얻게 된 내막을 듣고 왕에게 모두 아뢰었다. 왕이 손순에 대한 이야기를 듣고 말했다.

"옛날 중국 사람 곽거가 아들을 땅에 묻으려 하자 하늘이 금으로 만든 솥을 내려주었는데, 지금 손순이 아이를 묻으려 하니 땅에서 돌종이 솟아 나왔구나. 곽거의 효도와 손순의 효도를 하늘이 같다고 여긴 것이다."

왕이 손순에게 집 한 채를 내려주고 해마다 벼 50섬을 주어 부모에게 효도하는 일의 본보기로 삼았다.

- 《삼국유사》 권 5, 〈효선〉 9, 손순이 아이를 땅에 묻으려 하다

　소설 '모래성'은 고등학교 2학년 주인공이 할머니의 치매로 인하여 결국 할머니와 이별을 하는 내용과 그 안에서 주인공이 겪는 감정을 담은 소설입니다.

　우리가 소설의 모티브로 삼은 것은 삼국유사 중에서 〈효선〉에 나오는 '자식을 땅에 묻으려고 한 손순'의 이야기입니다. 이야기의 주인 공인 손순은 늙은 어머니를 위해 자식을 버리려 했지만 하늘에서 주인공의 효심을 칭찬하여 돌로 만든 종을 내주어 효의 표본이 되었다는 내용입니다.

　우리가 이 작품을 고른 이유는 이 작품이 우리 현대인에게 효의 인식이 변화하였다는 것을 소설 속에 나타내고 싶기 때문입니다. 그리고, 현대의 효에 대한 비판적인 모습을 잘 보여 줄 수 있다고 생각하였기 때문입니다. 감정을 표현하는 법을 배우고 성숙해나가는 청소년을 주인공으로 설정함으로써 가족과 친구에 대한 솔직한 감정을 표현하였습니다. 또, 소설 속 몇 가지의 단어들에도 의미를 부여하여 뜻을 깊게 하였습니다. 요양병원과 아파트 이름을 물망초라고 지은 이유는 물망초의 꽃말이 '나를 잊지 말아요'이기 때문입니다. 주인공이 할머니에게 자신을 잊지 말아달라고 말하듯 이 소설에서 결국 이별을 하게 되는 공간들의 이름을 의미 있게 지었습니다.

　소설의 주인공은 함께 살고 있는 할머니가 어느 순간부터 조금씩 이상하다는 것을 알게 됩니다. 주인공은 할머니를 모시고 병원에 가 치매라는 판정을 받습니다. 주인공과 가족들은 할머니가 치매라는 사실을 알고 할머니를 모시기 위한 도우미를 고용합니다. 하지만 도우미마저 믿지 못할 상황이 되어버리고, 결국 집에서 할머니를 모시게 됩니다. 맞벌이를 하는 부모님에겐 여간 어려운 일이 아니고, 주인공도 학업에 충실하지 못합니다. 할머니의 증세는 호전과 악화를 반복하다 점차 악화되게 됩니다. 증세가 악화됨으로써 할머니가 과거의 집을 그리워하고 주인공과 가장 행복했던 장소로 집을 나가게 됩니다. 그래서 부모님과 주인공은 심적으로나 체력적으로 지치게 되고 지친 어머니는 할머니를 요양병원에 보내는 것을 이야기하고 이것으로 아버지와 갈등을 겪습니다. 결국 할머니는 살고 있는 아파트와 이름이 같은 물망초 요양병원에 가게 되고 소설은 끝이 납니다.

주인공은 부산에 엄마와 아빠 그리고 할머니와 살고 있는 여느 다른 아이들처럼 사춘기를 겪으며 가족들과의 거리가 점점 멀어지고 있었습니다. 하지만 할머니가 치매인 것을 가장 먼저 알아차리고 가족들과의 갈등도 심화되며 불안정한 가족관계를 겪습니다. 주인공의 엄마는 돈을 버느라 늘 바빴고, 아빠는 형사여서 두 분 다 육체적으로나 심적으로나 힘들어합니다. 저희는 이 작품을 통해서 사람들에게 현대의 효에 대한 의미와 행동에 대한 물음을 던지고 싶습니다.

주인공뿐만 아니라 사람들은 누구나 이별을 합니다. 그리고 주변 사람들과 멀어질 수도 있습니다. 저희는 청소년의 입장에서 헤어짐에 대한 서툴지만 솔직한 감정을 표현해 보았습니다. 아픔을 겪고 힘들어하다 그 아픔을 극복할 때 사람은 한층 성장하고 더 빛나게 됩니다. 소설의 주인공처럼 이 책을 읽는 사람들이 주변 사람들과 이별을 하고 멀어지는 과정에서 아픔을 겪더라도 다시 극복하여 조금 더 성숙해지고 나아가 빛날 수 있었으면 좋겠습니다.

모래성

흰 눈이 가득 내려 소복소복 쌓이는 날이었다. 고등학교 생활에 지친 나는 방학을 맞아 모처럼의 여유를 즐기고 있었다. 이불 안에서 발만 꼼지락거리던 나는 진동이 울리는 휴대폰을 꺼내 들었다.

"여보세요. 한고운. 너 어디야?"

전화를 받자마자 하연이는 나에게 어디냐고 물었다.

"나 이제 일어났어. 왜?"

"너 오늘 스터디 있는 거 까먹었어?"

갑자기 커진 하연이의 목소리에 정신이 번쩍 들었다.

"아 맞다. 자느라 까먹었다. 씻고 바로 나갈게."

급하게 양치를 하고 바닥에 있는 옷을 대충 입고 나가려던 참, 할머니가 내 방으로 들어오셨다. 할머니는 날씨에 맞지 않는 반팔티를 입고 있었다.

"고운아. 나갈 거면 같이 가자. 답답해서 마실 가야것다."

할머니의 말에 답답함이 묻어났다.

"그래. 같이 나가자. 빨리 옷 입어."

"다 입었는디. 빨리 가자."

"그렇게 나가게? 지금 밖에 눈 오잖아."

눈이 펑펑 내리는 날에 그런 차림으로 나가자고 재촉하는 할머니가 어딘가 자꾸 낯설었다.

동네 카페에 도착하여 문을 열자 바로 앞쪽 테이블에 같이 공부하기로 한 친구들이 다 모여 있었다.

"고운아. 빨리 와."

슬아가 손짓을 하며 말했다.

"애들아 진다고 늦었이. 미안."

구들과 간단히 인사를 한 후 자리에 앉았다.

"오늘은 지수와 로그에 대해서 할 거야. 다들 지수가 뭔지는 알고 있지? 이때까지는 지수에 자연수만 사용을 했는데 이번에 배울 내용은 다른 수를 이용한 지수 만들기야."

슬아가 열렬히 설명하고 있었지만, 하나도 귀에 들어오지 않았다.

슬아는 스터디의 리더답게 설명도 잘하고 아이들을 통솔하는 매력이 있다. 나도 저런 성격이면 좋을 텐데. 부럽다. 그나저나 아까 할머니는 왜 그랬지? 밖에 눈 오는 게 뻔히 보이는데 반팔로 나가겠다니……·

"한고운! 한고운!"

슬아의 큰 목소리에 정신이 번쩍 들었다.

오늘은 머리가 복잡해 집중이 되지 않는다.

"할머니 제육볶음은?"

할머니가 아침에 내가 제일 좋아하는 제육볶음을 해주겠다고 말하여서 오늘 저녁밥은 더더욱 기대가 되었다. 막상 식탁을 보니 제육볶음 대신 갈치조림이 떡하니 놓여있었다.

"야가. 뭔 제육볶음이고 제육볶음은. 아침에 갈치조림 한다고 말했잖어."

"할머니가 제육볶음 한다고 했잖아."

"아니그든."

밥을 먹다가 문득 아침에 반팔을 입고 나가자는 할머니가 생각났다.

"할머니 아침에 왜 그랬어? 겨울인데 반팔입고 나간다고 했잖아."

"뭐? 내가 언제. 추워 죽겠구먼. 이 날씨에 반팔은 무슨 반팔이야."

평소였다면 그냥 지나쳤을 일이 오늘따라 무척 불안하여 할머니가 차려주신 밥을 다 먹지도 않고 방으로 들어왔다.

문득 드는 불안함에 인터넷에 들어가 치매라는 단어를 검색했다.

여러 가지 원인에 의한 뇌 손상에 의해 기억력을 위시한 여러 인지 기능의 장애가 생겨 예전 수준의 일상생활을 유지할 수 없는 상태를 의미하는 포괄적인 용어

머릿속에 건강프로그램에서 스치듯 봤었던 치매 이야기들이 생각났다.

'그럴 리 없어. 할머니가 치매라니. 어제까지 잘 기억 했었잖아.'

아무리 머릿속에서 지우려 해도 지워지지 않는 불안함에 거실로 나와 할머니를 불렀다.

"할머니."

"와, 뭔 일 있나?"

내 목소리에 방에서 할머니가 나왔다.

"할머니 내 이름이 뭐지?"

"그걸 몰라서 묻나. 한고운이지. 한 고 운."

당연하다는 듯 또박또박 대답하는 할머니 덕에 마음이 좀 놓였다.

"그럼, 엄마 이름은?"

"라희라잖아. 너 와 그러냐."

"아빠는?"

할머니는 나를 이상한 눈으로 쳐다보았다.

"얘가 왜 이래, 드가서 잠이나 자라."

내 질문이 어이 없었는지 할머니는 손사래를 치시며 말했다.

"내 생일이 언제지?"

"11월 28일. 생일 선물 사달라고 이러냐?"

"아니. 아니."

조금은 가벼워진 마음으로 자리에서 일어났다.

'거 봐, 치매는 무슨 치매야, 다 기억하고 있잖아.'

조금 나아진 기분으로 방으로 들어가 침대에 털썩 앉았다.

* * *

할머니는 내가 어렸을 때부터 맞벌이를 하던 부모님을 대신해 항상 나를 돌봐주었다. 덕분에 할머니와는 다른 친구들보다 친하고, 편한 사이이다. 집에서 소꿉놀이도 하고, 엄마 몰래 아이스크림도 먹고, 같이 산책도 했다. 예전에 엄마와 아빠가 크게 싸웠던 날 할머니는 울고 있는 나와 함께 바다로 갔다. 우리는 함께 모래성을 만들고 발을 담그며 놀았다. 엄마 아빠와 함께한 추억보다 할머니와 함께한 즐거운 추억들이 더 많다. 내가 사춘기를 겪으면서 놀러 가는 일은 줄어들었지만……

할머니와는 2년 전 할아버지가 돌아가시고 나서부터 같이 살게 되었다. 그전에는 할머니와 자주 만났지만 함께 살지는 않았다. 할아버지도 내가 어렸을 때 많이 돌봐주셨지만 암에 걸리시면서부터 자주 못 뵙게 되었다. 할아버지께서 돌아가신 후 아빠는 할머니에게 함께 살자고 제안을 했지만, 할머니는 절대 떠날 수 없다고 하며 한사코 거절을 하였다. 하지만 아빠의 고집에 끝끝내 함께 살게 되었다. 나는 할머니와 사는 것에 대해서 더 좋았고 즐거웠다. 일과가 끝나고 돌아오면 반겨 줄 사람이 있다는 게 무척이나 위로되고 편안했다. 아빠는 할머니와 함께 살기 위해 무진장 노력한 만큼 물론 좋아하였다. 침대에 누워 한참 과거를 회상 중이었는데 할머니가 나를 불렀다.

"고운아. 한고운! 여기 와서 테레비 좀 켜봐라. 자꾸 안 켜지네. 이 누런 버튼 누르는 거 아니여? 고장 났나 벼."
어떤 버튼을 누르는지 모르는 할머니의 말에 불안함이 밀려왔다.
"할머니. 빨간 버튼 눌러야 켜지지. 왜 그래? 저번까지만 해도 잘 켰잖아."
"아 몰러. 까먹었나부지."

* * *

할머니는 그 뒤 자주자주 깜빡였다. 나와 둘이 이야기할 때에는 사소한 것들만 까먹었지만, 점점 많은 것들을 잊어갔다. 개학이 2주 정도 남은 날. 이때까지의 불안함에 확신이 들었다. 치매이다. 초반에는 할머니도 나이 때문에 깜빡하는 거라고 생각했다. 하지만 아침에 했던 말도 기억하지 못하고, 계절도 잊고, 심지어 방법을 잊어서 사용하지 못하는 가전제품들이 늘어났다. 기억을 하는 날도 있고, 하지 못하는 날도 있다. 이건 치매이다. 할머니가 정말 치매이면 어떡하지? 요양병원에 가야 하나? 아니면 집에서 누가 돌봐주지? 병원비는? 할머니가 날 잊으면 어떡하지? 오만가지생각이 머릿속을 스치고 순간 눈물이 핑 돌았다.

'섣불리 생각하지 말자. 일단 검사를 해봐야지. 엄마가 오면 말하자.'

"엄마, 나 할 말이 있는데."

집에 돌아온 엄마에게 조심스레 말을 걸었다.

"나 지금 바쁜데 조금만 이따가 하자."

"급한 일이야. 심각하다고."

"내 일도 진짜 급하고 심각해. 좀 기다려."

내 말은 아무것도 아니라는 듯 날 보지도 않고 말하는 엄마에게 화가 났다. 이것보다 중요한 게 지금 있을까.

"엄마 할머니 치매인 것 같아. 나랑 방학 동안 같이 있으면서 계속 기억을 못 했어."

떨리는 마음을 부여잡고 말했다.

"뭐? 치매? 뭐라는 거야. 원래 그 나이 되시면 있던 것도 다 기억 안 나고 그러는 거야."

웬 헛소리냐는 표정으로 차갑게 말하는 엄마 때문에 속이 답답했다.

"아니야. 치매인 것 같아. 병원 가 보자."

"괜히 생사람 잡지 말고, 빨리 공부나 해. 방학 얼마 남지도 않았는데 그렇게 놀기만 할 거야? 곧 2학년이야. 2학년도 금방 지나가. 너 그때 돼서 후회하지 말고 얼마 안 남은 지금부터라도 열심히 좀 해."

내 말을 들어주지 않는 엄마 때문에 기분이 나빠졌다. 하지만 상태가 더 심각해질 수도 있으니 계속 두고 볼 수 없는 노릇이다. 내일 할머니를 모시고 병원에 가야겠다.

다음날, 엄마 아빠가 모두 출근하시고 나는 할머니를 깨웠다.

"할머니, 할머니. 일어나."

"웬일로 고운이 니가 나를 깨워쌨냐."

할머니가 이불 밖으로 나왔다.

"할머니, 오늘은 건강검진 가자. 할머니 나이면 건강검진이 꼭 필요하잖아. 얼른 준비하고 가자."

"에이. 난 그런 거 안 해도 된다. 나가 얼매나 건강한디."

"요즘은 밖으로 드러나지 않아도 몸속에서 병이 나는 경우도 있대. 얼른 준비해."

애써 건강검진이라고 포장하고 할머니와 함께 병원으로 가기 위해 버스를 탔다. 가는 내내 심장이 쿵쾅거리고 식은땀이 났다.

"어이구 고운아 어디 아파? 무신 땀을 이리 흘리누."

"아니야. 안 아파. 버스에 히터가 빵빵해서 그래."

곧 병원에 도착했다. 신경과에 들어가서 할머니에게 따듯한 물을 주고 접수를 했다.

"처음 오셨죠? 아래 질문지를 모두 작성해 주세요."

할머니 이름을 쓰는데 손이 미세하게 떨렸다.

이름 하경옥. 나이는 73세. 전화번호는 010 - ○○○ - ○○○○

"어디가 아프서서 오셨어요?"

따뜻한 목소리로 말하는 긴 머리의 간호사 선생님 때문에 눈물이 핑 돌았다.

"아. 치매 검사요."

할머니에게는 들리지 않게 아주 작게 말했다.

접수를 다 하고 할머니 옆으로 가서 털썩 앉았다.

'괜찮겠지. 괜찮을 거야.'

"어이구. 요즘 병원은 다 이래 좋나? 따뜻허구. 깨끗허네."

"요즘 병원은 다 이렇지. 뭐. 그런데 할머니 건강검진 마지막으로 언제 했어?"

"모르는디. 한 몇 년 전이지. 나야 워낙에 건강해서라. 그런 거 필요 없는디."

할머니는 몇 년 전에 했는지 잠시 기억을 하는 듯했지만 곧 당당하게 말했다.

"그래도 혹시 모르잖아. 검사는 해봐야지. 할머니 나이도 있는데."

말이 끝나자마자 할머니를 부르는 소리가 들렸다.

"하경옥님. 들어오세요." 아까 긴 머리의 간호사 선생님께서 할머니를 부르셨다.

할머니와 팔짱을 꼭 끼고 제1 원장실로 들어갔다.

"안녕하세요. 하경옥 할머님 맞으시죠? 여기 앉으시고요. 그럼 검사 시작할게요. 간단한 질문부터 해볼게요. 할머님 주소가 어떻게 되세요?"

머리가 조금 벗겨지신 의사 선생님께서 물어보셨다.

"부산 송정동 물망초아파트……. 갑자기 물어보니께 우리 집이 기억이 잘 안나구마. 112동 305호요."

마음속으로 나도 함께 대답했다.

"그럼 쉬운 암산 문제도 풀어볼게요. 50빼기 7은?"

"22요."

할머니는 오랫동안 고민하다 답을 했다. 분명히 몇 달 전까지만 하더라도 웬만한 덧셈 뺄셈은 잘했는데.

"네. 취미가 어떻게 되세요?"

"나야, 뭐 취미랄 것도 있겠습니까. 집에서 테레비 좀 보다가 마실도 나가고, 아파트 할미들이랑 화투 좀 치는 게 일상인디. 그래도 취미라 하믄. 뭐가 있을까. 우리 손녀랑 수다 떠는 게 제일 재밌구마."

말하면서 나를 보는 할머니의 눈이 행복해 보였다.

"혹시 종종 무언가를 잘 잊으시나요?"

"아직은 정정해서 그런 거 없습니다."

"네. 알겠습니다. 그럼 할머니는 정밀검사가 필요하니 저기 간호사를 따라가 주세요. 보호자분은 정밀검사할 동안에 잠시 상담을 하겠습니다."

의사 선생님께서 숨을 크게 들이쉬고 말씀하셨다.

"할머니하고 와. 앞에서 기다릴게."

할머니를 정밀검사실로 보내고 의사 선생님과 둘이 있으니 더 불안해졌다. 치매인지, 치매는 치료가 가능한지, 할머니가 나를 까먹으면 어떡하나 하는 불안감에 원장선생님에게 묻고 싶은 것이 많았다.

"자. 보호자 분."

"아. 네."

불안한 마음에 오만가지 생각을 하다가 의사 선생님께서 부르셔서 거우 정신을 차릴 수 있었다.

"보호자 분. 할머님이 종종 잊으시는 일이 많은가요?"

"네. 좀 많이요. 요즘 들어서 많이 까먹으셔요,"

"구체적으로 어떤 것들을 잊으시나요?"

"날씨도 잊으시고 가전제품 사용 방법이나 아침에 했던 말을 아예 잊어버려요."

나는 초조한 마음에 손톱을 물어뜯으며 말했다.

"네. 알겠습니다. 곧 결과가 나올 겁니다."

의사 선생님께서 물으시는 질문들은 나를 더 답답하게 만들었다. 곧 가슴에 쌓아놨던, 이곳에 온 이유를 물어봤다.

"할머니가 치매인가요?"

"그건 정밀검사가 나와 보아야 알겠지만 제가 생각하기로는 치매 초중기 증상 같습니다. 계절을 잊어버리는 경우를 보면 중기보다 더 진행된 것 같기도 하고요, 정확한 검사 결과가 나오면 다시 말씀드리겠습니다. 치매 초기에는 최근의 기억들이 사라지고 치료하지 않으면 증상이 빨리 악화됩니다. 치매를……."

의사 선생님께서는 잠시 뜸을 들이시더니 말씀하셨다.

"아……."

예상했지만 아니길 바랐던 그 말이 의사 선생님의 입에서 나오는 순간 뒤통수를 맞은 듯 멍해졌다. 인정하고 싶지 않았고, 인정하기 무서웠다.

'괜찮아, 아직 정밀검사가 안 나왔잖아.'

'똑똑' 밖에서 누군가가 문을 두드렸다.

"의사 선생님. 하경옥 환자분 정밀검사 결과 나왔습니다."

간호사 선생님께서 또각또각 걸으시며 의사 선생님께 A4용지를 주고 나가셨다.

"여기 이 표와 사진을 보시면 아시겠지만 치매 중기 증상입니다. 중기보단 덜 진행된 것 같기도 합니다."

의사 선생님께서 조심스레 설명하셨다.

아무 말도 들리지 않았고 삐-소리와 함께 온 세상이 멈춘 것 같았다. 아니길 바랐다. 세상이 무너져버린 기분이 들었다. 할머니와 함께했던 시간들이 주마등처럼 스쳐 지나갔다.

'할머니가 치매라고? 할머니가 날 잊으면 어떡하지? 내일 아침에 일어났는데 할머니가 아무것도 기억하지 못하면? 제발. 아니었으면. 이 모든 게 꿈이었으면 좋겠다.'

"보호자 분. 보호자 분."

의사 선생님께서 걱정스런 목소리로 나를 부르셨다.

의사 선생님께 치료에 대한 간단한 이야기를 더 듣고 처방전을 받고 밖으로 나갔다. 완치는 어렵다고 했다. 이제 나와 할머니의 추억은 우리 둘이 아닌 나만의 기억으로 기억된다. 무섭고 슬프다. 밖에서 기다리고 있는 할머니를 보자 터져 나오는 눈물을 거우거우 막고 할머니를 불렀다.

"봐라. 아무 이상 없다 하재?"

"응. 아무 이상 없대. 할머니 건강하대. 앞으로도 건강해야지." 잠시 뜸을 들이고 말했다. 할머니가 치매라는 사실을 알려야 할까? 날 바라보며 웃는 할머니의 모습에 애써 웃음을 지었지만, 눈에는 계속 눈물이 맺혔다.

"고운아. 얼른 집 가자. 할미 배고프다. 오늘은 고운이 좋아하는 제육볶음 먹재이."

할머니는 평소와 다름없는 말투로 내 손을 잡으며 앞장서 병원을 빠져나갔다.

"응. 얼른 가자."

* * *

집으로 들어가 간단히 밥을 먹고 침대에 누워 엄마가 집에 오길 기다렸다. 오늘 있었던 일들을 곱씹으니 괜히 내 말을 믿어 주지 않은 엄마가 미웠고, 눈물이 눈에 그렁그렁 맺히다 금세 베개를 적셨다. 할머니의 눈을 보기가 너무 미안했다.

빠르게 비밀번호를 누르는 소리가 들렸다.

"엄마. 나 할 말 있어."

"엄마 피곤한데, 내일 하자."

엄마는 귀찮다는 듯 눈을 피하며 방으로 들어가려 했다. 엄마는 중학생과 고등학생들을 가르치는 영어학원 강사인데, 중학생들의 고등학교 대비 특강 때문에 매일 피곤해한다. 요즘 더더욱 그런 것 같다. 어깨를 주무르며 부엌으로 가는 엄마가 힘들어 보인다.

"엄마. 내가 할머니 치매인 것 같다고 했잖아."

"아휴. 그거 치매가 아니라 나이 때문이라고 했지? 난 또 뭔 얘기한다고. 나도 스트레스 많이 받고 집 왔는데 집에서도 스트레스를 받아야 해? 피곤하다. 내일 아침에 말해."

"내가 오늘 아침에 할머니랑 같이 병원 가 봤어. 치매 중기단계래. 약도 받아왔고."

"병원에 갔어? 엄마한테 말했어야지."

조금의 정적 후, 엄마도 놀란 듯 내 어깨를 세게 잡으며 목소리를 높였다.

"내가 말해도 안 믿었잖아. 이제 어떡하지?"

눈물이 나오려는 것을 꾹 참고 엄마에게 처방전을 건넸다.

처방전을 보는 엄마의 표정이 굳었다.

"빨리 아빠한테 전화하자. 아빠도 충격이 클 거야."

내가 짧은 적막을 깨고 말했지만 엄마의 눈길은 처방전에서 떨어지지 않았다.

"아빠는 집에 오면 알리자."

여전히 처방전에서 눈을 떼지 않은 상태로 엄마는 작게 말했다.

"엄마. 할머니가 치매라잖아! 심각하다고."

엄마는 아무 말 없이 방으로 들어갔다.

"한고운. 밥 먹어."

침대에 누워 한참을 울고 있는데 엄마가 날 불렀다. 대충 눈물 자국을 지우고 식탁으로 갔다. 아빠도 이야기를 들었는지 표정이 무척 어두웠다.

"어매. 야야 고운이 니 울었나? 와? 뭔 일 있누?"

날 걱정하는 할머니의 말에 또 눈물이 나오려 했다.

"아니야……"

애써 눈물을 참으며 밥을 먹었다. 딱딱한 정적이 식탁을 맴돌았다. 밥이 잘 넘어가지 않아 몇 번을 씹었다.

"오늘 밥이 맛있구먼. 왜 다들 빨리 먹지를 않누. 난 다 먹었으니 좀 자야것다. 빨리 먹고 치아라."

할머니가 들어간 후 엄마가 말을 꺼냈다.

"어머님께 말씀을 드려야 하지 않을까? 당신 생각은 어때?"

심란한 마음이 머릿속을 가득 채웠다. 또 정적이 흘렀다.

엄마는 어느 정도 이 상황을 인정한 것 같았다. 아빠는 고개를 숙인 채 얼굴이 보이지 않았다.

"난. 잘 모르겠어. 하지만 어머니를 끝까지 모실 거야."

"하지만 지금 다 일을 해야 하고 방학 동안은 고운이가 볼 수 있지만, 곧 방학도 끝나잖아. 어머니는 누가 돌봐?"

엄마는 조금 신경질적인 목소리로 아빠에게 물었다. 또 정적이 우리 집을 감쌌다. 정적이 너무 무거워 숨이 잘 쉬어지지 않았다.

"할머니를 도울 수 있는 도우미를 고용하는 게 어떨까? 할머니도 혼자 있는 것보다 도우미와 지내면 말동무도 되고 덜 외롭지 않을까?"

작게 말을 하고 엄마와 아빠의 눈치를 살폈다.

"그래. 괜찮겠다. 고운이 방학 끝나기 전에 도우미를 부르자."

엄마가 상황을 급하게 정리하듯 대화를 끝냈다.

우울한 마음을 안고 방으로 들어갔다. 너무 운 탓인지 깊게 잠이
들었다.

* * *

"네. 월급은 적당하게 드릴 건데 더 올릴 수도 있어요. 네. 네. 여기
송정동 물망초아파트 112동 305호입니다. 오고 가는데 멀지는 않으시
죠? 네. 다음 주부터는 나오셔야 돼요. 그럼 좀 이따가 봬요."

아침부터 엄마의 전화 소리와 함께 잠에서 깼다. 할머니를 살필 도
우미를 찾았나 보다.

"엄마. 도우미야? 구했어?"

"어. 좀 이따가 만나보기로 했어. 나이도 좀 있고, 이 주변에 산대.
일은 잘하겠지. 뭐."

엄마가 휴대폰의 전화를 끊으며 말했다.

"원래 치매 있으신 분들 돌보시는 일을 하셨대? 혹시 치매에 대해
아무것도 모르는 거 아니야?"

과연 믿을 만한 사람인가 계속 의심이 되었다.

"설마. 곧 만날 거니까 만나서 찬찬히 얘기해볼 거야."

"나도 갈래. 어떤 사람인지 들어보고 싶어."

내 눈으로 직접 보고 내 귀로 직접 들어보고 싶어 말했다.

"됐어, 나만 가면 되지. 너까지 가면 그분이 더 불편하실걸?"

아무한테나 할머니를 맡길 수가 없어서 같이 가겠다고 고집을 피웠
지만 역시 엄마는 반대하였다. 1시간 후에 엄마는 도우미를 만나러
나갔다. 오늘도 역시 스터디가 있는 날인데 가기 싫다. 할머니한테는
도우미를 뭐라고 설명하지.

"할머니!"

"와 부르노?"

아무것도 모르고 밝게 웃으며 나를 보는 할머니를 보니 다시 마음에 먹먹해졌다.

"할머니. 나 곧 방학 끝나고 개학하는데, 그러면 할머니 혼자 있어야 되잖아. 그래서 할머니 말동무도 되고, 같이 있는 사람을 데리고 올 거야."

뭐라고 설명할지 한참 고민하다 할머니를 불러 말했다.

"음? 난 혼자 있어도 된다."

할머니가 놀란 듯 눈을 동그랗게 뜨며 말했다.

"아니야. 혼자 있으면 심심하잖아. 난 이제 학원도 더 늦게 끝날 텐데."

"알겠구먼. 뭐 같이 있으면 좋겠지. 얘기도 하고 맛있는 것도 같이 먹고."

생각보다 할머니의 반응이 좋아 안심이 되었다.

밖에서 비밀번호 누르는 소리와 함께 현관 등에 불이 켜지며 엄마가 들어왔다.

"엄마, 도우미는 어때?"

엄마가 들어오자마자 얼굴을 바짝 붙이며 물었다.

"어우 오자마자 또. 괜찮은 것 같아. 말도 잘하고, 예전에 치매 걸린 분들 도우미로 일했었나 봐. 사람도 착한 것 같고, 내일부터 나오기로 했어. 너도 친해져야지."

엄마의 표정이 꽤 흡족해 보였다.

"맞아. 할머니한테는 내가 말했어."

"정말? 뭐라고 하시던?"

"말동무 생기면 좋겠다고 했어. 뭐, 잘 되겠지."

짧은 대화를 마치고 머리에 가득한 잡생각을 없애러 집 밖으로 나갔다. 근처 편의점에 들러 커피와 빵을 사고 걸어서 10분 거리에 있는 바다로 갔다.

넓은 바다를 보고 있으니 머리가 맑아지는 기분이 들었다.

'예전에 엄마 아빠가 많이 싸웠을 때 여기서 할머니와 놀았었는데.'

엄마는 영어학원 일을 하시고 아빠는 형사 일을 하시니까 두 분 다 일에 치여 항상 피곤해하고 짜증이 많았다. 내가 어렸을 때 엄마와 아빠가 무척 많이 싸웠는데 그럴 때마다 나는 방안에 혼자 들어가서 숨죽여 울었다. 엄마 아빠는 한번 싸우면 크게 싸웠다. 어렸을 적에 나는 얼마나 무섭고 외로웠을까. 할머니가 오고 나서부터는 엄마와 아빠도 할머니 눈치를 보며 자주 싸우지는 않았지만 할머니가 우리 집에 있는 게 익숙해졌는지 얼마 안 가 다시 싸우기 시작했다.

그럴 때마다 할머니는 집 앞바다로 나를 데리고 나갔다. 내가 제일 좋아하는 아이스크림을 쥐여주며 해변에서 산책도 하고, 모래성도 지었다. 엄마와 아빠가 싸우는 이유는 서로를 더 잘 알아가기 위한 과정이니까 이런 힘든 시간을 견디면 행복한 일만 남을 수 있을 거라고, 곧 화해하실 거라고. 나를 위로하며 엄마와 아빠가 싸우던 일은 싹다 잊어버리고 행복한 시간만 내 기억 속에 남게 해주셨다. 덕분에 나는 할머니와 함께 밖에서 놀다가 집으로 들어가면 웃는 얼굴로 싸워서 미안하고 사랑한다고 말해주던 엄마와 아빠를 보며 웃었던 기억이 더 많았던 것 같다.

넓은 바다를 보며 한참 회상을 하고 있는데 저만치에 아직 부서지지 않은 모래성을 발견했다. 문득 할머니와 함께 모래성을 짓던 그 시절이 그리웠다.

* * *

집으로 들어가니 할머니가 TV를 보고 있었다.

"할머니. 나랑 모래성 지으러 바닷가 갈래?"

오랜만에 할머니와 함께 나가고 싶어 할머니 곁에 바짝 붙어 앉으며 물어봤다.

"모래성? 뭔 모래성이고."

"우리 옛날에 많이 했었잖아. 모래성 짓고 싶어졌어."

할머니한테 어리광을 피우듯 할머니를 올려다보았다.

"그랴. 바람도 쐬고 좋겠네. 모래성 지으러 가자."

할머니가 자리에서 일어나며 말했다.

밖으로 나오니 노을이 지고 있었다. 나는 할머니와 쪼그려 앉아 모래를 만지며 노을을 봤다.

"할머니. 노을 이쁘다. 그치?"

"그랴. 이쁘네. 나오기 잘했다."

할머니는 노을에서 눈을 떼지 못한 채 느릿느릿 대답하셨다. 즐거워하는 할머니의 옆모습을 보니 나도 덩달아 즐거워졌다. 어느 새엔가 캄캄한 밤하늘이 온 하늘을 뒤덮었고 쏴아- 거리는 푸르른 파도 소리와 함께 해가 지고 달이 두둥실 떠올랐다.

* * *

"한고운. 일어나. 11시쯤에 도우미하시는 분 오실 거야."

엄마가 외투를 입으며 날 깨웠다. 어제 뒤척이느라 잠을 잘 못 잤지만 도우미라는 단어를 듣자 눈이 번쩍 떠졌다.

식탁에 앉자마자 할머니에게 도우미가 온다는 사실을 알렸다.

"할머니. 오늘 도우미 온대."

"응? 무신 도우미?"

할머니는 난생 처음 듣는다는 표정을 하며 되물었다.

"내가 어제 말했었잖아. 할머니 말동무 해주고 같이 있어 줄 도우미."

"야가 그짓말을 치네. 내한테 말한 적 읎다. 도우미는 무신 도우미. 오늘 첨 들어보는 구마."

오늘 처음 듣는다는 듯 말하는 할머니의 말 때문에 마음이 찢어지게 아팠다. 엄마와 아빠도 직접적으로 처음 보는 할머니의 치매 증상에 놀란 것 같았다. 둘 다 눈을 동그랗게 뜨고 할머니를 바라봤다.

"한고운. 네가 말 안 했던 거 아니야?"

"아니야. 내가 어제 다 말했었어."

아니라고 믿고 싶은 듯 아빠가 재차 물어왔다.

"뭐라뇨. 첨 듣는다 캤제."

정말 모른다는 듯 할머니가 언성을 높였다.

"알겠어. 오늘 도우미가 오기로 했어. 나 개학하면 집에 아무도 없으니까 할머니 심심하잖아. 그래서 말동무도 하고, 밥도 같이 먹고, 같이 TV도 보면서 같이 있을 분을 불렀어. 밥 먹고 기다리면 올 거야."

차마 할머니의 치매 때문에 불렀다고 말 할 수 없었다.

'똑- 똑- 똑-' 밖에서 현관문을 두드리는 소리가 크게 들렸다.

"네. 누구세요?"

문을 열기 위해 자리에서 일어나며 잔뜩 긴장한 채로 물었다.

"아……. 여기 하경옥 할머니네 집 아닌가요?"

문 너머로 낯선 여자 목소리가 들렸다.

"맞아요. 잠시 만요."

부드러운 듯 친절한 목소리에 긴장이 조금 풀렸다.

"안녕하세요. 처음 뵙네요. 하경옥 할머니 도우미로 일하게 된 장예지입니다."

"안녕하세요. 할머니 손녀 한고운이라고 해요."

서글서글한 인상에 나이는 삼십 대 후반쯤 되어 보이는 아주머니였다. 90도로 인사하는 모습에 착한 사람인 것 같다는 생각이 들었다. 도우미가 나쁜 사람이면 어떡하지 했던 걱정들도 모두 사라졌다.

"안녕하세요. 할머니? 앞으로 같이 잘 지내봐요."

도우미는 할머니에게 눈높이를 맞추며 웃으며 인사했다.

"도우미여? 알겠슈. 잘 지내보소."

할머니도 도우미가 마음에 드는 듯 호호 웃으며 말했다.

"그럼 진 갈 곳이 있어서 먼저 나가 볼게요. 밀도 트고 이야기 좀 하고 계세요."

스터디 갈 준비를 마치고 어제보다는 가벼워진 발걸음으로 밖으로 나갔다.

카페 안으로 들어가자 싱글 생글 웃으며 날 보고 있는 하연이가 있었다.

"안녕~ 웬일로 안 늦었네."

밝은 목소리로 나를 반겨주는 하연이다.

"그러게. 오늘은 제 때 왔네!"

의자에 가방을 걸치며 웃으며 답했다.

"다른 애들은 아직 안 왔어. 뭐 마실래? 일찍 왔으니까 이 언니가 사준다."

하연이가 장난을 치며 메뉴판 앞에 섰다.

"언니는 무슨. 난 카페 라떼 마실래."

나도 키득거리며 메뉴판을 봤다.

"자. 시작할게. 오늘은 포물선에 대해서 할 거야. 포물선이 뭔지는 다들 알지? 정확한 정의는 평면 위의 한 점 F와 이 점을 지나지 않는 직선……."

오늘도 슬아는 열렬히 우리를 가르쳐주지만 내 귀에 들어오는 것은 몇 단어 없다. 난 수학을 못해서 스터디를 하고 있지만 성적은 도통 오를 기미가 안 보인다. 사실 열심히 하지 않는 내 탓도 있지만 무엇보다도 재미가 없다. 그래도 학교에서 배우는 것 보다 스터디에서 애들이랑 하는 게 훨씬 편안하고 재미있다. 모르는 걸 바로바로 물어볼 수도 있고.

"아. 이제 개학하기까지 얼마 안 남았잖아. 그래서 앞으로 매일매일 스터디를 하려고 하는데 오기 힘든 사람? 거기 까지는 끝내야 수업하기가 좀 수월할 거야."

슬아의 말에 모두들 하겠다고 하였다. 평소 같았으면 매일매일 스터디를 해야 할 생각에 짜증나고 우울했겠지만 오늘만큼은 아무렇지 않았다.

집에 돌아오자 도우미와 할머니는 같이 텔레비전을 보며 딸기를 먹고 있었다.

"할머니. 딸기가 정말 달아요! 평소에 이렇게 텔레비전 보면서 계세요?"

도우미 분의 목소리는 친절하고 또 기분 좋게 만드는 따듯함이 있었다.

"평소에도 많이 보지. 할 일이 없으니께 테레비라도 봐야 될 거 아니여."

할머니가 외로움을 텔레비전으로 채운 거 같아 내심 미안했다.

"할머니. 앞으로는 제가 옆에 있을게요. 같이 놀고 맛있는 것도 먹고 산책도 해요."

생글생글 웃으며 할머니를 바라보는 도우미의 모습을 보니 마음이 놓였다.

"홀홀홀 고맙네."

다정하게 이야기하는 둘을 보니 마음이 놓였다.

"오셨어요? 할머님이랑 많이 친해진 것 같아서 다행이에요."

웃으며 말하는 도우미를 보자 나도 모르게 입꼬리가 올라갔다.

"네. 앞으로 매일 볼 사인데 말 놓으셔도 돼요! 할머니가 약은 다 먹었나요? 안 챙겨드리면 잘 까먹으셔서."

나도 싱긋 웃으며 도우미에게 말했다.

"그럼 그냥 나 아줌마라고 불러. 약은 잘 드셨어. 약봉지 보니까 밥 먹고 30분 뒤에 먹어야 된다고 써져있어서 그대로 드렸어."

"네. 감사합니다. 앞으로 잘 부탁드려요."

난 낯을 많이 가리는 편이지만 항상 웃는 아주머니는 편하고 정이 갔다.

* * *

그렇게 봄이 찾아오고 난 학교에 가야했다. 할머니는 나보다 아주머니와 이야기하는 횟수가 많아졌고, 그만큼 둘은 더욱 친해진 듯했다. 나도 아주머니와 많이 친해졌고, 사적인 대화도 자주 나눴다. 하지만 나는 학원까지 전부 갔다 오면 새벽 1시가 넘는 시간이었고, 가족들과 얼굴 마주 보며 밥 한 끼 먹는 것도 하늘에 별 따기 마냥 힘들었다. 그렇게 3월 모의고사 와 중간고사를 끝내자, 또 6월 모의고사가 내 발목을 잡았다.

"다녀왔습니다."

오늘은 모의고사 대비 때문에 1시 반에 들어왔다. 하루 종일 밖에 있다 집에 들어오면 아무도 없지만 날 반기는 냄새가 무척이나 좋다. 물론 모두 잠을 자는 시간이기 때문에 외롭긴 하다. 이따금은 캄캄한 집 안을 바라보며 마음이 축 처질 때도 있다.

"고운아. 학교 갔다 이제 왔나?"

현관에 가만히 서서 어두운 집안을 바라보는데 벌컥 문소리가 나더니 할머니가 눈을 비비며 나왔다.

"할머니? 왜 일어났어? 얼른 자야지."

신발을 벗고 거실에 들어가며 말했다.

"나이가 드니께 잠귀가 밝아지더라. 이렇게라도 얼굴 보니께 좋으네. 늦게 오면 피곤헐텐데. 얼른 쉬어라."

별다른 말은 아니었지만, 난 무척 지쳐있었고 할머니의 말에 눈물이 핑 돌 정도로 고마웠다.

"고마워. 할머니도 얼른 들어가서 쉬어."

할머니가 일부러 내가 오는 시간까지 기다렸던 것은 아니지만, 잠시나마 얼굴을 볼 수 있게 해준 할머니가 정말 고마웠다.

'숙제가 많은데. 언제 다 하고 자지.'

침대에 누워 잠시 생각하다 나는 깊은 잠에 빠져들었다.

"한고운. 안 일어나? 아침이야. 학교 가야 하잖아."

아빠의 목소리가 귓가에 맴돌다 사라진다. 몸이 무거워 도저히 일어날 수 없다.

"빨리 일어나."

아빠는 짧게 일어나란 소리를 한 후 방에서 나갔다.

'으. 일어나야하는데. 몸이 너무 무겁다.'

평소의 3배 정도 되는 것 같이 무거워진 몸을 이끌고 겨우겨우 일어났다.

"아이구. 고운아. 많이 피곤한 겨? 야 보약 좀 챙겨주어야겠구만."

할머니의 따뜻한 목소리에도 불구하고 몸 상태가 말이 아니다. 머리도 아프고 배도 아픈 것 같다. 그래도 아침에 나에게 인사해 주는 사람은 할머니 밖에 없어 무척 고맙다.

"한고운. 지금 몇 시야. 얼른 일어나. 다들 바쁜데 너 일어날 때까지 깨우는 것도 힘들어. 내일부터는 알람 여러 개 맞춰."

식탁에 앉자마자 잔소리가 시작되었다. 아빠의 무뚝뚝한 말이 머릿속에서 빙빙 돌았다. 내가 대답을 하지 않아 어색한 침묵이 흘렀고 입맛도 없어 그냥 일어섰다.

교실 안에 들어가자마자 가방을 의자에 던지듯 놓아두고 책상에 털썩 엎드렸다.

"야. 한고운. 뭐야. 너 얼굴이 왜 그래. 어디 아파?"

하연이가 걱정스런 목소리로 물어왔다.

"어. 모르겠다. 세상이 빙빙 돌아."

"너 상태 많이 안 좋아 보인다. 조금만 버티고 안 되면 조퇴해라."

날 걱정해주는 하연이가 고마웠다.

지루한 수업의 끝을 알리는 종소리가 반 안에 가득 퍼졌다. 종이 치고 아이들이 하나 둘 자리에서 일어나 반이 순식간에 시끌벅적해졌다. 원래라면 나도 애들과 수다도 떨고 성적 얘기도 할 텐데 수업 시간이나 쉬는 시간이나 계속해서 빙빙 도는 머리 탓에 공부도 못하고 엎드려만 있었다.

"하연아. 나 조퇴할래."

의자에서 힘없이 일어나며 하연이를 불렀다.

"어? 그래. 담임한테 같이 가자. 너 되게 아파보이거든. 오늘은 학원 가지 말고 집 가서 쉬어."

날 부축해 주며 하연이가 말했다.

"챙겨줘서 고마워. 괜찮아지면 연락할게."

담임선생님께서는 소극적인 내가 선생님을 찾아 온 게 괜한 일이 아니라며 건강이 우선이라고 집에서 푹 쉬라고 하시며 조퇴를 시켜주셨다.

'집 가면 할머니랑 도우미랑 뭐 하고 있으려나?'

무거운 발을 이끌고 집에 도착하여 힘겹게 문을 열었다.

"할머니, 아줌마. 저 왔어요."

아무도 대꾸하지 않았다. 뭐지? 산책 나갔나? 할머니 방의 문을 여니 할머니가 수건을 개고 있었다.

"할머니. 아주머니는?"

"아주머니? 쭉 혼자 있었구먼."

할머니는 나를 쳐다보며 수건을 정리하고 있었다.

심장이 철렁했다.

"어? 할머니. 도우미 있잖아. 뽀글 머리 아주머니."

"그게 누구여? 아까부터 혼자 있었다니께."

내가 말을 못 알아듣는다고 생각한 할머니는 답답한 표정으로 말했다. 급히 아주머니에게 전화를 걸었다.

"여보세요? 아주머니."

"어? 이 시간에 웬일이야?"

전화를 걸고 바로 아주머니가 전화를 받았다.

"지금 어디세요?"

애써 아무렇지 않은 척 물었다.

"나? 당연히 집이지. 할머님이랑 과일 먹고 있는데? 왜? 무슨 일 있어?"

아무것도 아니라는 듯 태연한 목소리로 말하는 아줌마에게 화가 났다.

"저 지금 집인데요. 근데 할머니밖에 없는데, 어디세요? 할머니는 왜 혼자 있어요?"

화나는 것을 꾹 누르고 날카롭게 물었다.

"어…… . 나 지금 그게. 마트 왔어. 할머님께서 닭볶음탕이 먹고 싶다고 하셔서."

살짝 당황한 듯 아주머니의 목소리가 작게 떨렸다.

"네? 오늘 오지도 않으셨죠? 오늘 할머니가 아주머니를 본 기억이 없다는데?"

"고운아. 할머니가 치매시잖아. 닭볶음탕이 드시고 싶다고 한 거 잊으셨겠지. 지금 나 의심하니?"

왠지 더 당당해진 목소리에 화가 났다. 이런 사람에게 할머니를 맡겼다는 것이 분했다. 이 사실을 엄마와 아빠에게 알리기 위해 엄마에게 전화를 했다.

"여보세요? 바쁜데 무슨 일이야?"

엄마가 바로 전화를 받았지만 전화의 잡음이 심해서 머리가 띵 하고 울렸다.

"엄마. 나 지금 조퇴했거든? 근데 집에 아주머니가 안 왔어. 할머니가 본 기억이 없대."

혼란스러운 마음을 정리하고 침착하게 말했다.

"아. 금방 예지 씨가 전화 와서 말하던데? 어머니가 갑자기 닭볶음탕이 드시고 싶다고 하셔서 사러 갔다고. 너 왜 이렇게 예민하게 구니?"

엄마가 아무 일 아니라는 듯 안일하게 말했다.

"아니야. 분명 내가 집 와서 전화했을 때는 집에서 과일 먹고 있다고 했었다니까?"

그새 엄마에게 전화를 한 도우미 때문에 등골이 오싹했다.

"뭐라는 거야. 끊어. 바쁘다. 근데 너 왜 집에 있어? 학교에 있을 시간 아니야?"

"조퇴했다고⋯⋯. 끊는다."

'나랑 전화가 끝나자마자 엄마에게 전화를 했다니. 분명 거짓말을 친 거야. 할머니를 맡겨도 될까?'

아픈 것도 까맣게 잊고 머릿속이 복잡해졌다. 머리가 터질 듯 아파 왔다.

현관 비밀번호가 울렸다. 분명 아주머니이다.

"아. 왔어. 할머니가 닭볶음탕 드시고 싶다고 하셔서 닭이랑 파랑 마늘 사러 근처에 나갔다 왔다니까."

아무 일도 없었다는 듯 평소와 다름없이 말하는 도우미 아줌마의 모습에 열이 올랐다.

"거짓말 치지 마세요. 아줌마. 집에 있었던 거 맞아요? 아까 거짓말은 왜 친 거예요?"

아줌마를 째려보며 따지듯 물었다.

"말이 잘못 나온 거야. 그리고 닭볶음탕은 진짜 할머님이 먹고 싶다고 하셨다니까? 할머니 기억 못 하시는 거 알잖아. 할머니. 닭볶음탕 해드릴까요? 먹고 싶으시죠?"

도우미 아주머니는 살짝 당황한 듯 했지만 다시 생글생글 웃으며 침착하게도 닭볶음탕에 대해 할머니께 물어보았다.

"닭도리탕? 좋지. 오랜만에 먹어보고 싶구려."

할머니가 홀홀 웃으며 말했다.

"알고 말하렴. 괜한 사람 잡지 말고."

아주머니가 살짝 웃으며 말했다.

아주머니가 오지 않았다는 사실을 기억하지 못하는 할머니가 미워졌다. 이런 사람한테 우리 할머니를 맡겨도 되는지 의문스러웠다. 그래도 당장에 구할 수 있는 도우미는 없었고, 정말로 도우미가 할머니를 위해 음식 재료를 사러갔을 수도 있었다. 할머니가 기억을 하지 못한 것은. 할머니의 치매가 더욱 악화되었을 수도 있다. 어차피 엄마도 내 말을 믿지 못할게 당연하니까, 한 번 더 도우미를 지켜보기로 했다. 그래도 여전히 아주머니가 못마땅한 것은 사실이지만 어떻게 할 수 있는 해결책이 없었다. 내가 집에 있었으면 좋았을 텐데.

* * *

오늘도 찜찜한 마음으로 집을 나선다. 아주머니는 요 며칠 사이에 부쩍 할머니랑 가까워졌다. 조금 살펴보니, 할머니를 잘 놀아주는 것 같고, 저번처럼 오지 않는 일도 아예 없었던 것 같다. 정말 내 착각이었나?

하연이와 함께 반으로 들어갔다. 1교시는 수학이었는데, 스터디를 할 때 슬아가 가르쳐 준 게 제법 도움이 많이 되었다. 평소와 다름없는 학교생활이었다. 6월 모의고사도 끝나고 요즘 너무 피곤해서 일찍 집에 들어갔다. 현관문을 열고 들어가던 중 평소와는 다른 집안에 갸웃했다. 평소라면 불이 다 꺼지고 모두 자고 있을 시간인데 늘은 엄마와 아빠가 부엌불만 켜놓고 식탁에 앉아서 얘기를 나누고 있었다.

"어? 고운아 왔니?"

내가 온 걸 뒤늦게 알아차린 엄마가 내 쪽으로 고개를 돌리며 인사를 건넸다.

"어……. 그런데 왜 아직까지 안자고 있었어?"

"실은 도우미 내보냈어."

조금의 정적 후 엄마가 말했다.

"뭐? 왜? 왜 내보냈는데? 갑자기 자른 거야? 그만하겠대?"

전혀 생각지도 못한 말이 나와 당황스러움에 답도 듣지 않았지만 질문을 퍼부었다.

"그게 오늘……. 좀 컨디션이 안 좋아서 집으로 일찍 왔는데 어머니만 누워 주무시고 계시더라고 그래서 도우미한테 전화해보니까 오늘 말도안하고 안온 거였대. 이때까지 일 했던 돈만 주고 그냥 바로 잘랐어."

엄마가 한숨을 쉬며 말했다.

"엄마! 내가 저번에 도우미 거짓말 친 거라고 말했잖아! 왜 내 말을 안 믿었어? 만약에 엄마가 오늘 이 사실을 모르고 계속 그 아줌마 고용했다가 할머니가 위험해지면 어쩌려고 그랬어?"

내 말을 믿어주지 않은 엄마에 대한 짜증과 아줌마의 행동에 대한 배신감에 큰소리로 엄마한테 화를 냈다.

"나도 몰랐지! 그 도우미가 나한테 전화해서 마트에 간다고 했다니까? 괜히 엄마한테 화풀이 하지 마."

엄마도 언성을 높이며 옆에 있던 물 한잔을 벌컥벌컥 들이켰다.

"몰라! 처음부터 엄마가 내 말을 조금이라도 믿어줬으면 됐잖아!"

큰소리를 치고 방으로 문을 닫고 들어갔다. 할머니가 도우미 좋아했는데 도우미가 할머니한테 이런 행동을 한 걸 알고 있을까? 할머니는 자기가 치매인지도 모르는데, 할머니가 너무 불쌍했다. 눈물이 핑 돌았다. 이제 할머니는 어떡하지? 도우미도 믿지 못하고, 그렇다고 내가 학교에 안 갈순 없고. 머리가 터질 듯 아팠다. 어떡하지.

아침에 식탁에 앉으니 어제보다 더 무거워진 정적이 온몸을 감싼다.

"어머니. 할 얘기가 있어요."

도우미가 더 이상 나오지 않는다는 이야기를 하려는 것 같았다. 엄마도 할머니가 얼마나 도우미를 좋아했는지 알았기에 무척 머뭇대는 눈치였다.

"와? 무슨 일 있나?"

아무것도 모른다는 듯 할머니는 물을 마시며 물었다.

"그. 도우미 있잖아요. 장예지 씨. 앞으로 안 나오기로 했어요. 사정이 생겨서 갑자기 못 나온다고 하네요. 어머니께 인사 없이 가 죄송하다고 꼭 전해달라네요."

엄마는 할머니를 고려해 거짓말도 살짝 섞어 말했다.

"예지……? 가가 뭔 일이 있나보네. 아쉽구마. 그새 정이 많이 들었는데."

할머니는 도우미를 잊지 못하시는 듯 말했다.

밥을 먹는 할머니의 표정이 좋아 보이지 않다. 평소보다 주름들이 할머니를 더 슬퍼 보이게 했다.

"어머니. 저 오늘부터 야간 출근하기로 했어요. 앞으로 오전엔 저랑 같이 있을 거예요."

아빠는 꽤 다정한 목소리로 말을 했다.

'아빠가 집에 있는다고? 일은 어쩌고?'

궁금한 게 많았다.

"야간 출근하나……. 아이고. 힘들겠구먼."

아빠의 말에도 할머니의 입꼬리가 축 처진 채 말을 했다.

생각보다 할머니에게 도우미의 존재가 컸구나. 혼자 지내는 것도 무척 외로웠겠지. 할 수만 있다면 내가 학교에 가지 않고 집에서 할머니와 지내고 싶었다.

하지만 그건 꿈에나 가능한 일이었다.

오늘은 일요일이여서 아빠는 일을 나갔지만 엄마는 집에 있었다. 나도 스터디만 가면 돼서 물어볼 수 있는 시간이 많았다. 할머니가 피곤하다며 방에 들어간 후 소파에서 휴대폰을 보고 있는 엄마 옆에 앉았다.

"엄마, 아빠가 어떻게 오전에 집에 있어? 원래 안 되잖아. 처음에 그것도 안 돼서 도우미 고용한 거 아니었어?"

혹시 잘리기라도 한 건지 심장이 쪼그라들었다.

"아. 이제 우리 아니면 있을 수 있는 사람이 없잖니. 어쩔 수 없어서. 나도 시간대 다 바꾸고 4시 까지 들어오기로 했어. 그때부턴 내가 봐야지. 그 뒤로 나가서 새벽에 들어오겠지. 어쩌면 너랑 들어오는 시간이 비슷할 수도 있겠다."

휴대폰에서 눈을 떼지 않고 말하는 엄마의 목소리는 차분했다.

"아. 그렇구나. 계속 그렇게 하는 거야? 다른 도우미를 고용할 수 없으니까. 다른 방법은 없을까?"

엄마와 아빠 모두에게 너무나 힘든 생활이 될 것 같았다.

"다른 방법은 요양원밖에 없잖아. 나는 요양병원에 가는 것도 생각해 봤지만 너 네 아빠는 절대 안 된다더라. 그래서 시간도 바꾼 거잖아. 이렇게 살아봐야지."

아빠가 할머니를 무조건 모시고 살 거라는 얘기가 머릿속에 떠올랐다.

"오늘 할머니 모시고 병원 좀 갔다 올게. 의사 선생님께 물어 볼 것도 있고."

엄마가 말을 흐렸다.

모두가 나가고 집에는 나 혼자만 남았다. 스터디까지 2시간 정도 남아 무엇을 할까 고민을 하다 할머니에게 도움이 될 것들을 만들기로 했다. 종이에 우리 집 주소, 엄마와 아빠, 나의 전화번호, 생일 등 여러 가지를 쓰고 예쁘게 오리고 색칠했다. 그밖에도 의사 선생님이 알려주신 잊기 쉽고 빨리 잊어버리게 되는 것들도 카드로 만들어 집 곳곳 붙였다.

'흠. 이정도면 됐겠지?'

할머니는 내 카드 덕이었는지 밤낮으로 교대하며 도운 엄마 아빠의 덕인지 상태가 점점 좋아졌다. 나도 할머니의 증세가 호전되어가자 정말 기뻤다. 하지만 그 반대로 엄마와 아빠의 얼굴은 점점 더 수척해졌다.

* * *

"한고운! 담임 쌤이 오래."

슬아의 목소리에 정신이 번쩍 들었다.

"뭐야. 뭐야. 웬일로 담임이 널 찾냐?"

하연이가 눈을 크게 뜨고 나를 쳐다보았다.

"나도 몰라. 오라니 가봐야지. 갔다 올게."

교무실까지 가면서 내가 왜 불렀는지 생각했지만, 교무실에 도착해서까지 나는 그 이유를 찾지 못했다. 교무실 문을 열고 담임 쌤에게 갔다.

"고운아. 어머니가 전화 왔어. 지금 할머님이 사라지셨다고. 급한 것 같으니까 너 좀 조퇴 시켜 달라고 하셔서. 얼른 집에 가 보렴."

담임 쌤은 꽤 심각한 표정으로 말을 했다.

"할머니가요? 알겠습니다."

할머니가 사라졌다. 어디로 간 거지? 지금은 오전이라서 분명 집에 아빠와 함께 있었을 텐데? 도대체 왜지? 할머니가 왜 없어진 거야? 큰일이다.

"야. 쌤이 뭐라서? 혼났냐? 표정이 왜 이렇게 심각해?"

하연이는 장난스럽게 말을 꺼내다 내 표정을 읽은 듯했다.

"하연아. 미안한데 나중에 알려줄게. 나 조퇴할 거야."

하연이에게는 미안했지만 지금 중요한 일은 할머니를 찾는 것이다.

"엄마. 어디야? 할머니 어디 있는데? 아빠랑 같이 있는 거 아니었어?"

나오자마자 엄마에게 전화를 걸어 빠르게 질문을 하였다.

"고운아. 너희 아빠랑 나랑 지금 찾는 중인데 집에는 안 계시고 근처 공원에서 안 계시고. 아빠가 너무 피곤해서 오전에 잠을 자는 새에 할머니가 나가셨나 봐. 일단 얼른 집으로 와라."

엄마는 침착하게 말하려는 것 같았지만 목소리에 조바심이 느껴졌다.

집까지 어떻게 갔는지 모를 정도로 빨리 뛰어갔다. 가는 도중에도 '할머니가 그새 나쁜 일을 당하면 어떡하지.'라는 생각에 눈물이 나려고 했다.

집에 가자마자 가방을 던지고 온갖 길을 다 뛰어다녔다. 근처 마트, 공원, 마을회관, 놀이터……. 할머니가 가볼 만 한 곳은 다 가보았지만 어딜 가도 할머니의 모습은 보이지 않았다. 미안하고 걱정스러운 마음에 눈물을 잔뜩 흘리고 집에 들어갔다. 집에 갔지만, 역시나 할머니의 모습은 보이지 않았다. 아빠는 할머니가 집에 들어오실 거라고 말했지만, 엄마는 최대한 빨리 실종신고를 해야 한다고 말했다.

"6시까지만 기다려보자. 어머니 기억이 돌아올 수도 있잖아. 집에 찾아올 수 있을 거야."

아빠는 조금만 더 기다려보자고 말했다.

"그러다가 어머니 잘못되시기라도 하면? 책임질 거야? 오전에 어머님 보겠다고 있었으면 잘 봤어야 할 거 아니야."

엄마의 말에 아빠의 표정이 변하더니 곧 둘 다 언성을 높이기 시작했다.

"지금 뭐 하는 거야? 둘 다 왜 이래. 지금 뭐가 제일 중요한지 몰라? 지금 상황에서도 싸울 거냐고."

듣다 못 한 내가 한 소리 했다. 원래라면 아무 말도 하지 않았겠지만 지금은 너무 답답하고 화가 났다.

해는 점점 지고 있고, 내 마음도 더 조급해져 갔다. 도저히 답답한 마음에 밖을 나가 바닷가로 갔다. 바닷가에 다 와 가자 익숙한 모습이 보였다. 할미다.

"할머니! 거기서 뭐 해."

걱정스러운 마음이 모두 녹아내렸다. 할머니는 모래성을 쌓고 있었다.

"어? 고운이 아니냐? 아이고. 웬일로 이렇게 빨리 마쳤누. 내가 여기서 뭐 하고 있는 거고. 자 빨리 집에 가자. 아. 집이 어디였지. 나이를 먹으니 알던 것도 기억이 안 나네."

할머니는 나를 봐 무척 기쁜 듯했지만 집이 어디였는지 기억이 나지 않는다는 말에 씁쓸해졌다.

"집에 가자. 다들 기다리고 있어."

엄마에게 전화를 해 할머니를 찾았다고 알렸다. 할머니와 손을 잡고 집에 가자 방 안에서는 아직도 엄마와 아빠는 큰 소리로 싸우고 있었다.

"이번에는 어머니를 찾았다고 해. 다음에도 그러면? 집에 있어도 보지 못하면 도대체 뭐 하러 있는 거야? 이번 일이 마지막이라고 장담할 수 있어? 계속 모실 수 있을 거라고 생각해?"

엄마와 아빠는 나와 할머니가 집에 들어온 줄도 모르고 목소리를 높였다.

"그럼 치매인 어머니를 요양병원에 보내자고? 아니. 그렇게 못해. 내가 일을 그만둬서라도 어머니를 모셔야 되고 모실 거야."

나는 할머니가 들을까 최대한 크게 인기척을 냈고 두 사람의 시선은 할머니와 나에게 고정되었다.

"어머니!"

엄마와 아빠가 기다렸다는 듯 우리에게 다가왔다.

"어머니. 걱정했잖아요……"

아빠가 할머니 손을 잡으며 눈시울을 붉혔다.

"흘흘. 나도 이렇게 늦어질 줄 몰랐재."

할머니가 아무 일도 없었다는 듯 담담하게 아빠를 바라보며 말했다.

"아유. 저번에 고운이랑 노을 보면서 모래성 만들었을 때 어찌나 재밌든지. 고운이 어릴 때 생각도 나고."

할머니가 내 눈을 바라보며 웃으며 말했다.

"그래도 고운이가 없으니까 재미가 없드라. 다음에는 꼭 같이 가자잉?"

"웅! 다음에 꼭 같이 가자."

할머니를 찾았다는 안도감과 다음에도 모래성을 지으러 가자는 할머니의 말에 다시 눈물이 그렁그렁 맺혔다. 할머니가 치매라는 사실이 너무 싫었다.

"아이구. 야가 갑자기 울고 그러노. 울지 마라."

할머니가 주름 진 손으로 내 눈물을 닦으며 말했다.

"웅. 나 안 울 테니까 또 말도 없이 막 나가면 안 돼. 다음에 모래성 지으러 꼭 같이 가자."

"오야. 알았다."

방에 누워 계속해서 오늘 있었던 일을 곱씹으니 할머니가 불쌍하고 눈물이 났다.

"고운아. 자나?"

방문 뒤에서 할머니가 나를 불렀다.

"아니. 안 자. 왜?"

눈가에 묻어 있는 눈물을 소매로 급하게 닦으면서 방문을 열었다.

"고운아. 오늘 이 할미랑 같이 잘까?"

"그래. 완전 좋아."

나는 기다렸다는 듯이 대답했다.

할머니의 방 안에 누워 천장만 바라보다가 고개를 돌려 할머니를 바라봤다. 할머니도 내 시선을 느꼈는지 나를 바라봤다.

"할머니. 우리 손잡고 잘까?"

"오야. 아직도 잘 때 무숩나? 다 큰 줄 알았드니 덜 컸네."

할머니가 웃으면서 말했다. 하루 종일 뛰어다닌 탓에 몸도 무겁고 마음도 힘들었던 하루였다. 밖에서는 매미가 맴맴 거리고 안에서는 할머니와 내 숨소리가 들리는 방 안에서 아주 깊고 편안하게 잠이 들었다.

* * *

눈을 뜨니 해가 이미 중천에 떠 있었다. 지각인 줄 알고 벌떡 일어났다가 오늘이 토요일인 걸 간신히 생각해내고 눈을 비비며 밖에 나와 보니 아빠와 할머니가 사과를 먹으며 텔레비전을 보고 있었다.

"아빠. 오늘은 나 왜 일찍 안 깨웠어?"

텔레비전을 보며 재미있다는 듯 웃는 아빠를 보며 물었다.

"어? 일찍 깨우려고 했는데 할머니가 자게 두라고 해서. 근데 어머니 저거 진짜 웃기죠?"

아빠는 나를 슥 보더니 다시 할머니와 텔레비전을 봤다. 최근에 아빠가 많이 피곤해 하시는 것 같던데 웃으시는 모습을 보니 나도 기분이 좋아졌다.

"니가 하도 늦게 오니까는 내가 자라고 했다이가. 잘했재?"

할머니도 텔레비전을 보시며 한참을 웃으시다가 나를 보며 말했다.

"응. 할머니 덕에 푹 잤어."

"아유, 시간이 벌써. 점심 준비해야겠어."

할머니가 무릎을 잡고 일어나시며 부엌으로 향했다.

"어머니. 여기 앉아 계세요. 제가 콩국수 만들어 드릴게요."

아빠가 할머니를 가로 막으며 먼저 부엌으로 들어갔다.

"콩국수? 좋지."

할머니가 다시 내 옆에 앉으며 중얼 거리셨다.

아빠가 만들어 준 콩국수는 맛있었다. 오랜만에 같이 밥을 먹어서 그런가 보다.

"아! 그런데 엄마는?"

입에 국수를 넣은 채 우물거리며 물었다.

"아. 엄마는 모임 갔어. 조금 늦게 올 거래."

아빠도 국물을 후루룩 들이키며 말했다.

"우리 점심 먹고 오랜만에 놀러 갈까?"

아빠가 나와 할머니를 기대하는 눈빛으로 번갈아 쳐다보며 물었다. 아빠가 요즘 정말 기분이 좋은 것 같다.

"오야. 오랜만에 같이 나가자."

할머니가 젓가락으로 국수를 한 움큼 집으며 말했다.

"아이구 덥다. 찜통이네, 찜통이야."

할머니가 손으로 부채질을 하며 벤치에 앉았다.

"어머니. 그늘로 오세요. 그늘은 시원해요."

아빠가 할머니에게 손짓을 하며 크게 외쳤다.

할머니와 아빠와 나는 가로수 길을 시원한 아이스크림을 먹으며 걸었다.

산책을 갔다가, 바닷가에서 고기도 먹다보니 어느덧 시간이 늦어졌다. 할머니는 피곤하셨는지 집으로 들어가자마자 방으로 들어갔고 나도 바로 방으로 들어가 누웠다.

방 밖에서는 엄마와 아빠의 말소리가 들렸다.

"오늘 어머님이랑 밖에 나가 보니 이땠이?"

엄마가 소곤거리는 목소리로 물었다.

"좀 좋아지신 것 같아. 집으로 가는 길도 기억하시더라, 저번에는 기억 못하셨잖아."

"그래? 고운이가 만든 카드 덕분에 좀 좋아지셨나? 다행이네."

엄마가 의자를 드르륵 밀며 말했다.

그러고 보니 오늘 할머니의 상태가 많이 호전되었던 것 같다. 집 오는 길도 기억하고 전화기도 사용하셨다. 정말 내가 만든 카드 덕분인가? 기분이 좋았다. 앞으로 점점 더 치매가 호전되었으면 좋겠다. 오늘도 역시 기분 좋게 잠이 들었다.

꿈에서 할머니와 아빠와 엄마와 모래성을 짓는 어릴 적 꿈을 꾸었다. 꿈에서도 노을이 예쁘게 지고 있었다.

할머니의 증세가 날이 갈수록 호전 되었다. 덕분에 나도 기분이 좋았다. 학교도 안심하고 다닐 수 있었다.

"고운아. 저번에 무슨 일이었어?"

반에 도착하자마자 하연이가 내게 팔짱을 끼며 물어보았다.

"아. 그거……. 별일 아니었어."

잠시 하연이에게 말할까 고민했지만 이내 생각을 접었다.

"뭐야. 너 그때 되게 심각해 보였는데. 나중에 말해준다고 했잖아. 그래도 말해줄 수 있을 때 꼭 말해줘."

하연이가 못내 아쉬운 듯 툴툴거리며 말했다.

"미안해. 오늘 급식이 뭐야?"

우물쭈물 말을 넘겼다. 아직 이야기하고 싶지 않았다. 상태가 더욱 좋아져 할머니가 완치되면 그때 이야기하고 싶었다.

하지만 끝내 그 바람은 이루어지지 못했다.

"아유, 고운아 할미 감자 데어 먹게 전자레인지 좀 해줘라."

할머니가 부엌에서 나를 불렀다.

"왜? 할머니 키가 안 닿아?"

"아니. 그게 아니라 전자레인지 어떻게 하는 건지 또 까묵네."

할머니는 손에 감자를 든 채 고개를 갸웃거리며 말했다.

할머니는 원래 전자레인지를 사용할 수 있었고, 저번까지만 해도 혼자서 사용하셨다. 갑자기 전자레인지를 작동시켜달라는 할머니의 말에 다시 불안이 물밀 듯 들려왔다.

'할머니가 전자레인지를 사용한 지 오래되어서 잊으신 거겠지. 상태가 많이 좋아졌잖아. 나빠질 리가 없어.'

나 혼자 자기 최면을 하듯 마음을 가다듬었다. 그렇게 매일 매일 할머니의 상태를 확인하는 불안한 나날이 계속되었다.

* * *

할머니의 상태는 날이 가면 갈수록 나빠졌다. 아침에 나누는 짧은 대화만으로도 알 수 있을 정도였다. 하루하루 학교에든 학원에서든 어디를 가든 '할머니가 또 집을 나가면 어떡하지.'라는 생각이 사라지는 날이 없었다. 이제 제법 쌀쌀한 바람이 교복 안으로 들어왔다. 2시가 넘는 시간 혼자 집까지 가는 길은 무척 조용하다.

"다녀왔습니다."

아무도 없는 거실에 냅다 인사를 하였다.

아무도 안 반겨주니 외롭다. 오늘은 왠지 할머니의 목소리가 듣고 싶은 날이다. 요즘 할머니의 상태가 조금씩 나빠져 가는 것 같다. 많이 보지 않지만, 아침에 식탁에 앉아 이야기할 때 확연히 느껴진다. 병원에서도 상태가 다시 악화되어가고 있다고 말했다. 복용해야 하는 약도 더 많아졌다. 할머니가 과연 언제까지 나를 기억할지 생각하면 마음이 아프다. 엄마와 아빠도 할머니의 상태가 좋아졌을 때와 확연히 다르다. 더 힘들어하는 게 보이고 과연 얼마나 이렇게 더 생활할 수 있을지도 모르겠다. 엄마는 공부가 중요하다고 생각하여 나한테는 말을 하지 않으려 하지만 어쩔 수 없게 그게 다 느껴진다. 할머니가 완치될 수 없다면 이렇게 지내는 게 맞는 걸까? 아빠는 버텨보려고 하는 것 같지만 엄마는 점점 더 힘들어 보인다. 내가 8시에 건 전화도 받지 못하고 주무시는 걸 보면 일도 할머니 모시기도 많이 힘드신 것 같다. 하지만 할머니와 같이 살고 싶은데. 복잡한 생각을 하다 보니 또 머리가 아파온다. 그만 자야겠다.

아침부터 엄마와 아빠의 목소리에 정신이 번쩍 뜨였다. 시계를 보니 아침 6시가 조금 넘었다. 도대체 무슨 일인지.

"아침부터 무슨 일이야? 왜 이렇게 시끄러워?"

대충 눈을 비비며 크게 얘기하는 아빠에게 물었다.

"할머니가 사라지셨어, 아침에 일어나보니 방에 아무도 없길래 찾았는데 나가신 것 같아."

아빠 대신 엄마가 말했다.

"그럼 빨리 나가서 찾아야지. 뭐하고 있는 거야."

아침부터 가라앉혀지지 않는 놀란 마음을 붙잡고 대충 옷을 입었다.

저번에는 다행히도 할머니를 찾을 수 있었지만 이번에는 모르겠다. 심지어 이번에는 언제 사라지셨는지도 알 수 없다. 내가 집에 들어갔었을 때도 할머니가 없었다면 어떡하지? 내가 한번만 확인해볼 걸. 후회가 가득했다. 이번에는 예전에 갔던 바다부터 갔다. 너무나 긴 해변에는 한명의 사람도 보이지 않았다. 그 후 자주 가던 놀이터, 공원, 마을회관, 운동장, 산책로……. 어디든 다 가보았지만 할머니의 모습은 보이지 않았다. 그때 엄마에게 전화가 왔다.

"여보세요? 엄마. 찾았어?"

"아니. 근데 너 학교 가야 하잖아. 오늘 너희 아빠 일 안 가고 같이 찾기로 했으니 넌 학교 가라."

"엄마. 그게 말이 돼? 그래도……."

할머니를 찾아야하는 내 마음을 몰라주는 것 같은 엄마가 미웠다.

"일단 넌 학교에 가라. 부탁이야."

엄마의 말에 학교에 오긴 했지만 아무것도 귀에 들어오지 않는다. 괜히 창밖을 계속 쳐다보고 머릿속엔 온갖 나쁜 생각들이 가득했다. 식은땀은 줄줄 흐르고 다리도 계속 떠는 내 모습에 이상함을 느꼈는지 하연이가 내 자리로 쪽지를 보냈다.

'너 뭔 일 있지. 도대체 무슨 일이야.'

하연이의 쪽지에 아무런 답도 하지 않은 채 창밖을 뚫어져라 보았다.

"야. 한고운. 도대체 무슨 일이야. 너 진짜. 진짜 걱정돼서 그래."

종이 치자마자 내 자리로 온 하연이의 표정이 무척 심각해 보인다.

"하연아. 우리 할머니가 치매이시거든? 그래서 상태가 계속 좋았다

나빴다 하는데. 오늘 아침에 일어나 보니까 할머니가 집에 없대. 어떡
하지? 우리 할머니. 다시는 못 보면 어떡하지."

결국 점심시간 내내 펑펑 울며 하연이에게 모든 얘기를 했다. 하연
이는 내 이야기를 진심으로 들어주는 것 같았고 위로도 해주었다.

"하연아. 내가 어제 할머니가 있었는지 보고 잤더라면 이런 일이 없
었을까? 할머니가 사라졌으면 어떡하지? 아무도 못 찾으면."

"괜찮아. 아무 일도 없을 거야. 마치고 나랑 같이 찾자. 너무 걱정하
지 마. 오늘 야자 하지 말고 바로 가자."

함께 도와주겠다는 하연이의 말에 눈물이 하염없이 흘렀다.

수업이 끝나고 엄마에게 곧장 전화를 걸었다.

"엄마. 할머니는?"

"어머님은 아직 못 찾았어. 경찰에 실종신고를 해놓았고, 빨리 집에
와봐."

하연이와 나는 집으로 곧장 가지 않고 여러 곳을 더 돌아보았지만
할머니를 본 사람과 할머니의 모습은 찾을 수 없었다.

"엄마. 할머니는? 아빠는 어디 있어?"

"모르겠다. 아까 실종신고를 했어. 이번엔 언제 사라지셨는지도 몰
라서 찾는데 꽤 어려울 수 있다고 하더라고. 어제 너 들어왔을 때 어
머님 못 봤어?"

"못 봤어. 당연히 자는 줄 알았지."

굳은 표정으로 묻는 엄마의 모습에 내 잘못인 것 같은 기분이 들었
다. 그 후로도 우리 가족과 하연이는 4시간을 더 헤맸다. 할머니가 가
봤을 만한, 가보고 싶었을 것 같은 곳. 자주 갔던 곳. 온갖 장소를 다
찾으러 다녔지만 할머니는 보이지 않았고 시간이 지나면 지날수록 애

가 탔다. 시간이 너무 늦어 하연이는 집에 갔지만 우리 가족은 다시 흩어져서 할머니를 찾았다.

따르르릉 전화벨이 유난히 크게 들렸다.

"여보세요? 엄마. 찾았어?"

엄마의 전화다. 전화를 받자마자 찾았냐는 말이 빠르게 나왔다.

"경찰에서 전화 왔다. 어머님. 찾았대. 어디야. 얼른 집으로 와."

할머니를 찾았다는 말에 다리에 힘이 풀리고 그 자리에 그대로 주저앉았다.

'괜찮아. 찾았잖아. 다행이다.'

집에 도착하자 할머니는 벌써 잠이 들어 소파에 누워 있었다.

"아빠. 할머니 어디 있었어?"

"어머니가. 아버지 사셨던 그 곳으로 가고 싶으셨나봐. 길도 모르면서 무작정 가고 있던 걸 어떤 사람이 발견 해 신고했다고 하는 구나. 그동안 얼마나 외로우셨을까⋯⋯. 아버지와 함께 살던 곳이 무척 그리우셨나보다."

엉엉 울며 말을 하는 아빠의 모습에 마음이 찢어질 듯 아팠다.

"나랑 얘기 좀 하자."

엄마는 입술을 잘근잘근 씹으며 울고 있는 아빠에게 말했다.

집에 들어오니 시간은 12시가 넘었었고, 할머니를 찾았다는 안도감에 졸음도 함께 쏟아진 탓에 깊게 잠이 들었다. 일어나 보니 시간은 오전 11시를 향해 가고 있었다. 밖에서 엄마와 아빠의 목소리가 또 들린다.

"이제 어떡할 거야? 봤잖아. 저번 한 번이 끝이 아닌 걸. 나도 어머님을 모시고 살고 싶지만 더 이상 힘들 것 같잖아. 안 그래? 다시 이러

면 어떡해? 고운이 어제 수업 끝나자마자 와서 찾았어. 고운이가 어머
님 생각을 얼마나 하는 줄 알아? 다시 이런 일이 일어났는데 못 찾으
면? 그때 우리가 받을 죄책감이 얼마나 크겠어. 제발. 그만하자. 어머
님도 많이 지치셨어."

엄마의 목소리는 차분한 듯 떨렸다. 울고 있는 것 같았다.

"그래도. 그럴 수 없어. 조금만 더 버텨보자. 진짜 안 될 것 같을
때. 그때 다른 방법을 찾자."

지칠 대로 지친 엄마와 아빠의 대화 주제는 할머니의 치매 이후 항
상 할머니 이야기였다. 어제 일로 요양병원에 보내자는 엄마는 계속해
서 그런 이야기를 했다. 나도 이해했다. 더 버티면 쓰러질 것 같았다.
엄마든. 아빠든. 엄마는 하루 종일 사람에 지치고 할머니 돌보는 일
에 지치고 정작 자기 지친 몸은 돌볼 시간이 없었다. 아빠도 그렇다.
아빠는 표현하지는 않았지만 따듯하고 기분 좋게 해주는 할머니의 목
소리를 들을 때면 항상 표정이 밝아 보이곤 했다. 아빠의 직장 시간도
바뀌고 밤과 낮의 시간이 완전히 달라진 후 살도 많이 빠졌고 얼굴도
아파 보였다. 할머니와 같이 살지 않는 다는 것은 상상도 할 수 없지
만, 이러다간 정말 모두 병이 날 것 같다. 물론 엄마와 아빠를 위해서
라면 할머니를 요양병원에 보내는 게 제일 좋은 방법이겠지만, 자신이
치매인 지도 모르고 요양병원으로 들어갈 할머니를 생각하면 가슴이
미어지 듯 아파왔다. 어떻게 해야 할지 모르겠다.

* * *

모의고사 성적이 나왔다. 사회와 영어는 어느 정도 나왔지만 수학
과 과학은 밑바닥을 쳤다.

원래도 공부하느라 힘들었는데, 할머니를 돌보느라 힘들어서 다른

과목들 공부를 소홀히 했다. 이 순간에도 내가 성적을 못 받은 이유가 할머니가 아프다는 명분이 있어서 잠시나마 안심한 나에게 짜증이 났다. 아씨. 오늘 집에 어떻게 가지. 성적표 벌써 봤으려나.

"한고운, 너 성적이 이게 뭐야?"

예상대로 집에 가서 성적표를 보여주니 엄마는 화부터 냈다.

"요즘, 힘들어서."

내가 요즘 공부를 소홀히 한 것도 사실이라 뭐라 변명할 여지가 없었다. 엄마가 학원 선생님인 만큼 성적이 어느 정도 나왔어야 했지만 이번엔 정말 제대로 준비하지 않았다.

"공부는 공부대로 네 상태 조절해 가면서 스스로 잘해야지. 다른 애들도 다 공부하는데 너는 왜 항상 성적이 이 모양이야? 너 대학은 갈 수 있겠어? 엄마랑 아빠가 피땀 흘려서 너 공부하라고 학원도 보내주고, 문제집도 사주는데 넌 이게 뭐야? 스터디는 날로 다니는 거야? 가서 놀기만 하는 구나? 계속 이런 식이면 곤란하다. 스터디도 그만 둬. 새로운 학원이나 알아보자."

엄마는 따닥따닥 따발총을 쏘듯 연신 잔소리를 했다.

"다음부터 잘할게."

너무 심란해서 엄마 잔소리고 뭐고 그냥 방으로 들어가서 눕고 싶었다. 엄마의 잔소리가 마침내 끝나고 나는 방으로 들어가서 바로 털썩 누웠다.

'아, 할머니 봐야 하는데.'

눕자마자 할머니 생각이 났다. 무거운 몸을 이끌며 살금살금 할머니 방문을 열었다. 다행히도 할머니는 이불을 덮고 곤히 주무시고 계셨다. 간단하게 씻고 침대에 누워서 자려고 하는데 밖에서 엄마와 아빠의 말소리가 들렸다.

"나는 이렇게까지 못하겠어. 나도 힘들고 당신도 힘들잖아. 그냥 어머니 요양 병원에 보내자."

엄마의 목소리가 더욱 지친 것 같았다.

"뭐? 당신은 가족을 함부로 다른 곳에 보낼 수 있어? 그게 당신 어머니여도 그럴 거야?"

아빠도 마찬가지로 엄마에게 언성을 높였다.

"그리고 고운이도 이제부터 더 열심히 공부해야지. 어머니 때문에 이번에 모의고사 성적도 바닥을 쳤잖아!"

역시나 내 성적도 할머니를 요양병원에 보내는 것에 대해 언급이 되었다. 이럴 거면 힘든 거 꾹 참고 죽을 둥 살 둥 공부할걸. 후회가 물밀 듯 밀려왔다.

"뭐? 그게 왜 어머니 탓이야? 공부야 고운이가 열심히 하면 되는데 이번에는 열심히 안 해서 성적이 그런 거지."

아빠도 한숨을 쉬며 화를 냈다.

"어머니가 집을 자주 나가시니까 애가 할머니가 신경 쓰여서 수업 시간에 집중도 못 하고, 밤에도 학원도 안 가고 어머니를 찾으러 다니니까 그렇지! 그럼 이제 어떡할 건데?"

"어머니도 집을 나가고 싶어서 나가시는 것도 아니잖아. 아까 당신이 고운이한테 자기 상태는 자기 스스로 조절하는 거라고 했잖아. 잊었어?"

엄마와 아빠는 더욱더 소리 높여 싸웠다. 이러다가 할머니까지 깨셔서 이 모든 대화를 들어버릴까 너무 겁이 났다.

"나도 어머니를 요양병원에 안 보내고 싶어. 그런데 너무 힘들잖아."

"하아. 내일 얘기 하자."

아빠가 이제 끝내려는지 먼저 일어나서 방으로 들어갔다. 거실에서는 누군가 훌쩍이는 소리가 밤새 들렸다.

아침이 되고 아침밥을 먹는 식탁에서는 밥그릇에 숟가락 부딪히는 소리와 음식을 씹는 소리만 날 뿐 말소리는 들리지 않았다. 아침에는 정적이 맴도는 식탁에서 밥을 먹고 밤늦게 들어와서 다들 각방을 쓰고 자고 있는 가족들을 보며 마음 아파하다가 잠을 자는 것이 일상이 되어버렸다.

엄마와 아빠가 말을 안 한 지도 3일이 훌쩍 넘었다. 평소 같았으면 얼른 화해하라고 중재하던 나였겠지만 이번만큼은 그렇지 못했다.

할머니도 날이 갈수록 더 악화되었다. 요즘은 내 나이를 잊으신다. 내가 학교 갈 때에 초등학교에 가냐고 물어보기도 하고, 말수도 적어지셨다. 이렇다가 할머니가 내 존재를 잊는 것은 시간문제라고 생각했다.

제발 기적이 일어나서 할머니가 치매를 이겨낼 수 있게 도와달라고 밤마다 기도했다.

하지만 이 세상에 기적이라는 건 없다는 것을 보여주듯 할머니의 기억은 점점 잊혀져가고 있었다. 물론 가끔씩 기억이 돌아올 때도 있었지만. 이제 우리 가족이 놀러 가던 시간들, 웃으며 밥을 먹었던 시간들 등등 다른 사람들에게는 너무 평범하다 못해 일상적인 나날들도 그리워지기 시작했다.

할머니가 치매에 걸린 이후로 배가 항구를 떠나듯 우리 가족들도 서로에게 무관심해 진 채 점차 멀어져만 갔다.

* * *

이상한 아침이었다. 며칠 전에 엄마와 성적으로 한바탕 한 탓에 오늘 눈치 봐서 몰래 스터디나 나갈 생각이었다. 아침밥을 먹으러 식탁에 나가자 처음 느껴지는 공기가 나를 반겼다. 항상 할머니는 엄마와 아빠, 내가 아무 말도 하지 않아 어색하던 식탁 위 유일하게 이야기를 했었다. 하지만 오늘은 아니었다. 할머니는 고개를 푹 숙이고 숟가락만 멍하게 응시했다.

할머니가 눈치를 보다가 수저를 놓고 말을 꺼내셨다.

"희라야. 영호야. 고운아. 내 요즘 기억이 잘 안 난다. 이게 무슨 일인겨 하니 내가 그 뭐고. 치매. 맞다. 치매인 것 같다. 사실 너희가 며칠 전에 했던 얘기 들었다. 미안하다. 내는 기억이 안 난다. 진짜 미안타. 이렇게 해만 돼서 우짤꼬."

할머니의 목소리는 너무나도 담담했다. 할머니의 담담한 목소리에 내 눈에서 눈물이 폭포처럼 쏟아졌다.

할머니는 자기가 치매인 걸 알고 얼마나 불안하셨을까. 우리 얘기를 듣고 얼마나 많은 생각을 하셨을까. 혼자서 고민하고 있었을 할머니를 생각하니 눈에서 눈물이 멈추지 않았다.

"미안하다. 미안타. 진짜 미안타. 고운이 니한테도 마이 미안하고, 내가 얼마나 이랬는지 모르겠지만 내 이런대도 같이 있어줘서 너무 고맙데이. 나는 이제 그 어디고. 나이든 사람들 있는 데 가고 싶다."

애써 웃는 할머니의 눈가가 촉촉해졌다. 마음이 너무 아파 찢어질 듯 머리가 아팠다. 엄마와 아빠는 눈물을 흘리며 아무 말도 하지 못하였다.

"고운아, 오늘은 학교 가지 말고 할머니랑 있어라."

아빠는 눈물을 많이 쏟았는지 잠긴 목소리로 말했다. 엄마와 아빠는 밖으로 나가고 집에는 나와 할머니만 남겨져 있었다. 이상하게 할머니는 거실로 나오지 않았다. 할머니를 불렀다.

"할머니, 나와 봐."

아무 대답도 없는 탓에 할머니 방에 들어가자 벽으로 돈 채 누워

있는 할머니가 있었다. 어쩐지 할머니의 뒷모습 때문에 마음이 더 아파왔다. 할머니 옆에 앉아 이야기를 했다.

"할머니, 자? 미안해. 나는 할머니랑 정말 진짜로 같이 살고 싶거든? 근데 이제 안 되려나 봐, 나는 할머니랑 같이 살 수 있을 줄 알았다? 치매, 뭐 그거 별 거 아닌 줄 알았다? 지금처럼 같이 밥 잘 먹고 약 잘 먹으면 치료 되는 줄 알았어. 나는 믿었어. 할머니는 절대로, 절대로 나를 잊지 않을 거라고. 근데 며칠 전에 할머니가 나한테 초등학교 가냐고 했을 때……. 나 정말 하늘이 무너지는 줄 알았어. 나 진짜 너무 슬펐어. 나한테 왜 그랬어. 미안해. 미안해. 할머니. 제발. 가지 마."

정말 있는 눈물 없는 눈물 다 흘렸다. 눈물이 내 옷을 다 적셨지만 눈물은 멈출 기미가 보이지 않았다. 나를 잊은 할머니가 미웠지만 너무나 사랑했다. 보내고 싶지 않았다. 그래도 이제 우리는 더 이상 누굴 믿을 수도 없었고 마지막이었다. 그때 할머니가 흐느끼는 소리가 들렸다.

"미안하다. 미안하다. 고운아. 거 가서 다 나아서 오구마. 미안하다. 아프게 해서……. 할미가 다 나아서 올 테니까."

할머니의 목소리는 흐느꼈지만 분명 또박또박하게 말했다. 그렇게 우리는 서로를 껴안고 펑펑 울고 울었다.

* * *

11월 28일 금요일, 오늘은 내 생일이다. 요즘에는 옛날처럼 생일이라고 신나지는 않지만 그래도 조금 새로웠다.

"고운아, 생일 축하해."

하은이가 편지와 사탕들을 나에게 건네며 말했다.

사소한 것이지만 잘 챙겨주는 하은이에게 무척이나 고마웠다.

늦게 집에 들어갔지만 집에 불이 켜져 있었다. 원래라면 꺼져있어야 할 집이 밝으니 이상하게 어색했다. 신발을 벗고 집 안으로 들어가자 할머니와 아빠와 엄마가 식탁에 앉아있었다.

"고운아. 빨리 와라. 케이크 묵자."

할머니가 나에게 손짓을 하시며 얼른 오라고 하셨다.

가방을 벗고 식탁으로 가자, 내가 제일 좋아하는 고구마 케이크에 초가 꼽혀져있었다. 요즘 힘든 일도 있고 서로 바빠서 내 생일을 내색 하지 않고 지나려 했지만, 말 하지 않아도 내 생일을 기억해주는 가족들이 무척 고마웠다.

"생일 축하합니다. 사랑하는 고운이 생일 축하합니다."

생일 축하 노래를 부르고 마음속으로 소원을 빌며 초를 바람으로 불었다.

케이크를 조각조각 잘라서 나누어 먹었다.

"고운아. 생일 축하하고 니 이름처럼 고운 사람이 되라. 알았재? 마이 무라. 우리 고운이."

할머니가 케이크를 작게 입에 넣으며 말하셨다.

내 이름은 고운 사람이 되라고 할머니와 할아버지가 지어 주신 이름이다. 나는 이 이름이 무척이나 마음에 든다. 흔한 이름도 아니고 무엇보다도 뜻까지 정말 예쁘기 때문이다.

"응. 할머니 고마워."

케이크를 입에 넣으며 말했다. 어쩌면 할머니와 함께 할 수 있는 마지막 생일일지도 모른다는 생각을 하자 눈물이 맺히려 했다. 그때 할머니가 나에게 편지를 내밀었다.

"고운아. 생일 축하하고 또 축하한다. 사랑한다."

할머니의 말에서 짧은 떨림이 느껴졌다.

고운아. 사랑하는 내 손녀 고운아. 생일 축하한다. 너랑 있는 동안 항상 즐겁고 행복했다. 너는 보기만 해도 내가 힘낼 수 있게 해줬다. 알고 있나? 공부하느라 힘들재? 그래도 항상 밝고 예쁘게 사는 우리 고운이. 사랑한다. 앞으로도 건강하게만 자라다오.

할머니의 짧은 편지에 눈물이 나왔지만 금세 아무렇지 않은 척 눈물을 닦았다.

남은 케이크를 냉장고에 넣고 식탁을 정리하는 중에 엄마와 아빠가 나에게 편지를 건넸다.
"고운아, 생일 축하한다."
엄마와 아빠가 웃으면서 말씀하셨다.
엄마와 아빠가 요즘 바쁘고 힘들어 보이셨는데 나에게 편지를 적어 주시니 정말 고마웠다.
다 씻고 방에 들어가 침대에 걸쳐 앉아 편지를 읽었다.

고운이에게
고운아 요즘 힘든 일이 정말 많지? 그래도 엄마랑 아빠 열심히 도와주고 힘든 내색 안 하는 고운이를 볼 때마다 엄마랑 아빠는 너무 고맙고 미안해.
할머니도 잘 챙겨드리는 고운이가 정말 대견하고, 언제 이렇게 컸나 싶어.
우리 고운이 생일 정말 축하하고, 앞으로는 행복한 날만 가득하기를 바랄게. 사랑한다.

– 엄마와 아빠가

편지를 보니 괜히 마음이 슬퍼지고 눈물이 핑 돌았다. 엄마와 아빠 말대로 앞으로는 행복한 날만 가득하기를 바랐다. 내 소원을 곱씹으며 잠이 들었다. 우리 가족이 모두 행복하고 건강하게 살 수 있게 해 주세요.

* * *

오늘은 할머니의 요양병원에 가는 날이다. 막상 요양병원에 가는 날이 오자 마음이 불안해졌다. 할머니는 자신이 치매라는 사실을 또 까먹고, 기억하고를 반복했다. 할머니를 볼 때마다 너무 마음이 아팠다.

"고운아, 할머니랑 먼저 내려가 있어. 차에 시동 걸고 있을게."

아빠가 차키를 챙기며 나를 불렀다.

할머니와 손을 잡고 밖으로 나왔다. 초겨울이지만 오늘의 날씨는 내게 어떤 날보다 차갑고 매서웠다.

"고운아, 우리 오랜만에 바닷가나 갈까?"

아주 긴 정적을 깨고 할머니가 나를 보며 말했다.

"응. 좋아. 바닷가 가자."

할머니와 나는 추운 겨울 바닷가를 거닐었다. 아무 말도 하지 않았지만 왠지 할머니의 마음을 전해 받은 것 같았다.

"고운아. 오랜만에 모래성이나 지을까?"

할머니와 나는 서로를 마주 보며 모래성을 지었고 눈에서는 눈물이 계속 흘러나왔다. 어쩌면 마지막일 수 있는 할머니의 이런 모습. 할머니와 함께했던 많은 순간들이 스쳐 지나갔고, 함께하지 못했던 날들의 후회가 물밀 듯 밀려왔다.

모래를 모으며 같이 하나의 성을 만들었다.

차가운 모래성 위로 눈물이 방울방울 떨어진다.

"고운아. 울지 마라. 할미가 다 나아서 오면 그때 또 모래성 지으러 가자? 응?"

할머니는 하염없이 흐르는 눈물을 닦고 애써 담담하게 말했다.

"꼭 다시 오자. 꼭. 할머니, 사랑해."

"내도 사랑한다."

우리는 서로를 바라보며 꼭 껴안았다. 다시 만나자는 기약 없는 약속을 한 채.

"고운아!"

저 멀리 차 안에서 아빠가 우리를 불렀다.

요양병원으로 가는 차 안은 정적이 흘렀다. 히터는 빵빵했지만 나는 너무 춥고 외로웠다.

창밖으로 스쳐지나가는 모든 장면들이 할머니와의 추억을 연상시켰다.

요양병원에 다와 갈 쯤, 아빠와 엄마가 무겁게 말을 꺼냈다.

"어머니, 계속 한 집에시 모셔드리지 못해서 정말 죄송합니다."

아빠는 우는 듯했다.

"괜안타. 다 내가 가고 싶어서 가는 거여."

할머니는 창밖을 보며 아무렇지 않다는 듯 말씀하셨다.

한 참을 달려 도착한 한적한 산골에 요양병원이 있었다. 마당에는 연로한 어르신들이 웃으시며 산책을 하고 계셨다.

"고운아. 같이 병원으로 들어갈래?"

엄마가 뒤쪽을 바라보며 나에게 물었다.

"아이고. 됐다. 오지 마라. 다음에 또 오구마이."

나는 따라 가겠다고 했지만, 할머니가 한사코 말렸다. 어쩔 수 없이 나는 차에서 기다리기로 하고 할머니와 작별인사를 했다.

"할머니, 잘 있어. 나중에 꼭 다시 올게. 사랑해."

눈물이 계속 흘렀다. 멈추려 해도 멈춰지지 않았다.

"오냐. 할미가 건강하게 있을 테니께. 꼭 다시 오거라."

할머니의 눈에서도 눈물이 흘렀다.

"할머니, 나 잊지 마……."

할머니와 잡고 있었던 손을 겨우 놓고 엄마와 아빠와 함께 요양병원 안으로 들어가는 할머니의 뒷모습을 바라보았다.

할머니가 들어간 후 요양병원 안에 들어가 보았다. 들어가자 꽤 따듯한 분위기의 벽지와 바닥에 조금 안심이 되었다. 양쪽으로는 통로가 길게 나있고 계단도 있었다. 할머니가 이곳에 잘 적응해야 할 텐데.

내가 제일 좋아하는 우리 할머니. 내가 제일 사랑하는 우리 할머니……. 언제가 될지 모르겠지만 꼭 다시 모래성을 짓자며 마음속으로 다짐하고 또 다짐했다.

얼마 안 가, 엄마와 아빠가 손을 꼭 잡고 요양병원을 나오셨다.

요양 병원에서 집으로 가는 길, 아침에는 할머니와 함께였던 길, 이제는 혼자서 창밖을 바라보며 따듯한 차 안에서 눈물을 흘렸다.

우리들의 온도

글_ 홍소연·최다빈

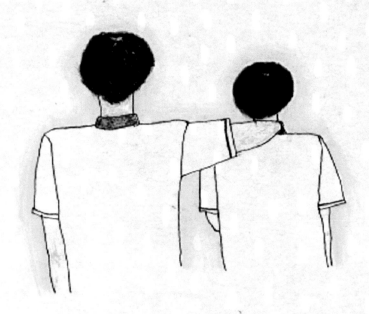

검은 여우와 사건 원광법사

원광법사의 본래 성씨는 설 씨이고 경주 사람이다. 그는 불교를 배우던 중 30세에 홀로 삼기산에 살면서 수행하였다. 4년쯤 지나 한 스님이 법사가 지내는 곳과 멀지 않은 곳에 절을 짓고 살기 시작했다. 그 승려는 성품이 강인하고 사나우며, 주술 배우기를 좋아했다. 2년쯤 지난 어느 날 원광법사가 혼자 앉아 수행하는 데 갑자기 신의 목소리가 들렸다.

"그대의 수행하는 모습이 좋구나. 지금 이웃에 있는 승려는 주술을 닦지만 얻는 것도 없으며 시끄러운 소리로 남의 수행을 방해만 하는구나. 머무는 곳이 내가 다니는 길을 막고 있어 다닐 때마다 미워하는 마음이 드니 법사는 나를 위해 그에게 장소를 옮기도록 말하라. 만약 오래 머문다면 내가 그를 해칠 수도 있다."

다음날 원광법사가 이웃의 승려에게 말했다.

"내가 어젯밤 그대가 수행하는 장소를 옮기지 않으면 재앙이 따를 것이라는 신의 소리를 들었소."

이웃의 승려가 대답했다.

"오랫동안 수행한 분도 마귀의 꾀임에 빠지는군요. 법사는 어찌 여우 귀신의 이야기를 듣고 걱정합니까?"

그날 밤 신이 또 와서 말하였다.

"지난번 내가 한 말에 대해 그 승려가 뭐라 대답하던가?"

"아직 말을 다 하지 못했지만 강하게 말하면 어찌 거부하겠습니까?"고 대답했다.

"내가 이미 다 들었는데, 그대는 어찌하여 많은 말을 하는가? 이제 내가 하는 일을 잠자코 보시게."

라고 신이 말했다.

그날 밤 천둥 같은 소리가 들렸는데, 다음날 살펴보니 산이 무너져 그 승려가 살던 절을 덮어 버렸다. 신이 다시 와서 말하였다.

"법사가 보니 어떤가?"

원광법사가 말했다.

"매우 놀랍고 두렵습니다."

신이 말했다.

"내 나이 삼천에 가까워 능력이 가장 뛰어나니 이 정도는 작은 일에 불과하다. 나는 앞으로 일어날 모든 일을 알고 있고, 천하의 일에 모르는 것이 없다. 법사가 이곳에 살면 자신에게는 이롭겠으나 다른 사람을 이롭게 하지는 못한다. 어찌 중국에 가서 가르침을 배워와 이 나라의 불쌍한 사람들을 인도하지 않는가?"

원광법사가 대답했다.

"중국에 가서 도를 배우는 것은 본래 제가 바라는 것이지만 바다와 육지가 막혀있어 스스로 가지 못하고 있습니다."

신이 중국에 가는 계책을 자세히 일러주었고, 원광법사는 그 말에 따라 중국에 11년 동안 머물며 불교 교리와 유교의 가르침을 배웠다.

진평왕 22년 중국에서 돌아오는 사신 행렬과 함께 신라에 돌아와 이전에 머물렀던 삼기산의 절에 이르렀다. 밤중에 신이 그의 이름을 부르며 말했다.

"바다와 육지 길로 중국에 다녀오는 것이 어떠하던가?"

원광법사가 대답했다.

"당신의 은혜를 입어 편안히 다녀왔습니다."

신이 말하였다.

"나 또한 법사에게 계율을 주겠다."

그리고 전생과 현생과 내생을 돌고 도는 세상에서 서로 도와 구제하자는 약속을 맺었다. 원광법사는 신에게 또 요청하였다.

"제가 신의 참모습을 볼 수 있겠습니까?"

신이 대답하였다.

"법사가 만일 내 모습을 보고 싶다면, 아침에 동쪽 하늘 끝을 보라."

원광법사가 다음 날 아침 그곳을 바라보니, 커다란 팔뚝이 구름을 뚫고 하늘 끝에 닿아 있었다. 그날 밤 신이 와서 말했다.

"법사는 내 팔뚝을 보았는가?"

원광법사가 대답했다.

"보았는데 무척 신기하고 묘했습니다."

이로 인해 사람들은 삼기산을 비장산이라 부르기 시작했다.

신이 또 말했다.

"비록 신의 몸을 가졌다 해도 끝없는 고통을 면하지는 못한다. 머지않아 그 고개에 내 몸을 버릴 것이다. 법사는 와서 영원히 떠나는 내 넋을 송별해 주게."

약속한 날을 기다려 가서 보니 옻칠한 것 같은 검은 늙은 여우 한 마리가 헐떡거리며 숨도 쉬지 못하다 곧 죽었다.

원광법사가 중국에서 돌아왔을 때 신라 왕과 신하들이 그를 존경하여 스승으로 모셨다. 이즈음 고구려와 백제가 자주 침범하여 걱정이 많았다. 왕이 법사에게 중국에 군사를 요청하는 글을 짓도록 부탁하였는데 법사의 글을 읽은 중국 황제가 30만의 군사를 이끌고 고구려를 공격하였다. 이로부터 법사가 유학에도 두루 능통하였음을 사람들이 알게 되었다. 84세에 세상을 떠나니 명활성 서쪽에 모셨다.

- 《삼국유사》 권 4, 〈의해〉 5, 원광법사 중국에 유학하다

우리가 《삼국유사》 이야기 중 눈여겨본 글은 '검은 여우와 사귄 원광법사'에 대한 이야기입니다. 이 글에서 원광법사 와 친해진 여우귀신은 중국에 가서 가르침을 얻고자 원광법사의 소원을 들어줍니다. 원광법사가 여우귀신에게 고맙다며 참모습을 보고 싶다고 말하니 약속한 날 아침 여우귀신이 자신의 본 모습을 보여주고는 원광법사 앞에서 사라지는 내용입니다. 우리는 이 글을 읽고 만남이 있다면 이별이 있다는 '회자정리(會者定離)'를 생각했고, 이 이야기를 두 고등학생의 이별 이야기로 풀어 보았습니다.

성격이 정반대인 두 남고생의 만남부터 이별까지의 심경 변화와 행동 변화를 표현했습니다.

항상 주위에 친구가 넘치는 태운이와 친구를 사귀는 것은 시간 낭비라고 생각하는 연우가 우여곡절 끝에 친구가 되어 남들과 비슷하지만 조금은 특별한 시간들을 보냅니다. 연우는 태운에게 의지를 하며 신뢰했고, 태운과 놀면서 많은 심경변화를 겪었습니다. 그로 인해 연우의 성격이 조금씩 천천히 변하기 시작합니다. 하지만 원래부터 연우가 친구를 사귀는 것을 시간 낭비라고 생각한 것은 아닙니다. 중학생 때 생긴 트라우마 때문인데, 결국 그 트라우마로 연우는 태운과의 이별을 택하고, 멀리 이사를 가며 이 소설은 끝이 납니다. 저희는 이 소설을 쓰면서 청춘 시기에 오가는 여러 가지의 감정들을 나타내고 싶었습니다.

청춘이란 십 대 후반에서 이십 대에 걸치는 인생의 젊은 나이를 뜻하지만 우리가 생각하는 청춘은 본래의 뜻과는 다릅니다. 우리는 다른 누군가를 사랑하며 자신이 행복하다고 느끼는 매 순간이 바로 청춘이라고 생각합니다.

우리의 온도

A의 어는점

"태운아, 일어나. PC방 가야지."

누군가의 목소리에 나는 천천히 눈을 떴다.

"다른 애들은?"

눈을 뜨자 보이는 것은 텅 빈 교실에 남아있는 선우, 승민이였다.

"걔네는 자리 맡아둔다고 먼저 갔어."

나는 승민이의 말을 듣고는 고개를 끄덕이며 기지개를 켰다. 그리곤 부스스한 머리를 대충 정리한 뒤 가방을 챙겨 학교를 빠져나와 PC방으로 발걸음을 돌렸다. 나와 승민이 그리고 선우는 고등학교 1학년 때 처음 만나 1년이 지난 지금까지도 꼬박꼬박 PC방에 출근 도장을 찍었다.

"팀전 어때? 역시 크아하면 팀전이지."

"또 그 게임하냐? 지겨워서 죽을 거 같아."

학교에서 나와 운동장을 가로질러 가던 중 선우가 오늘도 크아를 하자며 나와 승민이에게 말했다. 나는 아무 말 없이 고개를 내저었고, 승민은 눈을 가늘게 뜨며 두 손가락으로 X자 표시를 만들었다. 안 그래도 고양이 같이 생긴 눈을 가늘게 뜨니 더욱더 고양이 같았다.

"팀전을 하더라도 수가 맞아야지 한 명 모자라잖아. 다른 게임 해야겠네."

"너 지금 어쩔 수 없다는 듯 얘기하는데 웃긴 거 알아?"

선우는 승민의 말에 웃었다. 승민은 의아한 표정으로 뒤통수를 긁적였고, 나는 그 둘을 보며 웃었다.

"어? 주연우다."

한참 웃던 선우는 발걸음을 멈추더니 손가락으로 정문을 가리켰다. 선우의 손가락에 따라 시선을 옮겨 연우를 바라보았다. 멀리 있어서 그런지 안 그래도 아담한 체형이 더욱 아담해 보였다. 선우는 뭐가 그렇게 바쁜지 정문으로 뛰어가기 시작했다. 운동장에 가만히 서 있던 우리도 선우를 따라 뛰었다. 숨을 헐떡이며 연우의 앞길을 막은 선우가 한참 동안이나 숨을 고르더니 연우의 어깨를 덥석 잡았다.

"너 지금 바쁘냐?"

"아니."

"우리 지금 PC방 가는데 같이 갈래?"

선우의 말을 들은 연우의 표정은 구겨졌다. 선우는 그걸 아는지 모르는지 계속해서 같이 가자며 꼬드겼고, 나는 연우의 표정에서 미묘하게 흐르는 기분 나쁨을 눈치채고, 그 둘 사이에 끼어들었다.

"개인전 하면 돼."

은근슬쩍 선우를 연우에게서 멀어지게 하려 밀었다.

"무슨 소리야! 개인전은 재미없잖아!"

선우는 큰 소리를 내며 말했다.

"개인전 하자, 선우야."

나는 선우의 어깨에 손을 올리고 힘을 주며 미소를 유지한 채 고갯짓을 하였다. 선우는 하나도 모르겠다는 표정을 지으며 입모양으로

'왜?' 하고 물었다. 그리곤 자신의 어깨 위에 있던 내 손을 뿌리치고는 연우의 팔뚝을 잡으며 말했다.

"이럴 때 친구들이랑 우정을 쌓는 거지. 안 그래 연우야?"

연우는 구겼던 얼굴을 피며 한숨을 쉬더니 선우의 손을 뿌리쳤다.

"우정은 너네끼리 쌓아. 난 갈게."

"어? 어디가! 주연우."

진짜 매정하다. 선우는 입술을 쭉 내밀며 중얼거렸다.

"그러게 내가 개인전 하자고 했잖아. 빨리 가자 애들 기다리겠다."

시무룩한 선우의 등을 토닥이는 승민이었다. 나는 연우의 잔상이 사라질 때까지 시선을 거두지 못했다. PC방을 같이 가자는 선우의 말을 듣고 구겨진 연우의 표정이 머릿속에 맴돌았다.

"한태운. 뭐해? 빨리 와."

나도 모르게 멍을 때렸는지 승민이 나의 어깨를 툭 치며 말했다.

"미안."

나는 선우 그리고 승민이와 함께 PC방으로 발걸음을 옮겼다.

PC방에 온 나는 자꾸만 드는 쓸데없는 생각들에 게임에 도저히 집중을 할 수 없었다. 연우와 이때까지 같은 학교에 다니면서 나는 연우와 친하게 지내는 아이들을 본 적이 없는 것 같다.

'친구가 없는 건가?'

땅이 꺼질 듯한 한숨을 내쉬자 옆에 있던 승민이 걱정스러운 눈빛을 하고는 내게 물었다.

"왜 한숨을 쉬고 그래. 무슨 일 있어?"

승민이의 물음에 나는 아니라며 손사래를 쳤다.

"무슨 일이 있는 건 아닌데 그냥 조금 신경 쓰이는 일이 있어서."

"뭐가 신경 쓰이는데?"

"있잖아……."

이걸 물어봐도 될까 말까 고민하기도 전에 이미 입이 열렸다. 승민이는 이미 키보드에서 손을 뗀 지 오래고, 초롱초롱한 눈으로 나를 바라보며 나의 말을 기다리고 있었다.

"연우 말이야. 누구랑 친한지 알아?"

"주연우?"

승민이는 눈을 동그랗게 뜨며 내게 되물었다. 나는 고개를 끄덕였다. 승민은 잠시 생각하나 싶더니 실없는 대답을 하였다.

"아니? 나야 모르지."

해맑게 웃으며 얘기하는 승민에 나는 고개를 내저었다.

"그냥 먼저 집에 갈게."

그리곤 도저히 게임에 집중을 할 수 없을 것 같은 나는 가방을 챙겨 자리에서 일어났다. 승민은 집에 가려는 내가 이해가 안 된다는 듯 나를 쳐다봤다.

"그렇게 신경 쓰이면 네가 친구 해줘!"

PC방을 빠져나가는 내 뒤통수에 대고 소리를 치는 승민에게 손짓으로 대충 인사를 한 후 나는 PC방을 빠져나왔다.

교복을 학교에 두고 왔다며 선도부를 피해 일찍 등교하자는 선우에 나는 강제로 학교에 일찍 오게 되었다. 아무도 없겠다 생각하며 교무실에 열쇠를 가지러 갔는데 누군가 우리보다 일찍 왔나 보다. 열쇠 보관함에 있어야 할 열쇠가 없었다.

"어떤 부지런한 친구가 이렇게 일찍 오냐."

선우는 휘파람을 불며 교실 앞문을 활짝 열었다.

"주연우?"

연우라는 말에 나는 신발장에 신발을 던지듯이 놓고 재빨리 교실로 들어왔다. 연우는 우리를 한 번 보더니 손에 쥐고 있던 책으로 시선을 옮겼다. 선우는 뭐가 그렇게 신이 났는지 가방도 벗지 않고 연우의 앞자리로 가 앉았다.

"안녕."

선우의 인사에 연우는 아무런 표정 변화도 없이 선우를 쳐다보았다.

"인사도 하면 안 돼?"

선우는 연우의 표정을 보자마자 입술을 쭉 내밀며 투덜거렸고, 연우는 한숨을 푹 쉬며 다시 책에 집중하였다. 나는 제자리에 가 가방을 풀고는 휴대폰을 만졌다. 휴대폰과 선우, 연우를 자꾸만 번갈아 보게 되었다. 연우는 앞자리에 앉아서 제 자신을 빤히 쳐다보는 선우가 부담스러운지 고개를 푹 숙이고 눈치를 보고 있었다. 그걸 아는지 모르는지 누가 봐도 부담스러운 눈빛을 한 선우가 턱을 괴고 연우를 빤히 쳐다보고 있었다.

"무슨 책 보는 거야?"

선우는 연우의 책을 손가락으로 톡톡 치며 물었다. 하지만 돌아오는 대답은 없었다.

"왜 대답을 안 해줘?"

돌아오지 않는 대답에 또 시무룩해진 선우였다. 나는 선우를 연우에게서 떼어내기 위해 급하게 휴대폰을 켜며 선우를 불렀다. 호들갑을 떨며 부르자 선우는 눈을 동그랗게 뜨고는 자연스레 내 앞자리에 앉았고, 나는 휴대폰을 보여주는 척하며 귓속말을 하였다.

"연우가 불편해하는 거 안 보여?"

나는 최대한 볼륨을 줄여 선우에게 눈치를 주었다.

"뭐?"

하지만 선우는 정말로 몰랐던 것인지 볼륨을 올려 대답하였고, 나는 깜짝 놀라 선우의 팔뚝을 때렸다.

"소리 좀 낮춰. 대답 안 해주는 거 보면 알잖아."

"나는 진짜 몰랐어."

선우는 뒷목을 긁적거리며 연우의 눈치를 살폈다. 나는 이제라도 알았으면 됐다며 선우의 등을 토닥였다.

"주연우."

내가 등을 토닥여주기 무섭게 선우는 갑작스럽게 연우를 불렀다.

"귀찮았으면 미안."

나는 선우의 돌발행동에 크게 당황했다. 연우는 황당했는지 어이없다는 표정으로 선우와 나를 바라보았다.

"미쳤어? 누가 사과를 하래?"

나는 선우의 입을 막으며 귓속말을 하였다.

"나 때문에 걔가 불편함을 느꼈으면 사과는 해야지. 내가 너무 친해지고 싶어서 과하게 행동하기는 했어."

나는 선우의 대답에 탄식을 내뱉었다.

"듣고 보니 그건 맞는 말인 거 같네."

오랜만에 선우가 하는 맞는 말이었다. 선우는 씁쓸한 표정을 지으며 내게 말하였다.

"나 학기 초부터 연우랑 친해지고 싶었는데 내가 매일 아침 인사 하고, 집 갈 때도 인사하고, 매일 말 걸었는데도 한 번도 대답 안 해줘."

선우의 말을 들으니 어제의 의문에 대해 반 정도는 답이 나온 것 같았다. 연우는 친구가 없는 것이 아니라 친구 하자고 다가오는 아이들을 받아주지 않는 것이다. 나는 50%의 답을 찾자마자 또 하나의 의문이 들었다.

'그럼 왜 친구를 안 만드는 거지?'

나는 하나의 답이 나오자마자 또 다른 의문이 생기며 연우가 신경

이 쓰였다.

　"주연우는 그냥 내가 싫은 건가 봐……."

　익숙한 목소리에 엎드려 자고 있던 나는 잠에서 깼다. 눈을 비비고
제대로 뜨니 익숙한 목소리의 주인공을 알 수 있었다. 반 울상인 선우
가 내 앞자리에 앉아있었다. 이건 또 무슨 소리일까 싶어 모르겠다는
표정을 짓자 선우는 연우의 자리를 가리켰다. 나는 시선을 천천히 옮
겼다. 내 시선 끝에는 연우 자리 주변에서 웃고 있는 준보와 그의 무
리. 그리고 연우가 있었다. 나는 이상함을 느꼈다. 웃고 있는 준보와
저 무리는 소위 말하면 학교에서 제일 골칫덩어리인 양아치였다.

　"다른 애들이랑은 잘도 놀면서 나랑은……."

　"정신 좀 차려. 넌 지금 저게 주연우가 같이 놀고 있는 거로 보여?"

　연우와 자리가 멀리 떨어져 있는 바람에 무슨 얘기를 하는지 들을
수는 없지만 대충 연우의 표정을 보니 마냥 좋은 상황이 아니라는 것
을 알 수 있었다. 양아치 무리 중의 대장인 준보가 연우에게 어깨동
무를 시도하였다. 연우는 자신의 어깨 위에 올라와 있는 준보의 팔을
피하고는 자리에서 일어섰다. 준보의 표정은 순식간에 굳어졌다. 예감
이 좋지 않았다. 자리를 피하려는 연우를 준보가 붙잡았다. 내 예감
은 맞았던 것이다.

　"야 너 미쳤어?"

　준보의 목소리가 커졌다. 시끄러웠던 반 아이들이 순식간에 조용해
졌고, 몇몇의 아이들은 자신들에게 불똥이 튀지 않으려 교실을 조용
히 벗어났다. 연우의 표정은 꽤 담담했다. 내 앞에 있던 선우는 안절
부절못하며 "어떡해."만 난발했다. 연우는 표정 변화 없이 반을 훑어
보더니 준보를 똑바로 쳐다보았다.

　"눈 안 깔아?"

순간 준보의 손이 올라갔고, 나는 연우와 준보의 사이에 끼어들었다.

"황준보. 그만해."

"지금 해보자는 거야?"

준보는 나의 멱살을 잡아 올렸고, 나는 준보를 타이르며 멱살을 슬며시 놓았다. 마침내 다음 시간은 양아치들도 무서워하는 개코 선생님이셨고, 나는 시간표를 가리키며 준보에게 말했다.

"다음 시간 개코 선생님이야."

"주연우 너는 한태운 때문에 산 줄 알아."

준보가 담배 냄새를 덮을 향수를 찾으러 복도로 나가고, 양아치 무리는 순식간에 해산되었다. 나는 미친 듯이 뛰는 심장을 가라앉히려 심호흡을 하고는 나만큼 놀랐을 연우를 생각해 등을 토닥였다. 하지만 연우는 여전히 표정 변화 없이 나를 한 번 쳐다보고는 교실을 빠져나갔다.

"태운아, 미안해. 나 오늘은 PC방 못 갈 것 같아."

"나도 오늘은 안 돼."

학교 종례가 끝나고 가방을 싸는 내게로 다가와 갑작스레 PC방 약속을 취소하는 승민과 선우였다.

"그럼 나도 안 갈래."

원래라면 학교 끝나고 바로 PC방으로 달려가야 하는데 웬일인지 선우와 승민이가 빠진다고 하는 바람에 나도 오늘은 집에 일찍 갈까 싶어 빠졌다. 달이 떠 있을 때 항상 집에 가서 그런지 해가 떠 있는 지금이 왠지 어색했다. 하지만 밝은 길도 나쁘지만은 않았다. 발걸음이 한껏 가벼워진 것 같았다.

집을 가기 위해서는 큰 다리를 건너거나 기찻길을 따라 걸어야 한다. 평소라면 큰 다리로 갔을 테지만 오늘은 왠지 기찻길이 더욱더 끌렸다. 기찻길이 끌리는 이유는 그 길에 사는 백구 때문이었다.

"백구야."

백구는 나를 보고 왈왈하고 짖었다. 백구는 아직도 낯을 가리는 것 같았다. 차마 가까이 가지는 못하고, 조금의 거리를 둔 후 백구에게 손을 흔들었다.

"저 새끼 똑바로 잡아라."

백구를 휴대폰 카메라에 담고 있을 때쯤, 기와집 바로 옆에 있는 골목에서 웬 익숙한 목소리가 들렸다. 익숙한 목소리와 함께 둔탁한 소리도 났다. 나는 둔탁한 소리에 괜스레 겁이 났지만, 조심스럽게 골목 안으로 들어가 보았다.

나는 골목 안의 상황을 보고 깜짝 놀랐다. 그곳에는 준보와 그의 무리들 그리고 연우가 있었다. 연우는 준보에게 맞았는지 온몸에 불그스름한 자국들과 멍 자국들이 차지하고 있었다. 나는 어떻게 하면 저 상황에서 연우를 구할지 곰곰이 생각했다. 순간 좋은 생각이 든 나는 휴대폰 카메라를 켜 준보 무리 앞에 나갔다. 나는 무리에게 다가가 연우의 이름을 부르자 준보와 무리들은 동시에 나를 쳐다봤다.

"지금 동영상 찍었는데 이거 학교에 넘겨도 되지?"

휴대폰을 준보 앞에 흔들어 보이자 준보는 잠시 주춤하더니 이내 침을 한 번 뱉고는 무리들을 데리고 골목을 빠져나갔다. 준보가 골목을 아예 나갔는지까지 확인을 한 나는 바로 연우에게 달려가 쭈그려 앉았다.

"너 괜찮아?"

"왜 자꾸 나 도와줘?"

연우를 이리저리 살피며 괜찮으냐고 물었다. 하지만 돌아오는 연우의 대답은 왜 자꾸 자신을 도와주냐는 말이었다.

"동정하지 마."

연우는 힘겹게 제자리에 일어서 가방을 챙겨 비틀비틀 거리며 내게서 등을 돌렸다. 나는 그 자리에서 움직이지 못했다. 조금씩 멀어져가는 연우의 뒷모습만 바라볼 뿐 나는 아무 말도 할 수 없었다.

"근데, 동영상은 지워주라."

연우는 그 한 마디를 남기고는 골목을 벗어났다.

'왜 자꾸 나 도와줘?'

한 번.

'동정하지 마.'

두 번.

'근데, 동영상은 지워주라.'

세 번.

연우의 말이 머릿속에서 잊히지 않았다. 나는 한 번도 연우를 동정한 적이 없었다. 그리고 동영상을 찍은 적도 없었다. 단지 찍은 척이었다. 나는 순수한 마음으로 연우를 도와준 것뿐 동정을 한 적이 없었다.

때마침 선우의 말이 생각났다.

'나 때문에 걔가 불편함을 느꼈으면 사과는 해야지.'

사과는 해야겠다 생각했다.

'나 내일 바빠서 일찍 간다.'

나는 선우에게 메시지를 넣었다.

며칠 전 선우와 함께 일찍 온 것보다 훨씬 더 일찍 왔다. 연우에게 사과를 한다고 생각하니 심장이 빠르게 뛰었다. 연우가 과연 사과를 받아줄지 궁금했다. 신발을 신발장에 넣고는 앞문 앞에 섰다. 덜덜 떨리는 손으로 문고리를 잡고 조심스레 열었다. 역시나 연우는 책을 읽고 있었다. 나는 괜히 목을 가다듬으며 교실 안으로 들어왔다. 그리곤 연우의 앞으로 성큼성큼 다가갔다. 심장이 아까보다 더 빠르게 뛰기 시작했다.

'쿵- 쿵- 쿵- 쿵-.'

적막한 교실 안은 내 심장 소리로 가득 찼다. 떨리는 마음에 침을 삼켰다.

'사과하는 게 뭐가 어렵다고 그래. 빨리 네가 할 말 해.'

하지만 내가 생각하는 것과는 달리 입이 떨어지지 않았다. 나는 긴장감에 괜히 뒷목을 매만졌다. 입이 타들어 가는 것 같았다.

"어제 네가 한 말 있잖아."

나는 몇 번의 고민 끝에 입을 열었고, 책에 집중하던 연우가 나를 올려다봤다.

"뭐 때문에 그렇게 느꼈는지는 모르겠지만 난 진심이야."

나의 말에 연우의 눈동자가 흔들렸다.

"동정이라고 느꼈으면 미안해."

빠르게 뛰었던 심장은 점점 박자를 되찾아 가는 것 같았다.

"그리고 난 애초에 동영상을 찍은 적이 없어. 일부로 거짓말한 거야. 거짓말해서 미안해."

나의 말이 끝나자 연우는 고개를 느리게 끄덕이며 대답하였다.

"그래."

심장이 일정하게 뛰었다.

B의 어느점

매일 똑같은 학교, 그리고 일상. 모든 게 똑같았다. 재미도 없고, 지루하기도 짝이 없었다. 그래서 매일 공부를 하거나 책만 읽었다.

"연우야, 오늘 학교도 파이팅."

엄마의 아침 인사에 나도 따라서 인사했다. 내가 시야에서 사라질 때까지 엄마는 현관 앞에서 나를 지켜보셨다.

학교에 와서 제일 먼저 하는 것은 창문 열기였다. 그 다음엔 아무도 없는 텅 빈 교실에 앉아 아침 공기를 마시며 책을 읽었다. 어느 정도 시간이 지나면 반 아이들이 우르르 들어와서는 저들마다 떠들기 바빴다. 그렇게 아침 시간이 지나면 오전 수업이 시작된다. 지극히 평범하고, 무료한 내 학교생활에 하나의 오점이 생긴 것은 점심을 먹고 나서 후였다.

점심을 다 먹고, 교실에 올라가려는데 급식실 뒤쪽 나무 아래에 쪼그려 앉아있던 우리 반의 준보가 나를 불렀다.

"이리 와 봐."

나는 준보의 부름에 고개를 돌렸다. 준보는 소위 말하는 양아치로 덩치도 크고, 생긴 것도 우락부락해서 모두가 두려워하는 아이였다. 하지만 나는 이상하게도 준보가 두렵다는 생각이 들지 않았다. 내게 손짓을 하는 준보의 말을 무시하고는 교실로 발걸음을 돌렸다. 내 뒤에는 온갖 수만 가지의 욕이 들려왔지만 나는 돌아보지 않았다.

"지금 내 말 무시했냐?"

아랑곳하지 않는 나에 열 받은 준보가 새빨간 얼굴을 한 채 내 앞을 막아섰다. 그리곤 내 어깨에 손을 올려 힘을 주었다. 어깨가 으스러지는 것 같았다. 나는 준보가 힘을 주자마자 아픈 소리를 내었고, 그런 나를 본 준보는 이제야 만족스럽다는 듯 내 어깨를 툭 툭 치더니 다시 급식실로 뛰어갔다. 사람이 아파하는 것을 좋아하다니 그런 준보가 이해되지 않았다. 나는 뛰어가는 준보의 뒷모습을 보며 혀를 찼다. 비인간적이고, 한심해 보였다.

학교를 마치고 나는 짐을 챙겨 학교 도서관에 들렀다. 도서관 선생님은 오늘도 올 줄 알았다며 나를 위한 추천 도서를 뽑은 종이를 주셨다.

"감사합니다."

저번 주에 빌렸던 책을 반납하고는 추천 도서를 살폈다. 나는 추천 도서 중 마음에 드는 제목을 가진 책을 찾아 빌리고는 도서관에서 나왔다. 빌린 책의 표지, 목차 그리고 작가의 말을 살피며 운동장을 가로질러 교문을 나설 때쯤, 저 멀리서 선우가 긴 다리로 성큼성큼 내 이름을 부르며 뛰어오고 있었다. 그 뒤로 태운과 승민이까지. 나는 집으로 향했던 발걸음을 돌려 선우를 마주 보았다. 선우는 한참 동안 숨을 고르더니 내 어깨를 덥석 잡고 말했다.

"너 지금 바쁘냐?"

"아니."

"우리 지금 PC방 가는데 같이 갈래?"

친하지도 않으면서 갑자기 하는 말이 PC방에 가자는 말이라 나는 어이가 없었다.

"한 명 모자라거든."

최대한 표정 관리를 하려 애썼지만 자신들의 이익을 위해 함께 놀자는 거였다는 생각에 기분이 나빠져 표정을 구겼다. 나와 선우의 사이에는 미묘한 기류가 흘렀다.

"개인전 하면 돼."

그 미묘한 기류를 깬 건 태운이었다. 태운은 나와 선우의 사이를 비집고 들어와 선우를 슬쩍 밀어냈다.

"무슨 소리야. 개인전은 재미없잖아."

"개인전 하자, 선우야."

태운은 선우의 어깨에 손을 올리고는 고갯짓하며 눈치를 주었다. 하지만 선우는 전혀 모르겠다는 표정이었다. 선우는 제 어깨 위에 올라가 있던 태운의 팔을 뿌리치고는 나의 팔목을 잡았다.

"이럴 때 친구들이랑 우정을 쌓는 거지. 안 그래 연우야?"

나는 그 우정이란 말이 웃기고도 어이가 없었다.

"우정은 너네끼리 쌓아. 난 갈게."

나는 한숨을 푹 쉬고는 집으로 발걸음을 돌렸다. 허탈함이 밀려왔다.

"어디가! 주연우."

내 뒤통수에 대고 소리를 지르는 선우의 목소리를 듣고도 나는 발걸음을 멈추지 않았다.

오늘도 어김없이 학교에 일찍 도착했다. 늘 하던 대로 교실 문을 열고, 창문을 열어 환기를 시키고 자리에 앉아 어제 빌렸던 책을 꺼냈다. 내가 책을 꺼내기 무섭게 휘파람 소리가 들리더니 앞문이 열리며 선우와 태운이 들어왔다.

"주연우?"

선우는 나를 보더니 내 이름을 외쳤고, 나는 들키지 않게 한숨을 내쉬었다. 목소리만 들어도 귀찮다. 선우는 뭐가 그렇게 신이 났는지 싱글벙글한 얼굴을 한 채, 내 앞자리 의자를 꺼내어 앉았다.

"안녕."

내가 아무 말 없이 쳐다보자 선우는 입술을 쭉 내밀며 투덜거렸다.

"뭐야? 인사도 하면 안 돼?"

나도 모르게 또 표정 관리를 하지 못하였다. 하긴 내가 어제 싫다는 걸 표현했음에도 불구하고, 못 알아차린 저런 애한테 표정 관리를 할 필요는 없지. 내 표정을 본 선우는 입술을 쭉 내밀며 투덜거렸다.

"무슨 책 보는 거야?"

선우는 손가락으로 책을 톡 톡 건들이며 물었지만 나는 대답 하지 않았다.

"왜 대답을 안 해줘?"

내가 귀찮다고 얘기하기도 전에 태운이 호들갑을 떨며 갑자기 선우를 불렀다. 태운의 목소리가 교실 안에 가득 퍼졌다. 선우는 태운의 말을 듣자마자 바로 가 버렸다. 드디어 조용히 책을 읽을 수 있게 되었다. 한참 책에 집중해 읽을 때쯤, 선우가 내 이름을 불렀다.

"주연우."

나는 선우의 부름에 고개를 돌렸다.

"귀찮았으면 미안해."

나는 갑자기 사과를 받았다. 선우는 내 눈치를 살피며 뒷머리를 매만졌다. 물론 쟤가 귀찮게 한 건 맞는 말인데 사과를 받으니 무언가 이상한 기분이 들었다.

"나 때문에 걔가 불편함을 느꼈으면 사과는 해야지."

그 뒤로 들리는 선우의 말에 이상했던 기분이 천천히 스며들었다.

"주연우."

"이 새끼. 또 말 안 하네."

"말할 줄 몰라?"

그 말을 끝으로 불쾌한 웃음소리들이 내 귓속을 파고들었다. 저번 급식실 일로 인해 준보에게 눈도장이 찍혔나 보다. 준보는 1교시가 끝나자마자 내 자리로 자신의 무리들을 데리고 와 나를 눈치 주기 시작했다. 나를 툭 툭 치며 자꾸 말을 시켰다. 나는 대답을 하지 않았다. 옛날에 엄마가 그랬다. 양아치들은 자신이 시키는 대로 고분고분 따라주면 재밌어서 더욱더 강도가 세진다고 그랬었다. 아무리 말을 시켜도 묵묵부답인 내가 조금은 재미가 없었는지 준보는 내게 말했다.

"친구가 대화 좀 하자는데 대답을 안 하는 건 뭐 하자는 거야?"

준보는 내 어깨에 자연스레 팔을 올렸다. 나는 그 팔을 피해 자리를 뜨려고 했다. 목 깊숙이 불필요한 터치를 하지 말라는 말이 자꾸만 올라오려고 했다.

"너 미쳤어?"

준보는 내 행동이 마음에 안 들었는지 목소리를 높이며 일어섰다. 그리곤 내 앞으로 다가왔다. 시끄러웠던 반 안은 준보의 목소리에 의해 순식간에 조용해졌다. 그리고 몇몇의 아이들은 나를 한껏 째려보며 밖으로 나갔다.

나는 애써 담담한 척 준보를 똑바로 쳐다보았다. 솔직히 말하면 조금 무서웠다. 그래도 누군가는 나를 도와주지 않을까 싶어 반을 둘러보았을 땐, 그런 생각을 한 내가 한심했다.

"눈 안 깔아?"

준보는 손을 높이 들었다. 나의 심장은 미친 듯이 뛰기 시작했고, 무서웠다.

"황준보, 그만해."

그 순간 나와 준보의 사이에 큼지막한 손이 들어와 가로막았다. 그 손의 주인은 태운이었다. 준보는 눈을 부릅뜨며 태운의 멱살을 잡았고, 태운은 자신의 멱살을 잡은 준보의 손을 슬며시 풀며 말로 타일렀다.

"다음 시간 개코 선생님이야."

개코 선생님이란 단어를 들은 준보는 힘이 들어갔던 눈이 점점 풀리더니 이내 허둥지둥 자리를 뜨기 시작했다. 평소에 양아치 잡기로 유명한 개코 선생님은 준보에게 엄청난 적이었던 것이다. 준보는 자신에게서 나는 담배 냄새를 없애려는지 향수를 찾으러 복도로 나가버렸다. 태운은 큰 불씨라도 끈 듯 안도의 한숨을 쉬었다. 그리곤 내 등을 토닥였다. 나는 고맙다는 말은커녕 태운의 손을 피해 복도로 나와 버렸다. 그리고 보니 태운은 내가 곤란하거나 방금처럼 아무도 도와주지 않는 상황에서 항상 나섰다.

'대체 나를 왜 도와주는 걸까.'

나는 처음으로 남에게 의문이란 걸 가졌다.

"백구야, 안녕."

하교하는 길에 골목 모퉁이 집에서 사는 백구를 만났다. 여전히 대문 뒤쪽에 묶여 있었다. 백구 앞에 쪼그려 앉아 손을 내밀자 백구는 내 손의 냄새를 맡고는 핥았다.

"백구야, 간지러워."

그리곤 대문 안으로 손을 집어넣어 백구의 머리를 쓰다듬었다.

"주연우 아니야?"

백구와 즐거운 시간을 보내기도 잠시 누군가 내 이름을 불렀다. 고개를 돌려 뒤를 보았을 땐 준보와 무리들이 서 있었다. 준보는 내 어깨 위에 손을 올리더니 말했다.

"마침 잘 만났다."

준보의 손에 힘이 들어갔다.

"내가 지금 기분이 별로 안 좋거든? 좋은 말 할 때 따라 와라."

준보는 앞장을 서 바로 옆 골목으로 들어가 버렸고, 그의 무리들은 나를 떠밀며 골목으로 집어넣었다. 마음속으로 생각했다.

'나 진짜 망했다.'

준보는 팔짱을 끼며 서서는 내게 자신의 앞으로 와 보라고 하였다. 그리곤 그 큰 주먹으로 내 어깨를 때렸다. 아파서 움찔거리는 나를 본 준보가 고갯짓을 하자 무리들은 내게로 모여 나를 때리기 시작했다. 나는 어떻게든 빠져나가려 빈틈을 찾았다. 나는 다리 사이의 빈틈을 찾았고, 그 사이로 빠져나가려 안간힘을 썼다. 다리 사이로 빠져나간 나를 보고 준보는 소리쳤다.

"저 새끼 똑바로 잡아라."

나는 몇 발자국 도망도 못 가고, 바로 잡혀버렸다. 준보는 화가 났는지 얼굴이 새빨개져 내 앞에 섰다.

"오늘 네 제삿날인 줄 알아라."

그리곤 마구잡이로 나를 때리기 시작했다. 너무 아프고, 무섭고, 울고 싶지만 울 수도 없었고, 도와달라 소리칠 수도 없었다. 내가 그렇게 한심하게 봤던 준보는 더 이상 한심하다고 생각할 수 없을 정도로 무서웠다. 준보의 손이 올라가자마자 나는 눈을 질끈 감았다. 그때 익숙한 목소리가 들려왔다.

"지금 동영상 찍었는데 학교에 넘겨도 되지?"

눈을 살짝 떴다. 태운이 휴대폰을 준보의 눈앞에 보란 듯이 흔들고 있었다. 나는 잠시 정신이 멍해지면서 중학생 때 엄마, 아빠가 했던 말씀이 생각났다.

'연우야, 엄마가 연우 힘든 거 몰라줘서 미안해.'

'엄마, 엄마가 울긴 왜 울어? 울지 좀 마.'

'여보, 울지 마. 연우야 아빠도 정말 미안하다.'

어지러웠다. 다시 정신을 차렸을 땐 준보가 급히 골목을 빠져나가는 것이 눈에 보였다. 왜 하필 이 순간에 그때의 일이 떠올랐는지 모르겠다. 태운은 준보가 빠져나간 것을 보고는 내 앞에 쭈그려 앉았다.

"너 괜찮아?"

태운은 걱정 어린 어투로 내게 물었다.

'너 왜 자꾸 나 도와주는 거야? 이유가 뭐야?'

나는 태운에게 많은 것을 묻고 싶었다. 왜 자꾸 나를 도와주느냐고, 이유가 뭐냐고. 하지만 그 궁금증도 몇 초 안 돼서 날아가 버렸다. 물어보지도 말자. 괜히 상처받지 말자. 쟤는 그저 내가 불쌍해서 도와주는 거 밖에 불과하니까. 태운이 무슨 생각으로 나를 도와줬는지는 모르겠지만 이미 나는 불쌍해서 도와주는 걸로 판단해버렸다. 괜히 태운이 동정한다고 생각해 화가 났다.

"너 왜 자꾸 나 도와줘?"

나를 이리저리 살피는 태운에게 물었다.

태운은 당황한 듯싶었다.

"동정하지 마."

제발 나를 불쌍하다고 생각하지 마. 나는 그 말을 끝으로 힘겹게 일어섰다. 그리곤 옆에 널브러져 있던 가방을 챙겨 비틀비틀 골목을 빠져나가려 발걸음을 옮겼다. 순간 다시 한번 정신이 멍해지면서 엄마의 말이 떠올랐다.

'연우야, 엄마가 연우 힘든 거 몰라줘서 미안해.'

심장이 빠르게 뛰기 시작했다. 그때의 기억이 나를 아프게 만들었다. 나는 뒤를 돌았다. 그리곤 태운의 오른쪽 손에 들려있던 휴대폰에 시선을 고정했다. 저 동영상이 학교에 넘어가면 분명 그때의 일이 다시 일어날 게 분명했다. 나는 두 번 다시 부모님이 나 때문에 우는 일은 없었으면 좋겠다는 마음에 무거운 입을 뗐다.

"근데, 동영상은 지워주라."

내 말을 듣고 복잡한 표정을 짓는 태운을 등지고, 골목을 빠져나왔다.

오늘도 평소와 다름없이 교실에 제일 일찍 도착했다. 가방을 내려놓기도 전에 창문을 열어 환기를 시켰다. 밤새 모여 있던 먼지가 한꺼번에 빠져나가는 것 같았다. 자리에 앉아 책을 꺼내어 목차를 살폈다. 그러던 도중 누군가 교실 안으로 들어왔다. 태운이었다. 태운은 내 앞으로 성큼성큼 다가왔다. 그리곤 한참 동안이나 내 앞에 서 있었다. 나는 신경 쓰지 않은 척하며 힐끔힐끔 태운을 봤다. 태운은 자꾸만 꼼지락거렸다. 내게 무슨 할 말이 있는 건지 궁금했다.

"어제 네가 한 말 있잖아."

나의 궁금증이 깨졌다. 나는 책에서 태운으로 시선을 천천히 옮겼다.

"뭐 때문에 그렇게 느꼈는지는 모르겠지만 난 진심이야."

진심이야. 나는 그 말을 속으로 곱씹었다. 진심이 느껴지는 태운의 눈에 어떻게 해야 될지 모르겠다.

"동정이라고 느꼈으면 내가 미안해."

"그리고 난 애초에 동영상을 찍은 적이 없어. 일부로 거짓말한 거야. 그것도 오해의 소지가 있었으니까 미안해."

태운이 나를 도와주는 것이 동정이라고 판단했던 그 생각들이 전부 씻겨나가는 것 같았다.

"그래."

나는 느리게 고개를 끄덕이며 대답했다. 심장이 미디엄템포로 뛰었다.

A의 녹는점

나는 조용히 자리에 앉아 책을 읽는 연우에게 바나나 우유를 건넸다. 연우가 나의 사과를 받아준 이후부터 꾸준히 연우에게 바나나 우유를 건네며 인사하였다. 처음에는 의아한 표정을 지으며 나와  바나나 우유를 번갈아 쳐다보았지만 시간이 지날수록 연우가 고개를 끄덕이며 덤덤하게 받았다. 나는 연우가 직접 대답을 해준 적은 없었지만 나름 친해진 것 같아 내심 기분이 좋았다.

"연우야."

다음 시간이 체육이라 연우를 데리러 교실에 온 나는 교실 안으로 들어가지 못하고, 뒷문 앞에서 발걸음이 멈추었다. 교실 안에 있던 연우는 자신의 책상 위에 있던 바나나 우유를 손에 쥐고선 우유를 쓰레기통 안으로 넣어버렸다. 이때까지 연우가 나를 받아준 것만 같아 좋아했던 나 자신이 머릿속에 스쳐 지나갔다. 배신감과 속상함이 파도처럼 물밀려 와 나를 덮어버렸다. 나는 조용히 뒷문에서 멀어져 혼자 운동장으로 향했다.

"왜 이렇게 늦게 나와. 너 때문에 체조 시작 못 하잖아."

내가 운동장으로 내려오자 저 멀리 있던 선우가 나를 발견하고는 긴 팔을 흔들며 소리쳤다.

"너 표정이 왜 그래? 무슨 일 있어?"

나도 모르게 표정 관리를 하지 못하였는지 반 아이들 쪽으로 다가온 나를 살피며 선우가 물었다. 나는 선우에겐 괜찮다며 고개를 내저었지만 나는 전혀 괜찮지 않았다. 나의 자리에 가 서서는 아직 오지 않은 몇 명의 친구들을 먼저 온 친구들과 함께 기다렸다. 내가 운동장에 나온 지 얼마 되지 않아 나온 연우는 늦게 나와서 미안하다며 선우에게 사과하며 내 옆에 섰다. 평소라면 연우에게 말을 걸며 장난을 쳤을 나였지만, 나는 도저히 연우를 쳐다볼 수 없었다. 그렇게 싫었으면 말이라도 해주지.

왠지 모르게 눈물이 날 것만 같아 입술을 꾹 다물었다. 괜히 좋아한 내가 너무 불쌍했고, 멍청했다. 싫다 표현하지 않고, 다 받아주는 척한 연우가 미웠다. 나는 그날 하루 동안 모든 것에 집중을 할 수가 없었다.

나는 어젯밤 잠자리에 누워 연우가 바나나 우유를 버린 것에 대해 생각하느라 잠을 제대로 못 잔 채 학교에 갈 준비를 하였다. 느릿느릿 준비를 하고, 학교에 도착했을 땐 연우가 자신의 자리에 앉아 책을 읽고 있었다. 나는 주먹을 쥐고 교실 안으로 들어와 아무 말 없이 자리에 앉았다. 그리곤 나는 폰을 하는 척하며 연우를 계속해서 주시하였다. 연우는 아무런 표정 변화도 없이 태연한 듯하였다. 나는 연우에게 너무나도 말하고 싶었다.

'그렇게 싫었으면 말을 하지 그랬어. 내가 그러는 게 부담스러웠어? 왜 버린 거야? 안 먹는다고 말하면 됐잖아.'

하고 싶었던 말이 머릿속에 맴돌아 어지러웠다. 그러다 문득 나 혼자 속상해할 바엔 하고 싶었던 얘기를 하고, 다시는 연우를 귀찮게 하지 않으면 되는 거 아닌가 하는 생각이 들었다.

자신의 이름을 부르는 나의 목소리에 연우는 책을 읽던 것을 멈추고, 고개를 돌렸다.

"너 우유 안 먹고, 항상 그렇게 버렸어?"

심장이 빠르게 뛰었다.

'쿵- 쿵- 쿵-.'

심장 소리가 내 귓가에 선명하게 들려왔다. 나의 질문에 연우는 아무런 대답도 하지 않고, 고개를 푹 숙였다.

"그렇게 싫었으면 말을 하지."

그럼 내가 혼자 착각하지는 않았을 거 아니야. 마지막 말은 가슴속 깊이 삼켜버린 채 말을 끝냈다. 내 말이 끝나자마자 반 아이들 한두 명이 교실 안으로 들어오기 시작했다. 나는 그렇게 연우의 대답도 듣지 못한 채, 이야기를 끝내야 했다.

나는 수업 시간 내내 집중을 할 수 없었다. 힐끗 힐끗 들키지 않게 연우를 보며 수업 시간을 보냈다. 연우는 멍한 표정을 하고는 공책에 무언 갈 적다가 다른 곳을 봤다가, 그리고 나를 쳐다봤다. 다행히도 내가 바로 고개를 돌려 눈이 마주치지는 않았다. 연우도 나처럼 생각이 많은 것 같았다. 지금 너는 무슨 생각을 하고 있을까.

그렇게 좋아하던 체육 시간에도 그리고 생물 시간, 점심시간까지 연우는 내 머릿속에 들어와 나의 모든 생각들을 어지럽혀 놓았다.

'그때 나를 왜 쳐다봤을까? 무슨 생각을 했을까? 지금은 무슨 생각해?'

연우에게 궁금한 게 많았다. 하지만 이 모든 생각들도 쓸모가 없는 것임을 깨달았다. 그 애는 내가 싫을 텐데 내가 이렇게 궁금해해서 뭐 할까 싶었다. 나는 머리도 비울 겸 점심을 먹고, 반 친구들과 축구를 하며 잡생각들을 버렸다.

축구를 마치고, 땀을 뻘뻘 흘리며 교실로 들어왔다. 시간표를 확인해 보니 다음 시간은 영어였다.

"태운아, 나 먼저 영어 가 있을게."

승민이 내게 소리쳤다. 나는 알겠다며 고개를 끄덕였고, 급하게 영어책을 챙겼다. 영어책을 챙겨 부채질을 하며 책상 위의 필통을 챙길 때쯤, 뒷문이 열리더니 연우가 들어왔다. 연우와 나는 눈이 마주쳤지만 그 누구도 먼저 말을 걸지 않았다. 어색한 기운이 교실 안을 가득 채웠다. 조용한 교실이 어색함에 한몫을 하는 거 같았다. 나는 빨리 나가려 발걸음을 바삐 했다. 하지만 나의 발걸음은 연우의 말에 얼마 가지 않아 멈췄다.

"저기, 한태운."

나는 대답을 하려 입을 열었지만 무슨 말을 해야 할지 몰라 다시 입을 다물었다. 결국 나는 아무런 대답을 하지 못하고, 교실을 나왔다. 괜히 마음 한구석이 저릿저릿하게 아파왔다.

집으로 돌아와 신발을 벗고 있는 내게 아빠가 다가와 잘 다녀왔냐며 내 어깨를 두드리셨다.

"태운아, 곧 엄마 오면 저녁 먹을 거야. 아빠가 맛있는 거 했다."

"저 오늘 저녁 생각 없어요."

나의 대답에 아빠는 뒷머리를 긁적이셨다.

"그냥 오늘따라 별로 안 먹고 싶어요. 죄송해요 아빠."

"표정이 많이 안 좋네. 무슨 일이 있었는지는 모르겠지만 힘내고,

쉬어라."

아빠는 눈웃음을 지으며 나의 머리를 쓰다듬으셨다. 나는 방으로 들어와 쓰러지듯 침대에 누웠다. 눕자마자 온몸에 있던 힘이 빠지는 것 같은 기분이 들었다. 나는 조용히 눈을 감고, 오늘 학교에서 있었던 일을 곰곰이 생각해 보았다. 아무래도 무시한 거는 좀 너무한 거 같아 미안한 마음이 자꾸 들었다. 잘못한 건 그 앤데 왜 이렇게 미안한 마음이 드는지 모르겠다. 그 애도 나한테 미안한 마음이 들었을까. 그때 나한테 하려던 말은 무슨 말이었을까. 잡생각들을 버렸으면서 다시 잡생각들이 생겨났다. 머리가 어지러웠다. 꼭 생각이 많아지면 어지러워지는 나는 요새 자꾸만 어지러움을 느낀다.

"연우가 왜 나를 불렀을까? 개도 나한테 할 말이 있어서 부른 거 아니야?"

나는 자세를 고쳐 침대에 걸터앉아 혼잣말을 하였다.

"아 어떡하지……."

'그냥 이왕 이렇게 된 거 그냥 무시하고 살면 되는 거 아니야?'

'아, 그건 좀 아닌 거 같아.'

정신이 오락가락했다. 내 주변의 악마와 천사가 내 귓가에 속삭이는 것 같은 느낌이 들었다.

'개는 이미 네 정성도 무시했고, 이젠 그냥 네가 질렸을걸?'

악마가 한 번.

'아니야 조금만 기다려 봐 너는 아직 연우의 말을 듣지도 않았잖아.'

천사가 한 번.

나의 내면에 있는 악마와 천사는 번갈아 가며 내게 속삭였다.

'내 말을 들어 제발.'

악마와 천사가 동시에 말했다. 악마는 자꾸만 나를 유혹했고, 천사는 울음기 가득한 목소리로 자신의 말을 들으라며 설득을 하였다. 그

울음기 가득한 목소리가 왜 자꾸만 연우의 목소리로 들리는지는 의문이다. 나는 두 손으로 귀를 막고는 침대에 누웠다.

결국 나는 천사의 말을 듣기로 하였다.

나는 꽤 이른 시간에 잠에서 깼다. 어젯밤 바로 잠들었는지 어제 입었던 교복을 입고 있었다. 나는 속옷과 옷을 챙겨 욕실로 가 아침부터 샤워를 하였다. 그러고는 교복으로 갈아입고, 아침밥을 먹고 집을 나섰다. 왠지 모르게 학교에 가는 발걸음이 가벼웠다.

나는 학교에 도착해 교실 창문을 통해 안을 살폈다. 평소라면 책을 읽고 있어야 할 연우가 자신의 자리에 앉아 멍을 때리고 있었다. 심호흡을 한 번 하고, 교실 문을 열었다. 교실 안이 조용해서 그런지 유독 문 여는 소리가 크게 났다. 연우는 문 여는 소리에 깜짝 놀라 토끼 눈으로 나를 보았다. 연우는 나와 눈이 마주치자마자 급하게 시선을 뗐다. 나는 그 자리에 멍하니 서 있었다. 학교로 오는 발걸음은 가벼웠는데, 지금은 그렇지 않았다. 어색한 공기가 우리 둘을 감싸 안았다. 긴 어색함과 침묵 끝에 연우가 입을 열었다.

"한태운."

연우는 조심스레 나의 이름을 불렀다. 나는 연우를 바라보았다.

"할 말이 있는데……."

왠지 모르게 심장이 빠르게 뛰었다. 저 뒷말은 과연 무엇일까. 연우의 뒷말이 너무 궁금했지만 차마 들을 용기가 없었다. 그래서 나는 나도 모르게 연우의 눈을 피해버리고, 교실 밖으로 나가려 발걸음을 돌렸다. 하지만 연우의 붙잡음에 나는 나갈 수 없게 되었다.

"미안해, 내가 우유 안 먹고 버리고……."

뒤에서 들리는 울음기 섞인 목소리에 나는 몸을 틀어 연우를 마주했다.

"미안해, 진짜 미안해 태운아."

연우의 눈에서 눈물이 흘러내렸다. 나는 연우의 눈물에 당황했다. 자신이 괴롭힘을 당할 때도 울지 않는 아이였는데, 찔러도 피 한 방울 안 나올 것 같이 굴었던 아이였는데, 그런 애가 지금 내 앞에서 울고 있다.

"너 왜 울어?"

나의 물음에도 연우의 눈물은 쉴 틈도 없이 볼을 타고 흘러내렸다.

"진짜. 진짜로 미안해……."

나는 어떻게 해야 할지 몰라 하다가 교실을 뛰쳐나와 화장실로 향했다. 화장실에서 휴지 여러 장을 떼온 다음 교실로 돌아와 연우에게 내밀었다.

"네가 울면 내가 잘못한 거 같잖아."

나는 어색하게 연우의 등을 토닥였다.

"울지 마."

"미안해."

연우는 어느 정도 진정이 되었는지 눈물을 멈추고는 코를 훌쩍거렸다. 나는 괜히 장난이 치고 싶어서 연우에게 장난으로 한 마디 툭 던졌다.

"너 미안하다는 말 지금까지 백 번 정도는 했을걸?"

그리고 언제 울었냐는 둥 연우는 웃었다. 연우의 웃음에 나도 따라 웃었다. 어젯밤 생각 선택을 잘한 것 같았다.

"너 웃는 거 처음 보는 거 같아."

나의 말에 연우는 고개를 갸웃하며 그런가하고 중얼거렸다. 내가 자리로 돌아가려 하자 연우는 할 말이 남았는지 나를 불렀다.

"한태운."

연우의 불음에 나는 뒤를 돌았다.

"나 용서해 주는 거야?"

"응? 용서?"

나는 연우의 말에 곰곰이 생각했다. 사실 나는 어제부터 연우가 내게 그 일에 대해 사과를 한다면 용서해 줄 생각이었다.

"난 이미 네가 울면서 사과할 때부터 용서했어."

연우는 나의 대답에 놀란 토끼 눈을 하고는 나를 쳐다보았다.

"뭘 그렇게 놀라."

놀라는 연우의 표정이 꽤나 웃겼다.

"앞으로 친하게 지내면 되지."

"오늘 급식 맛있어. 같이 먹을 거지?"

나의 말에 연우는 고개를 끄덕였다. 앞으로 친하게 지내자는 나의 제안에 긍정적인 반응인 연우에 다시 한번 놀리고 싶어졌다.

"야, 근데 너 우는 거 되게 의외다."

"어?"

"찔러도 피 한 방울도 안 나올 것 같이 굴어놓고"

연우는 나의 말에 싱긋 웃더니 작은 주먹으로 내 어깨를 아프지 않게 때렸다.

우리는 시간이 갈수록 더욱더 친해졌고, 매일을 함께했다. 쉬는 시간, 점심시간 그리고 등하교 시간까지 모든 일엔 함께했다. 주말에는 도서관을 가기도 하고, 영화도 보러 갔다.

나는 얘기하며 노는 것을 좋아하지만 연우는 책 읽는 것을 더 좋아하였다. 그래서인지 처음에는 내가 놀자며 옆에서 말을 걸 때는 어색한 표정을 지었었다. 하지만 어느 순간부터는 언제 어색했냐는 듯 연우가 먼저 말을 거는 날이 많아졌다.

나와 연우는 정반대였다. 좋아하는 영화 장르부터 즐겨듣는 음악까지 우리의 취향은 극과 극이었다. 그래서 나와 연우가 처음 영화를 보러 간 날 보고 싶은 영화가 각자 달라 내가 양보를 했었다. 나름 연우의 취향인 영화도 재미있었다. 두 번째 영화를 본 날엔 내가 보고 싶은 영화를 봤는데, 연우도 나름 재밌었다고 하였다. 우리는 그렇게 서로의 취향에 천천히 스며들어 갔다.

나는 연우와 더욱더 친해지고 싶은 마음에 함께 도서관에 갔다. 책을 읽는 것을 그리 좋아하지 않아 가만히 앉아서 책을 보는 연우와는 달리 나는 왔다 갔다 하며 만화책을 가져왔다. 나는 만화책을 보는 와중에도 집중이 되지 않아 힐끔힐끔 연우가 무슨 책을 보는지 살펴보았다.

"심심해?"

연우의 갑작스러운 물음에 깜짝 놀란 내가 급하게 시선을 거두어 만화책을 손에 쥐었다.

"아니?"

"너 책 거꾸로 들었어."

나는 아니라며 고개를 내저었지만 연우는 바람 빠지는 소리를 내며 웃더니 내 책을 손가락으로 가리켰다. 괜히 머쓱해진 나는 뒤통수를 매만지며 대화 주제를 바꾸어 연우에게 물었다.

"너 지금 무슨 책 읽어?"

나의 질문에 연우는 자신이 읽고 있던 책을 한 번 보더니 내게 보여주었다. 나는 고개를 끄덕이며 책의 줄거리를 물었다.

"고등학생들이 우정을 쌓는 내용인데 내가 읽는 건 2권이라서 네가 읽고 싶다면 1권부터 읽어야 될 걸."

나는 연우의 말이 끝나자마자 1권을 찾아왔다. 나는 연우 뒤에 있는 소파에 앉아 집중하여 책을 읽기 시작했다. 그리 작지도 크지도 않은 글자와 중간중간 들어간 그림 덕분인지 지루하지 않았다. 그래서인지 나는 시간 가는 줄 모르게 책을 읽었다. 어느새 책의 마지막 장

을 읽고 있었고, 책의 마지막 장 중간에는 '친구는 닮아간다.'는 문장
이 있었다. 나는 그 문장을 보자마자 나와 연우가 생각났다.

"집에 가자."

마침 연우도 책을 다 읽었는지 내게 집에 가자며 짐을 챙겼고, 나는
짐을 챙기는 연우에게 다가가 아까 그 문장을 보여주며 말했다.

"너는 이 책 볼 때, 뭐가 제일 인상 깊었어? 나는 이게 제일 좋아."

나는 손가락으로 아까의 그 문장을 짚었다. 나의 물음에 연우도 내
가 보여주었던 문장을 손가락으로 짚었다.

"이거."

나는 고개를 들어 연우와 눈을 마주친 뒤 살짝 웃어 보였다.

친구는 닮아간다.

"와, 오늘 날씨 진짜 좋다."

적당히 내리쬐는 태양과 살랑살랑 불어대는 바람 그리고 맑은 하
늘이 나를 기분 좋게 만들었다. 연우는 내 말을 듣고 창밖을 보더니
고개를 끄덕였다.

"오늘 같은 날은 진짜 공부하기 싫다. 나 오늘은 공부하지 말까?"

나의 물음에 연우는 픽하고 웃더니 대답했다.

"그래도 수업은 들어야지."

"나 오늘 안 할 거야."

사실 답은 정해져 있었다. 나의 답이 정해져 있는 질문에 연우는 또
한 번 웃었다. 나는 콧노래를 흥얼거리며 내 자리로 돌아와 엎드렸다.

원래라면 점심시간까지 쭉 엎드려 있을 예정이었는데 나는 1교시
때 잠시 엎드리고, 다시 일어나 수업을 들었다. 지금은 4교시로 정확
히 말하면 점심시간 종 치기 1분 전이었다. 다들 시계와 선생님을 번
갈아 쳐다보며 한쪽 다리를 책상 밖으로 뺐다. 마침내 종이 쳤고, 다

들 종이 치기 무섭게 뛰쳐나가 버렸다. 나 역시 반 아이들과 함께 뛰어나갔지만 아직 나오지 못한 연우에 다시 교실로 돌아와 연우를 기다렸다. 나는 교과서를 정리하고 나오는 연우와 함께 급식실로 향했다.

반 안에서 밖을 봤을 때도 날씨가 좋아 기분이 좋았는데, 밖으로 나오니까 더 기분이 좋아졌다. 이렇게 날씨가 좋은 날에는 급식실 안에서 먹는 것보다 밖에서 먹는 게 더 맛있지 않을까 하는 생각이 들었다. 나와 연우는 식판과 수저 도구를 챙겨 급식을 받았다. 급식을 먼저 받은 연우는 두리번거리며 자리를 찾기 바빴다.

"저기 자리 있다."

마침내 자리를 찾았는지 손가락으로 안쪽 식탁을 콕 집었다. 나는 고개를 절레절레 내저으며 연우를 데리고 급식실을 나왔다.

"어디 가?"

연우는 궁금하다는 표정으로 나를 쳐다봤다.

"이렇게 날이 좋은데, 저 안에서 먹을 수는 없잖아."

나의 대답에 연우는 탄식을 내뱉으며 나를 따라왔다. 나와 연우가 향한 곳은 운동장 구석진 곳의 스탠드였다. 나와 연우는 그 스탠드에 앉아 살랑살랑 불어오는 바람을 맞으며 점심을 먹기 시작했다. 왠지 모르게 나는 소풍 분위기에 기분이 붕 떴다.

"진짜 소풍 분위기 난다."

"그러게."

나의 물음에 연우는 웃으며 대답했다.

"더워지기 전에 밖에서 한 번 먹어봐야지. 우리 다음에 소풍 갈래?"

나의 제안에 연우는 골똘히 생각하더니 말했다.

"직접 도시락을 싸서 소풍을 간다면 더 재밌을 거 같아."

"하긴 더우면 안에만 있게 되니까. 더워지기 전에 소풍 가자."

연우의 긍정적인 대답에 나는 벌써부터 설레발을 쳤다. 나는 김밥 쌀 거야. 너는 뭐 쌀 거야. 하고 묻기도 하고, 연우는 유부초밥을 싸 올 거라며 대답을 했다. 소풍에 대해 얘기를 하며 밥을 먹다 보니 어느새 식판은 깨끗이 비워졌고, 나와 연우는 식판을 한쪽 구석으로 치웠다.

따뜻하게 내리쬐는 햇볕과 불어오는 바람을 타고 온 풀냄새를 맡으니 눈이 스르르 감겼다. 눈을 느리게 깜빡거리다 슬쩍 연우를 보자 연우도 잠이 오는지 눈이 반쯤 풀려있었다. 순간 연우를 보니 궁금한 게 하나 생겼다. 연우는 나중에 갈 대학교를 정했을까. 사실 저 자신도 어디 대학교에 갈지 정하지 못하였지만, 연우는 미래에 대해 생각을 하고 있는지 궁금했다. 나는 기지개를 피며 하품을 한 번 하고는 연우에게 물었다.

"연우야. 너 대학교 어디 갈 거야?"

연우는 뒷머리를 매만지며 대답했다.

"모르겠어."

"너도 안정했구나."

나의 말에 연우는 고개를 끄덕였다.

"대학교도 같이 다니면서 지금처럼 친하게 지내고 싶어서 물어봤어."

아무 생각 없이 내뱉은 말에 뒤늦게 부끄러움이 밀려왔다. 왜 갑자기 저런 낯간지러운 말이 튀어나왔을까 싶었다. 괜히 민망해져 다른 곳을 보며 헛기침을 몇 번 하였다. 연우는 그런 나를 보고 웃는 건지 아니면 무엇 때문에 웃는 건지 픽하고 웃고는 내게 말하였다.

"나도 그랬으면 좋겠다."

B의 녹는점

"안녕, 연우. 오늘도 공부 열심히 해."

오늘도 태운이 바나나 우유를 건넸다. 나는 많은 의문이 든다. 왜 날 이렇게 챙겨주는 건지, 부모님이 바나나 우유 공장을 운영하시는지, 사는 것이면 왜 나에게 돈과 시간을 투자하는 것인지 궁금했다. 나는 이런 관심과 호의가 너무 부담스럽다. 그 애는 나를 챙겨줄 만한 이유도, 그래야 할 의무도 없었다. 이내 나는 이렇게 잘 해주다가 결국 뒤돌아 떠날 것이라는 상상까지 하게 되며 그 상상은 곧 확신의 길로 간다.

작은 의심들에 근본 없는 상상까지 더해져 태운도 똑같은 사람으로 인식되었다. 그렇기에 그 애를 보는 시선도 곱지 못했다. 추후 일어날 일이 두려워 더 상처받지 않게 지금부터라도 조금씩 내치기로 했다. 하지만 터놓고 말해 내치기라고 한들 태운의 면전에 대고 너도 똑같은 사람이라고 말할 용기도 없었고, 그렇게 일을 키우고 싶지도 않다. 그래서 생각해 낸 방법은 바나나 우유를 먹지 않기이다. 내가 생각해도 웃긴 방법이었다. 하지만 이게 내가 할 수 있는 최선의 방어 방법이다. 그날 이후 나는 바나나 우유를 버리기 시작했다. 다음 날도, 그다음 날도 계속 버렸다.

일주일쯤 지난 어느 날 아침이었다. 오늘도 어김없이 학교에 일찍 등교했고, 얼마 후 태운이 왔다. 오늘은 웬일인지 조용히 들어와 인사 한마디도 없이 자리에 앉았다. 이상했다. 책장 넘기는 소리와 참새 소리만 들리는 어색한 시간이다. 긴 침묵이 지나고 태운이 입을 열었다.

"너 우유 안 먹고, 항상 그렇게 버렸어?"

태운의 말에 나는 고개를 돌려 태운과 마주 보았다. 심장이 너무 빠르게 뛰어 눈을 피해버렸다.

'어떻게 알았지? 내가 버리는 걸 봤나? 언제? 숨어서? 우연히?'

생각이 많아졌다.

"그렇게 싫었으면 말을 하지."

태운의 말이 끝나자마자 시끄러운 소리가 들리며 반 친구들이 들어왔다. 나는 하루 종일 수업에 집중하지 못했다. 몇 번이고 태운의 뒤통수를 힐끔거렸다.

'정말 날 본 건가? 어떻게 봤지? 누가 말 해줬나?'

수많은 생각 때문에 머리가 복잡했다. 다시 처음의 내 감정부터 되짚어보기로 했다. 난 태운이 다른 애들과 똑같이 몇 번 찔러보고 떠날 것이라고 생각했다. 하지만 그것에 대한 정확한 근거는 없었다. 단지 나의 직감이었다. 부정했던 것들이 끝내 명확해졌다. 내가 태운을 섣불리 판단하고 오해했다. 나는 나의 충분하지 않은 경험과 근본 없는 상상으로 태운의 진심과 정성을 짓밟았다.

미안한 마음에 태운의 뒤통수조차 쳐다볼 수가 없었다. 사과를 해야 한다. 사과는 딱딱한 텍스트인 문자보다는 얼굴을 마주 보고 하는 것이 더욱 진솔성이 느껴지는 것 같아 태운을 따로 불러서 사과를 하기로 마음을 먹었다.

타이밍이 관건이다. 나는 점심을 먹고, 교실로 들어와 이동 수업 갈 준비를 하는 태운을 보고는 침을 한 번 삼켰다. 마음속으로 할 말들을 정리한 후 태운을 불렀다.

"저기, 한태운."

내가 겨우 내뱉은 말이었다. 하지만 돌아오는 대답은 없었다. 나에게 눈길조차 주지 않고 지나쳤다. 처음으로 태운에게 무시를 당하였다. 어안이 벙벙했다. 그리고 조금 속상하기도 했다. 하지만 태운도 이런 기분이었을까 하는 생각에 더 미안해졌다. 해가 지고 집에 와도 그

감정은 잊혀 지지 않았다. 잠이 오지 않는다. 어떻게, 어떤 말을 꺼내야 할지 막막했다. 너도 나와 같은 밤을 보냈겠지.

　늘 그렇듯 조금은 이른 시간에 교실에 들어갔다. 오늘따라 심한 것 같은 먼지 냄새가 신경에 거슬린다. 책을 펼쳐 읽어보지만 눈에 들어오지 않았다. 무엇 하나 집중할 수가 없었다. 우울하다. 기분은 바닥을 치다 못해 깊은 심해 속으로 들어온 느낌이다. 태운이 내 기분을 좌우할 만큼 큰 존재였을까. 머릿속이 그 애 하나로 가득 찼을 때 태운이 들어왔다. 사과를 해야 한다는 생각이 번쩍 들었다.
　"한태운."
　일단 내뱉었다. 적막함 속 입을 열고 있는 사람은 나밖에 없었다. 대답을 기대하진 않았지만 씁쓸했다. 내가 입을 열어 말하는 순간 태운이 나의 눈을 피하고는 교실을 나가려고 하였다. 무섭고 당황스러웠다. 우리의 관계가 이렇게 끝날 것 같아서 두려웠다. 문을 열고 나가려는 태운의 옷깃을 급하게 붙잡았다. 울컥해서 눈물이 난다. 여러 가지 감정들이 뒤섞여 어지럽다.
　"미안해, 내가 우유 안 먹고 버리고……."
　머릿속으로 수없이 정리했지만 조급한 마음에 뒤죽박죽이 되어 버린 내 사과였다.
　"너 왜 울어?"
　태운은 당황했는지 내게 물었다. 하지만 내 눈물은 쉴 틈도 없이 볼을 타고 흘러내렸다. 태운은 어디론가 급히 나갔다가, 다시 교실로 들어왔다. 태운이 교실로 들어왔을 땐 한 쪽 손에 휴지가 쥐어져 있었다. 태운은 내게 휴지를 내밀었다.
　"네가 울면 내가 잘못한 거 같잖아."
　태운은 어색한 손길로 내 등을 토닥였다.

"울지 마."

"미안해."

나는 어느 정도 진정이 된 후에야 태운을 똑바로 처다볼 수 있었다. 태운과 나는 웃음을 터트렸다. 나는 이 웃긴 상황에서 힐끔힐끔 태운의 눈치를 살폈다.

"너 웃는 거 처음 보는 거 같아."

태운의 말에 나는 의아했다.

"그런가?"

태운은 고개를 끄덕이며 자신의 자리로 가려고 했다. 그냥 이렇게 끝인 걸까 싶었다.

'먼저 물어볼까?'

나의 머릿속에는 먼저 물어볼까 말까에 대한 생각으로 가득 찼다. 그리고 얼마 되지 않아 해답을 내렸다. 그래, 먼저 물어보자.

"한태운. 용서해 주는 거야?"

"응? 용서?"

태운은 폰을 하다 말고 내 쪽으로 시선을 돌렸다.

"난 이미 네가 울면서 사과할 때부터 용서했어."

나는 태운의 대답에 눈을 동그랗게 뜨고 처다봤다.

"앞으로 친하게 지내면 되지."

싱긋 웃으며 제안하는 태운의 말에 나도 따라 웃으며 고개를 끄덕였다.

나의 사과에 태운이 받아주고 난 후부터 우리는 급속도로 친해졌다. 다른 친구들과 다름없이 함께 밥을 먹고, 쉬는 시간엔 매일 붙어 있었다. 심지어 등교, 하교도 함께 하였다. 처음엔 학교에 오는 것이 재미도 없고, 지루하기 짝이 없었다면 지금은 학교가 조금은 재밌는 거 같았다. 태운 덕분에 태운의 친구인 선우와 승민이도 조금은 친해질 수 있었다.

"내가 어제 쓰레기 버리려고 나오다가 고양이를 봤거든. 진짜 귀여웠어."

태운은 얘기를 하거나 움직이며 노는 것을 선호하는 반면, 나는 친구와 얘기하며 노는 것에 대해 익숙하지 못해 아무것도 안 할 바에는 책이라도 읽자 주의여서 자주 책을 읽었다. 그래서인지 돌아다니는 것보다는 앉아있는 걸 선호했다.

"너희 집 근처에는 고양이 진짜 많은 거 같다."

"다음에 우리 집 쪽에서 고양이 보면서 놀래?"

하지만 태운과 친해진 이후 나는 어느 정도 친구와 얘기하며 노는 것에 대해 익숙해져 가는 것 같았다.

나와 태운은 정반대였다. 노래를 듣는 취향, 영화 취향, 노는 스타일까지 모든 게 달랐다. 나는 잔잔한 클래식 음악과 애니메이션을 좋아한다면 태운은 시끄럽고 경쾌한 음악과 SF영화를 좋아하였다.

우리가 처음 영화를 보러 간 날. 서로 보고 싶은 영화가 달라 어떻게 해야 지를 몰랐었다.

"연우는 그거 보고 싶구나."

태운은 그저 내 눈치만 보며 애써 웃었었다.

"그럼 우리 그 영화 볼까?"

내 취향의 영화를 손가락으로 콕 집으며 보러 가자고 하였지만 시선은 다른 영화에 꽂혀있었다.

"우리 각자 보고 싶은 영화 보고 로비에서 만날까?"

참 나다운 생각이었다. 나의 말에 태운은 손사래를 치며 말했었다.

"그럴 거면 왜 같이 보러 왔냐? 오늘은 내가 양보할게. 다음엔 네가 양보해."

태운은 바로 예매를 하러 갔다.

'다음엔 네가 양보해.'

우리는 자연스럽게 다음에도 놀 약속을 잡았다. 영화를 다 보고, 나오면서 태운은 얘기했었다.

"나는 저런 장르 영화 되게 따분할 거라고 생각했는데, 진짜 재있었어."

"다행이다."

"우리 다음에 언제 보러 올까?"

신나하는 태운을 보니 저절로 웃음이 나왔다.

처음 영화를 보고 나서 정확히 일주일이 지나고, 우리는 저번에 태운이 보고 싶다던 영화를 보러 왔다. 외계인이 나오고, 괴상한 생명체가 나오는 건 딱 질색인 나였지만 막상 영화를 보고 나니 생각보다 재미있었다.

"어때? 재있었어?"

"응. 생각보다 재있더라."

우리는 함께 시간을 보내면서 많은 것을 공유하였다. 자신이 좋아하는 음악을 추천해주거나 취미를 공유하곤 했다. 우린 공유한 모든 것들에 관심을 가졌다. 시간이 지나며 우리의 취향은 비슷해졌고, 서로의 취향에 서로가 묻어갔다. 저번에 책을 보다가 친구는 닮아간다는 문장을 본 적이 있는데 그 말이 이제야 이해가 되었다.

하루는 책 읽는 거라면 따분해서 싫다던 태운이 나를 따라 도서관을 왔다. 조용히 앉아서 책을 읽던 나와는 달리 왔다 갔다 하며 많은 만화책을 가져왔다. 만화책이라도 좀 읽는가 싶더니 이내 지루한 표정을 지으며 연신 하품만 해댔다.

"심심해?"

"아니?"

심심하냐고 묻는 내 말에 태운은 집중하는 척 만화책을 거꾸로 집어 들고는 고개를 내저었다.

"너 책 거꾸로 들었어."

태운은 머쓱한지 소리 없이 웃으며 괜한 뒤통수를 매만졌다.

"너 지금 무슨 책 읽어?"

그리곤 내 책에 관심을 보였다. 나는 내 책을 태운에게 보여주었다.

"무슨 내용이야?"

태운은 내게 물었다.

"고등학생들이 우정을 쌓는 내용인데 내가 읽는 건 2권이라서 네가 읽고 싶다면 1권부터 읽어야 될 걸."

태운은 내 말이 끝나기 무섭게 1권을 찾아와 조용히 읽기 시작했다. 우린 그렇게 몇 시간을 도서관에서 시간을 보냈다. 슬슬 집에 갈 시간이 되어 책을 덮고는 뒤를 돌아 태운을 보자 태운은 책을 거의 다 읽었는지 마지막 장을 보고 있었다.

"집에 가자."

짐을 챙기며 태운에게 말했다. 태운은 짐을 챙기는 내 옆으로 와서는 마지막 장의 한 문장을 가리켰다.

'친구는 닮아간다.'

나는 그 문장을 보고는 태운을 쳐다봤다.

"너는 이 책 볼 때, 뭐가 제일 인상 깊었어? 나는 이게 제일 좋아."

태운은 내게 물었다. 나는 태운의 물음에 마지막 장의 문장을 손가락으로 짚었다.

"이거."

나는 고개를 들어 태운과 눈을 마주친 뒤 살짝 웃어 보였다.

친구는 닮아간다.

"와, 오늘 날씨 진짜 좋다."

창밖을 보던 태운이 혼잣말인지 나에게 하는 말인지 모를 한마디를 하였다.

"날씨 좋지?"

나에게 묻는 것을 보아하니 혼잣말은 아니었다. 나는 태운의 등 뒤로 보이는 맑은 하늘을 보고는 고개를 끄덕였다.

"오늘 같은 날은 진짜 공부하기 싫다. 나 오늘은 공부하지 말까?"

태운은 사뭇 진지한 표정으로 내게 말했다. 나는 그런 태운에 픽하고 웃어버렸다.

"수업은 들어야지."

나 오늘 안 할 거야. 태운은 답이 정해져 있었으면서 내게 물었나 보다. 나는 그런 태운이 또 한 번 웃었다. 태운은 콧노래를 흥얼거리며 자신의 자리로 돌아가 엎드렸다.

지금 시각은 점심시간 1분 전으로 모두의 눈은 선생님께 향했지만 다리는 뒷문으로 향했다. 그리곤 종이 쳤을 땐 순식간에 개미 떼처럼 반을 빠져나갔다. 나는 교과서를 정리하곤 뒷문에서 기다리는 태운과 함께 급식실로 향했다.

식판에 급식을 받고는 자리를 찾으려 두리번거렸다.

"저기 자리 있다."

내가 손가락으로 가리키며 태운에게 얘기하자 태운은 고개를 내저으며 나를 데리고 급식실을 빠져나왔다.

"어디 가?"

"이렇게 날이 좋은데, 저 안에서 먹을 수는 없잖아."

태운이 향한 곳은 운동장 구석진 곳의 스탠드였다. 태운과 나는 그 스탠드에 앉아 살랑살랑 부는 바람을 맞으며 점심을 먹었다.

"진짜 소풍 분위기 난다."

"그러게."

태운은 한껏 웃으며 내게 말했다. 지금의 배경과 웃는 태운이 너무나도 잘 어울려 기분이 좋았다. 태운과 나는 나중에 소풍을 가자며 소풍에 대한 이야기를 나누었다. 어느새 식판은 깨끗이 비워졌고, 우리는 식판을 옆으로 치웠다. 배도 부르고, 날도 좋으니 잠이 쏟아져 왔다. 태운도 잠이 오는지 눈을 느리게 감았다 떴다. 태운은 기지개를 펴며 하품을 한 번 하더니 내게 물었다.

"연우야. 너 대학교 어디 갈 거야?"

대학교 얘기였다.

"모르겠어."

나는 애꿎은 뒷머리만 매만지며 대답했다. 태운은 탄식을 내뱉었다.

"대학교도 같이 다니면서 지금처럼 친하게 지내고 싶어서 물어봤어."

태운의 말은 나를 감동시켰다. 태운은 꽤나 낯간지러웠는지 다른 곳을 보며 헛기침을 몇 번 하였다. 나는 그런 태운을 보며 픽하고 웃었다. 나도 그랬으면 좋겠다. 내가 태운을 좋은 친구라고 생각하는 것처럼 태운이 나를 좋은 친구로 생각하는 거 같아 기분이 좋았다. 나는 여전히 민망해하는 태운에게 말했다.

"나도 그랬으면 좋겠다."

A의 끓는점

"요새 연우랑 태운이랑 같이 놀지 않냐?"

"자주 붙어 다니더라. 주연우 걔 학기 초에 완전 아싸였잖아. 지금 뭐, 한태운 있으니까 아싸는 면했네."

"그런데 너희 그 소문 알아?"

우연히 매점에 갔다 오는 길에 복도 구석에서 수다를 떨고 있는 아이들의 대화 속에 내 이름과 연우의 이름이 들렸다. 나는 신경 안 쓰는 척, 몰래 그 아이들에게 다가갔다.

"주연우. 걔 중학생 때 돈 많아 보이는 아줌마랑 연애했대. 그 아줌마한테 돈 받고 다닌다나 뭐라나."

그 아이들의 얘기를 엿 들었다. 연우가 연애를 했다나 뭐라나. 누가 봐도 헛소문인 것을 진짜인 마냥 퍼트리고 다닌다는 것이 화가 났다. 사람들은 가십거리를 너무 좋아해서 탈이라니까. 듣다가 안 되겠다고 판단한 내가 그 사이로 얼굴을 들이밀며 말했다.

"그게 무슨 소리야?"

나의 물음에 소문을 얘기하고 있던 애가 한쪽 입꼬리를 올려 웃어 보이며 얘기했다.

"너 그것도 모르고 주연우랑 놀았어? 불쌍한 새끼네. 그러니까 주연우가 중학생 때 말이야."

저 애는 눈치가 없는 건지 아니면 없는 척하는 건지 애매했다.

"재밌어?"

들떠서는 속사포처럼 아까의 헛소리를 내뱉는 애의 말을 끊자 그 아이는 눈을 동그랗게 뜨고 나를 쳐다봤다.

"어?"

"내가 지금 그 소문이 뭔지 다시 알려 달래? 이미 다 들었어. 너 이 얘기 지금 이 시간 이후로 입 밖에 꺼내지도 마."

내 말을 들은 아이들은 어이가 없다는 듯 서로 눈치를 주고받으며 웃기 바빴다. 그중 한 아이가 팔짱을 끼고 내게 말했다.

"네가 뭔데 명령이야."

"그거 다 헛소문이잖아. 네가 눈으로 직접 본 거 아니면 얘기하고 다니지 마."

듣기 거북하니까. 나는 마지막 말을 힘주어 또박또박 얘기해주었다. 다시 반으로 돌아가는 내 뒤통수에 대고 욕을 하는 아이들에게 나는 슬쩍 뒤를 돌아서 웃어주었다.

"구질구질하게 뒤에서 욕하지 마."

나의 말에 그 아이들은 모두 입을 닫았다.

연우와 집에 가는 길에 나는 복도에서 있었던 화나는 일이 떠올랐다. 누가 들어도 헛소문이구먼. 이러한 소문을 연우가 아는지 궁금해져 나는 연우의 어깨를 검지로 콕콕하고 찔렀다.

"왜?"

"연우야. 너 그런 소문 도는 거 알아?"

연우는 도통 모르겠다는 표정이었다.

"내가 오늘 복도 다니고 있었는데 어떤 애들이 모여서 너랑 내 얘기를 하고 있는 거야. 그래서 내가 너무 궁금해서 엿들었는데 글쎄, 네가 중학생 때 돈 많아 보이는 아줌마랑 사귀었다나 뭐라나. 아줌마한테 돈 받고 살았다고 하던데 그 소문 아니지? 솔직히 그게 너 일리가 없잖아?"

내 말에 아무 반응이 없는 연우에 혼자만 너무 떠들었나 싶어 연우의 눈앞에 손바닥을 내저었다.

"연우야, 내 말 듣고 있어?"

연우는 무슨 생각을 그렇게 하는지 멍한 표정으로 정면만 응시했다.

"연우, 무슨 생각을 그렇게 해?"

"미안. 그 소문 있잖아……."

"너 아니지?"

"응."

연우는 웃어 보였지만 왠지 모르게 그 웃음에는 씁쓸함이 묻어 나왔다. 그리곤 우린 그 얘기 뒤로 단 한 마디도 주고받지 못하였다. 내가 잘못한 게 있는가 싶어 이때까지 했던 얘기를 곱씹어보았지만 딱히 내가 무슨 잘못을 한 것 같지는 않았다. 혹시 그 소문이 기분 나쁜가 싶어 연우를 불렀다.

"연우야. 그 소문 말이야."

"미안. 태운아 나중에 얘기하자. 나 급한 일이 생각나서."

너무 신경 쓰지는 마. 난 너를 믿어. 연우에게 하고 싶었던 이야기를 하지도 못 한 채 연우를 보내버렸다. 급하게 뛰어가는 연우의 뒷모습이 왠지 모르게 더 이상 못 볼 것 같은 예감이 들었다. 괜히 기분이 씁쓸했다.

"선우야, 너 연우 왜 안 왔는지 알아?"

나는 칠판 위에 놓여있는 시계를 한 번 쳐다보고는 선우에게 물었다.

"네가 모르는 걸 내가 어떻게 알아? 아직 안 왔어?"

조금 이상했다. 원래라면 교실에 제일 먼저 와 있어야 하는데 오늘 내가 더 일찍 왔다. 심지어 지금 1교시 예비 종까지 쳤는데 연우는 보이지 않았다. 연우 어디 아픈 건 아닐까 아니면 무슨 일이 생긴 것은 아닐까. 연우가 지금까지 왜 학교에 안 왔나에 대한 의문점이 머릿속에 맴돌아 수업에 집중할 수가 없었다. 때마침 어제의 연우가 집에 급한 일이 생겨 먼저 간 일이 떠올랐다. 진짜로 큰일인가 봐. 학교 끝나고 떡볶이 사줘야겠다.

2교시 예비 종이 친 지금까지 연우는 보이지 않았다. 나는 헐레벌떡 교무실로 뛰어갔다. 그리곤 마침내 교무실에서 나오시는 담임선생님을 붙잡았다.

"선생님, 연우 무슨 일 있어요? 왜 학교 안 와요?"

나의 물음에 담임선생님은 놀란 표정으로 말씀하셨다.

"응? 연우 전학 갔어. 인사도 안 하고 갔니?"

무슨 소리인지 도통 알아들을 수가 없었다.

"네?"

머릿속이 새하얘졌다. 그것과 동시에 하늘이 무너지는 것 같았다. 나는 터벅터벅 교무실을 나왔다. 나도 모르게 다리에 힘이 풀려 주저앉고 말았다. 연우를 처음 만난 것부터 내가 도와주었던 것, 그리고 함께 놀았던 것 그 모든 추억들이 주마등처럼 스쳐 지나갔다. 나의 눈앞은 순식간에 서리 낀 듯 하얗게 변하였고, 눈물이 맺혔다. 애써 울지 않으려 울음을 참았지만 나의 눈물은 참지 못하고, 봇물 터지듯 흘러나왔다.

드디어 친해졌다고 생각했는데. 나는 쉴 틈 없이 흘러나오는 눈물을 닦으며 어제 연우와 함께 있었던 마지막 추억을 떠올려보았다. 나는 나의 얘기를 듣고 복잡한 표정의 연우를 생각했다. 그리고 내게 마지막으로 보여주었던 쓸쓸한 웃음까지. 그 헛소문이 연우를 힘들게 한 것은 아닐까 아니면 과거에 힘들게 했었던 것은 아닐까 수많은 생각들이 스쳐 지나갔다.

나는 말도 없이 가버린 연우가 한 편으론 밉기도 하지만 힘든 것 때문에 간 것이면 나는 전혀 연우가 밉지 않다.

'대학교에 같이 다니면서 지금처럼 친하게 지내고 싶어서 물어봤어.'

'나도 그랬으면 좋겠다.'

그때의 대화가 주마등처럼 뇌리를 스쳐 지나갔다. 나는 연우를 붙잡지 않기로 했다. 우리 나중에 꼭 만났으면 좋겠다.

'나도 그랬으면 좋겠고, 너도 그랬으면 좋겠지?'

나는 자리를 털고 일어났다. 내가 일어나기 무섭게 계단을 내려온 선우가 나의 눈을 보더니 호들갑을 떨며 물었다.

"뭐야, 너 울었어? 왜? 왜 울었어? 무슨 일 있어?"

연우야, 나는 너의 추억 속에서 좋은 친구로 남았으면 좋겠어.

"대답 좀 해 봐."

내 추억 속의 너는 가장 좋은 친구야.

"나 안 울었어."

"뭐야, 너 방금 전까지는 울었었잖아."

"조용히 해. 매점이나 가자."

창밖의 서서히 물 들어가는 단풍잎을 보며 생각했다.

잘 가 친구야.

B의 끓는점

나와 태운이는 평소와 같이 함께 하교를 하였다. 서로 아무 말을 하지 않아도 어색하지 않았던 우린데 오늘따라 왜 이렇게 어색한 기류가 맴도는지 모르겠다. 하지만 그 어색함도 잠시 태운이 내 어깨를 콕콕 찔렀다.

"연우야. 너 그런 소문 도는 거 알아?"

무슨 소문을 얘기하는지 도통 모르겠는 나는 무슨 소문을 얘기하는 거냐며 되물었다.

"내가 오늘 복도 다니고 있었는데 어떤 애들이 모여서 너랑 내 얘기를 하고 있는 거야. 그래서 내가 너무 궁금해서 엿들었는데 글쎄, 네가 중학생 때 돈 많아 보이는 아줌마랑 사귀었다나 뭐라나."

태운의 말에 머릿속이 새하얘지며 뒷이야기를 들을 수 없었다. 그리곤 중학생 때의 끔찍한 기억들이 스멀스멀 떠올랐다.

'주연우. 순수하게 생겨서 할 거 다 하고 산다.'

'더러워.'

'내가 소문냈어. 내가 좋아하던 그 애 너 좋아한대. 그래서 홧김에 내버린 거야.'

'걔가 너를 싫어하게 만들려고.'

"무슨 생각을 그렇게 해?"

"미안. 그 소문 있잖아……."

나는 태운의 눈을 바라보았다. 내 입이 떨어지기만을 기다리는 태운을 보니 어쩌면 얘는 내 얘기를 들어주지 않을까 하는 생각이 들었다. 하지만 그것은 생각처럼 쉽지 않았다. 혹시라도 믿지 않는다면 나는 어떻게 되는 거지. 나는 너무 무서웠다.

"너 아니지?"

"응."

나는 입꼬리를 올려 웃어 보였다. 결국 그 무서움이 나의 말문을 덮어버렸다. 나는 태운에게 얘기하지 못하였다. 그때도 친한 친구한테 뒤통수 맞았는데 이번에도 그러면 나는 어떡하지. 또다시 어색한 기류가 나와 태운의 사이에 흘렀다.

"연우야. 그 소문 말이야."

"미안. 태운아 나중에 얘기하자. 나 집에 급한 일이 생각나서."

나는 태운을 믿지 못하고, 집에 급한 일이 생겼다며 거짓말을 하였다. 그리곤 그 자리를 재빨리 피해 태운을 앞서 뛰어갔다. 애초에 태운에게 정을 주지 말걸. 여지를 주지 말걸. 모든 게 후회되었다. 하지만 이 모든 건

'다 너 때문이야.'

전부 내 탓이었다.

집에 와서 가방을 내팽개치고는 침대 위로 쓰러지듯 누웠다. 나는 감기는 눈을 감았다.

'주연우. 순수하게 생겨서 할 거 다 하고 사네.'

'더러워.'

얘들아, 그거 나 아니야.

'내가 소문냈어. 내가 좋아하던 그 애 너 좋아한대. 그래서 홧김에 내버린 거야.'

'걔가 너를 싫어하게 만들려고.'

네가 어떻게 나한테 그럴 수 있어? 어떻게 네가?

'네가 아무리 소리쳐도 이제 아무도 네 얘기 듣지 않아.'

나는 순간적으로 숨이 턱 막혔다. 나는 목을 부여잡고, 눈을 떴다. 눈을 뜨니 보이는 것은 내 방이었다. 아무래도 잠이 들어 악몽을 꾼

모양이었다. 헐떡이는 숨과 미친 듯이 뛰는 심장을 진정시키려 천천히 심호흡을 하였다.

"연우야, 자니? 빨리 나와. 밥 먹어야지."

방문이 벌컥 열리며 엄마가 들어오셨다. 네가 좋아하는 김치찌개 해 놨어. 나는 상체를 일으켜 어기적어기적 방을 나와 먼저 밥을 들고 계시는 아빠에게 인사를 한 뒤, 자리에 앉았다. 아빠는 내게 물 컵을 내밀고는 물을 따라 주셨다.

"연우야, 무슨 일 있었니? 안색이 안 좋네."

"아무 일도 없어요."

나는 물 컵에 가득 채워진 물을 마셨다. 엄마와 나 그리고 아빠는 아무 말도 없이 저녁을 먹기 시작했다. 한참 동안이나 조용했던 적막을 깬 것은 바로 아빠였다.

"요새 학교는 다닐 만하니?"

"네."

아빠는 내 대답을 듣고는 헛기침을 두어 번 하셨다. 그리곤 내게 말했다.

"아빠가 일 때문에 다시 인천으로 올라가야 하는데 연우 너는 어때? 같이 갈래?"

"아 저는……."

타이밍이 좋았다. 마침내 다시 소문이 돌 것 같기도 하였고, 나는 도망가야 한다고 생각했었는데 아빠가 일 때문에 다시 인천으로 올라가야 된다고 하셨다. 나는 굳이 이 동네에 남을 필요는 없다고 판단을 내렸다.

"아빠는 너의 의견을 존중한다. 네가 가기 싫다면 여기 있어도 돼."

"아니요. 저도 갈게요."

엄마는 내 말을 듣고 이왕이면 빨리하는 게 좋다며 내일 당장 전학

수속을 밟자고 하셨다. 나는 고개를 끄덕였다. 내가 결정을 내리는데 그렇게 많은 시간이 걸리지 않았다. 하지만 왜일까. 결정을 하고 나니 태운이 생각났다.

나는 다시 방으로 들어왔다. 과연 이 얘기를 태운에게 말을 해야 하는 것일까. 나는 고민에 빠졌다. 나는 몇 번이나 휴대폰 화면은 껐다가 켰다.

"태운이는 내 이야기를 들어줄 수도 있지 않을까?"

나는 태운에게 믿음을 줘 버렸다. 나는 이때까지의 태운과 나의 추억을 떠올렸다. 태운은 처음으로 내게 다가와 주었다. 나는 태운에게 메시지를 보내기로 하고, 타자를 칠 때쯤,

'내가 소문냈어. 내가 좋아하던 그 애 너 좋아한대. 그래서 홧김에 내버린 거야.'

그때의 그 말이 생각나며 숨이 턱 막혔다. 심장이 다시 빠르게 뛰었다. 나는 태운에게 보내려던 문자를 지우고는 휴대폰을 껐다. 그리고 고개를 돌려 거울을 보았을 땐, 거울 속 두려워하는 나와 마주할 수 있었다. 나는 여전히 사람을 쉽게 믿을 수 없었다. 나의 상처를 덮어 버리기엔 두려움이 더 컸다.

나의 머릿속엔 중학생 때 들었던 모진 말들이 가득 찼다. 그리곤 그 말들이 나를 괴롭혔다. 나는 괴로웠다. 순간 휴대폰 알림이 크게 울렸다. 나는 곧바로 휴대폰을 집어 던져버렸다. 휴대폰의 액정은 깨져버렸고, 그 깨진 액정 속에서 빛나는 건 태운의 문자였다.

'주연우 잘 들어갔어?'

나는 이불을 머리끝까지 뒤집어썼다. 또 한 번 그 꿈을 꿀까 너무 무서웠다. 그렇게 나는 뜬눈으로 밤을 새웠다.

나는 엄마가 교무실 안에서 담임선생님과 대화를 나눌 동안 교무

실 바로 앞에 있는 신발장에 기대어 엄마가 나오기만을 기다렸다. 괜히 할 짓이 없어 신발 끈만 풀었다가 묶기를 반복하였다. 몇 분쯤 기다렸을까 엄마와 담임선생님이 교무실에서 나오셨다. 엄마가 선생님께 말씀하셨다.

"선생님, 그럼 저는 연우랑 가볼게요."

"안녕히 계세요."

나는 마지막으로 선생님께 인사를 드렸다. 선생님은 방긋 웃으며 손을 흔드시고는 조심히 가세요. 하고 우리 엄마에게 말씀하셨다. 그리곤 교무실로 들어가시는 선생님을 보고는 엄마가 나에게 말씀하셨다.

"친구들한테 인사는 안 해도 돼?"

친구라는 단어에 심장이 미친 듯이 뛰었다.

"안 해도 돼요."

나는 아무렇지 않은 척 대답했다.

"왜? 마지막으로 친구들 보면 좋잖아."

"엄마. 저 친구 없어요."

나의 마지막 말에 엄마는 아무 말 없이 나의 머리를 쓰다듬으셨다. 나는 그렇게 엄마와 함께 학교에서 나왔다. 학교에서 나오자마자 나는 자동차 조수석에 올라탔고, 엄마는 운전석에 올라타셨다. 그럼 출발할게. 엄마의 말씀에 조용히 고개를 끄덕였다. 나는 창문을 열어 학교를 바라보았다.

딱히 슬프지는 않았다. 하지만 태운을 생각하면 조금은 슬픈 것 같다. 이렇게 아무 말 없이 가도 되는 걸까. 나는 주머니에서 깨진 폰을 꺼내 들었다. 여전히 나의 알림 창에는 어제 태운의 문자가 고스란히 남아있었다. 태운의 문자를 보니 괜히 추억들이 생각났다.

'그때는 걔가 나를 도와주는 게 왜 괜히 자존심이 상했을까. 왜 동정이라고 생각했을까? 아, 그때 내가 바나나 우유 자꾸 버려서 한태운이 진짜로 화냈었는데. 그래서 내가 사과도 했고, 그 뒤로 아마 친해졌었지? 그때 운동장에서 놀던 거 진짜 재밌었는데.'

"오랜만에 재밌게 놀았다고 느꼈었는데……."

나도 모르게 입 밖으로 꺼내버렸다. 급하게 입을 막아보았지만 엄마는 내 말을 들었는지 내게 물으셨다.

"응? 뭐라고?"

"아니에요."

나는 계속 만지작거리던 휴대폰으로 눈길이 갔다.

무서움과 두려움 때문에 태운을 믿지는 못했시만, 태운과 노는 내내 나는 정말로 재미있었다. 나는 휴대폰 잠금을 풀고는 태운의 메시지에 들어갔다.

나는 모든 메시지들과 전화번호를 지우고는 휴대폰 전원을 껐다. 차는 곧바로 인천으로 향하는 고속도로로 들어서고 있었다. 창밖에는 수많은 가로등들이 연이어 지나갔다.

비로소 마음의 짐을 내려놓은 것 같았다.

내가 언젠가 그 두려움들과 무서움을 이겨낸다면 제일 먼저 태운에게 얘기해 주고 싶다. 그 소문들은 어떻게 해서 만들어진 것이며 내가 전학을 간 이유를 얘기해 주고 싶다. 그래, 언젠가는 다시 만나고 싶다. 비록 나와 태운은 헤어졌지만 내 추억 속 태운은 좋은 친구였다. 나도 과연 태운의 추억 속에서 좋은 친구일까 싶었다. 너에게도 내가 좋은 친구로 남았으면 좋겠다.

잘 있어, 친구야.

꿈을 삽니다

글 _ 최단비, 최유진

김춘추의 아내가 된 문희

신라 제29대 왕은 이름이 춘추이고 성은 김씨다. 왕비는 김유신의 여동생으로 문명왕후인 문희이다.

문희의 언니인 보희가 어느 날 꿈을 꾸었는데, 경주 서쪽 산에 올라 오줌을 누었더니 경주에 가득 차는 꿈이었다. 아침에 동생에게 꿈 이야기를 했더니 문희는 그 말을 듣고 말했다.

"내가 그 꿈을 살게."

그러자 언니는 "무슨 물건을 주겠니?"라고 물었다.

"비단 치마를 주면 되겠어?"라고 동생이 말했다.

"그래." 언니가 말했다.

동생은 꿈을 받으려고 치맛자락을 펼쳤고, 언니가 말했다.

"어젯밤 꿈을 너에게 준다."

동생은 그 값으로 비단 치마를 내어 주었다.

열흘 쯤 지난 어느날 김유신은 집 앞에서 춘추공과 축국을 하다가 일부러 춘추공이 옷을 밟아 고름을 찢고서 말했다.

"우리 집에 함께 가면 고쳐드리겠습니다."

춘추공이 따라 들어가니 김유신은 보희를 불러 옷고름을 고치라고 하자 보희가 말했다.

"어찌 옷고름 고치는 사소한 일로 귀하신 분을 가까이하겠습니까?"
하며 한사코 사양하자 김유신은 문희에게 이 일을 시켰다.

춘추공이 김유신의 뜻을 알아차리고 문희와 가까이 지내며 자주
왕래하였다.

그러던 어느 날 김유신은 문희가 임신한 사실을 알고는 크게 꾸짖
었다.

"네가 부모님께 알리지 않고 아이를 가졌으니 어찌 된 일이냐?"

그리고는 문희를 불태워 줄일 것이라고 온 나라에 소문을 퍼뜨렸
다. 어느 날 선덕여왕이 남산으로 행차한다는 소식을 듣고는 집 마당
에 장작을 쌓아 불을 붙여 연기가 퍼지게 하였다. 왕이 남산에서 그
것을 보고 무슨 연기인지 물으니 신하들이 말하였다.

"김유신이 그의 여동생을 불태워 죽이려는 것입니다."

왕이 그 이유를 물으니 "그 누이가 결혼도 하지 않고 아이를 가졌기
때문입니다."고 대답했다.

"아이를 갖게 한 것이 누구냐?"고 왕이 물었다.

이때 춘추공이 왕의 옆에 있던 춘추공이 긴장하여 얼굴이 붉어졌
다. 왕이 춘추공을 보며 말했다.

"네가 아이를 갖게 했구나. 빨리 가서 여인을 구하거라."

춘추공은 왕의 명에 따라 말을 달려 김유신을 멈추게 하고 후에 문
희와 결혼하였다.

진덕여왕이 죽은 뒤 춘추공은 서기 654년에 왕이 되어 8년을 다스
렸다. 김유신과 힘을 모아 삼한을 통일하였다. 신하들이 왕이 국가에
큰 공을 세웠다 하여 태종이라는 이름을 올렸다.

왕의 자리를 이어 문무왕이 된 법민과 각간 문왕, 각간 노단, 각간
지경, 각간 개원 등이 모두 문희에게서 태어났다. 어릴 때 언니에게서

꿈을 산 것이 이렇듯 큰 성과를 이루게 한 것이다.

-《삼국유사》권 1, 〈기이〉 1, 태종 춘추공

《삼국유사》권 넷에는 우리가 쓴 소설의 바탕이 된 김춘추와 그의 아내 이야기가 있습니다. 김유신의 누이인 문희를 김유신이 꾀를 내, 김춘추와 문희가 결혼하고 훌륭한 자식들을 낳게 된다는 이야기입니다.

우리는 이 이야기에서 진정한 성공의 방법에 대해 생각하게 되었고, 직접 자신의 힘으로 성공하는 것이 진정한 성공이라고 생각되었습니다. 문희는 김춘추와 결혼해 훌륭한 자식들을 낳았지만, 문희가 노력해 성공한 것은 아니라고 생각합니다. 그래서 우리는 주인공이 시련을 겪으며 스스로 성공하는 이야기를 써 보려고 합니다.

〈꿈을 삽니다〉의 주인공 예주는 언니가 꾼 신기한 꿈을 사게 됩니다. 그 후, 가난한 살림에서 벗어나고 싶었던 아버지의 강요로 맞선을 보게 되고, 거기에서 큰 모욕감을 느낍니다. 예주는 자신에게 신경 쓰지 않는 아빠에게 실망해 가출을 하게 됩니다. 가출 후 여러 사건을 겪으면서 어릴 적 꿈이었던 작가가 되기로 마음먹고, 꾸준히 노력해 결국 작가로서 성공하게 됩니다.

주인공 예주는 모욕적인 말을 들었을 때, 그냥 넘어가지 못할 정도로 직설적이고 솔직합니다. 그리고 언니를 위해서라면 어떤 일도 할 정도로 언니를 사랑합니다. 반면에 예주의 언니인 예지는 모든 부탁을 거절하지 않고 싫은 것을 표현하지 못합니다. 이런 성격 때문에 예주에게 쓴소리를 듣기도 합니다.

　우리는 이 두 자매의 이야기를 통해 '성공'과 '행복'에 대해 생각해보는 계기를 주고 싶습니다. 저희가 생각하는 성공은 행복과 함께 있는 것이라고 생각합니다. 예주는 편하지만 행복하지 않은 길을 택하지 않고, 힘들지만 행복한 길을 선택함으로써 진정한 성공을 할 수 있었습니다. 여러분도 편하게 남의 만들어 주는 인생보다는 자신 스스로 만들어가는 삶을 살았으면 좋겠습니다.

꿈을 삽니다

"예주야, 내가 오늘 엄청 신기한 꿈을 꿨거든?"

언니가 이불을 개다 말고 뜬금없이 말했다. 언니는 매일 자신이 꾼 꿈 이야기를 해준다. 우리 가족이 외식을 하러 나갔다는 둥, 대부분은 실없는 이야기이지만, 가끔은 재밌기도 하다. 나는 이번엔 무슨 내용인지 듣기 위해 고개를 언니의 쪽으로 슬쩍 옮겼다.

"무슨 꿈?"

"내가 서울 한복판의 어떤 빌딩 옥상에 있었어. 난간에 걸쳐서 주스를 마시다가 그 주스를 흘려버렸는데, 건물들이 다 잠길 정도로 가득 채워졌지 뭐야!"

나는 해몽 같은 것은 하나도 모르지만, 이 꿈을 가진다면 무언가를 이루어 낼 수 있을 것 같은 느낌이 들었다.

"내가 그 꿈 가질래."

"가지겠다고? 음…, 공짜로 줄 순 없고, 뭐라도 줘."

무엇을 줄까 곰곰이 생각하던 중, 내가 끼지 않는 청색 플라스틱 반지가 떠올랐다. 언니가 갖고 싶어 했던 것 때문에 꿈의 값으로는 충분하다고 생각됐다. 나는 잘 열리지 않는 내 책상 서랍에서 반지를 꺼내 언니에게 내밀었다.

"이 반지는 어때?"

"좋아." 언니는 내 손을 잡고 꽤나 진지하게 말했다.

"내 꿈을 너에게 준다."

나는 곧바로 언니에게 반지를 주어 갔았다. 언니는 반지를 껴보았다. 반지는 나보다 예쁜 손을 가진 언니에게 확실히 잘 어울렸다. 우리는 이불을 마저 개고, 같이 아침을 먹었다. 밥을 다 먹어갈 때쯤, 언니가 말했다.

"근데 예주야, 이 꿈을 왜 산 거야?"

"좋은 느낌이 들어서."

"그래? 진짜로 좋은 일이 생기길 바랄게."

언니는 장난스럽게 웃었고, 나도 따라 웃었다.

언니에게 꿈을 산 지 열흘째가 되던 날, 밤늦게 아르바이트가 끝났다. 나는 몇 달 전부터 집과 조금 떨어진 편의점에서 아르바이트를 하고 있다. 내 나이는 스물다섯밖에 되지 않았지만 식당 서빙, 패스트푸드 가게 알바, 영화관 알바 등 안 해본 아르바이트가 없다. 대학을 가지 못해 넘쳐나는 시간들을 아르바이트로 보내다 보니 그런 것 같다.

버스에서 내려 휴대폰 시계를 보니 새벽 1시를 넘기고 있었다. 골목길을 지나 우리 가족이 사는 빌라 쪽으로 갔더니, 불이 꺼져있을 우리 집에 불이 켜져 있었다. 나는 무슨 일이 있나 싶어 서둘러 집으로 올라갔다. 현관문을 열어 집에 들어갔을 때, 아빠는 거실 식탁에 앉아 계셨다. 아빠의 앞에는 언니도 앉아 있었다. 언니는 나를 보며 옆자리를 툭툭 쳤다. 나는 가방을 방 안에 던져두고 언니의 옆자리에 앉았다.

"예지야, 예주야. 아무나 맞선 보러 나가라."

"누구요?"

"너희들 우리 동네 족구 동호회장님 알지?"

우리 동네는 많이 못 사는 동네는 아니었지만, 잘 사는 동네는 더욱 아니었다. 그래도 잘 사는 집은 몇 있었는데, 그중 하나가 족구 동호회장님 댁이었다. 우리가 이사 오던 날 동호회장님께서 이사를 도와주셨고, 그 뒤로 친해지셔서 함께 술도 마시러 가신다. 그리고 이번에 술을 마시다가 동호회장님의 조카가 결혼할 나이라는 이야기를 들으셨다고 하신다.

"대기업도 다니고 괜찮은 사람이라더라. 잘 되면 우리 살림도 좋아질 거야. 어렵게 마련한 자리니 꼭 나가라."

"제가 갈게요, 아빠."

언니가 말했다.

"예주는 자기가 간다는 말도 없고, 역시 우리 예지가 최고다."

나는 울컥했지만 애써 참고, 방으로 들어왔다. 언니도 따라 들어왔고, 아빠도 아빠 방으로 들어갔다. 늦은 시간이었기에 우리는 바로 이불을 펴고 누웠다.

"잘 자, 예지야."

"언니도."

"그리고 예지야, 아빠가 하신 말 너무 신경 쓰지 마. 진담 아니신 거 알잖아."

늘 언니는 아빠의 편만 든다. 이번에는 내 편을 들어줄 줄 알았는데, 언니에게 크게 화가 났다. 나는 베개를 들고 언니와 멀리 떨어진 장롱 바로 밑에 누웠다. 그리고 작은 소리로 말했다.

"언니는 좋겠네. 아빠가 좋아해서."

슬그머니 언니를 바라보니 언니는 뒤를 돌아 누워있었다. 언니가 들었을지 조마조마해 얼굴에 열도 나기 시작했다. 나는 얼굴을 식히기 위해 창문을 활짝 열었다. 그러곤 자리에 누워 눈을 감았다.

아침이 되었고, 자리에서 일어나려는데 언니가 고통스러운 얼굴로 누워있었다. 언니의 이마에 손을 대보니 뜨거웠다. 어제 창문을 열고 잔 탓이었다. 나는 얼른 언니 이마에 물수건을 올려주었다.

"미안, 언니. 나 때문에……"

"나는 괜찮아, 예주야. 그런데 맞선은 어떡하지? 아빠가 꼭 가라고 하셨잖아."

"내가 갈게."

나는 미안한 마음에 언니 대신 맞선에 가겠다고 하였다. 나는 냄비에 죽을 만들어 뚜껑을 덮어놓고, 감기약을 찾아 식탁에 올려놓았다. 언니에게 죽을 먹고 꼭 약을 먹으라고 하였다. 언니는 알겠다며 얼른 갔다 오라고 하였고, 나는 맞선 장소에 가기 위해 버스에 탔다.

버스에 올라타 점점 목적지에 가까워질수록 긴장되었다. 당장이라도 집으로 돌아오고 싶었지만 아빠의 말과 아픈 언니를 생각하면 돌아올 수도 없었다.

남자와 만나기로 한 곳은 겉보기에도 고급스러워 보이는 카페였다. 카페 입구에 있는 메뉴판을 보니 대부분의 커피가 만 원을 넘어가고 있었다. 나는 조심스레 카페의 문을 열고 들어갔다. 창가 쪽 끝자리에 사진으로 봤던 남자가 앉아있었다. 남자는 머리부터 발끝까지 비싼 옷들을 입고 있었다. 누가 보아도 나랑은 전혀 어울리지 않은 차림이었다. 나는 조심스레 다가가 그 남자의 앞에 앉았다.

"안녕하세요. 하우현씨 맞으시죠?"

나는 남자에게 인사를 하였다. 휴대폰을 보고 있던 남자 고개를 들어 나를 쳐다보았다. 그러곤 위아래로 훑으며 작게 웃었다. 나는 그 웃음에 기분이 나빠졌지만, 아빠와 아픈 언니를 생각하며 계속 대화를 이어나갔다.

"네. 이름이 어떻게 되셨죠?"

"신예주요. 늦어서 죄송해요."

"얼마나 예쁘시면 이렇게 늦으시나 생각했는데, 괜히 생각했나 보네요. 혹시 꾸미시느라 늦으신 건 아니죠? 아니다. 너무 편하게 입고 오셨는데?"

"네? 최대한 차려입는다고 입었는데. 혹시 실례인 거 아세요?"

"그게 차려입은 거라고요? 진지하게 생각 좀 해봐야겠네요."

"뭘요?"

"계속 만나는 거요. 들으셨겠지만, 제가 대기업에 다녀서요, 높은 분들 만나는 자리가 많거든요. 예주씨 같은 사람이랑 결혼하면 오해할 수도 있잖아요. 제가 없어 보인다고요."

그 말을 듣자마자 헛웃음이 나왔다. 언니가 나왔다면 어떻게 나왔을지도 상상이 갔다. 나는 아이스 아메리카노를 한 번에 마셨다. 컵을 책상 위에 세게 내려놓고 자리에서 일어났다.

"제가 이런 이야기까지 들으면서 당신이랑 결혼할 생각하나도 없으니 착각하지 마시고요. 이런 생각을 하시는 분이셨다면 아예 나오지도 말 걸 그랬네요."

"뭐요? 주제를 알아야지. 쯧."

남자가 나를 따라 일어나려 해 바로 카페를 나가버렸다. 등 뒤에서 유리컵 깨지는 소리가 들렸다. 남자는 나를 죽일 기세로 쳐다보았다. 나는 갑자기 무서워져 두 정거장 거리를 뛰어왔다. 정거장 벤치에 앉아 숨을 골랐다. 그러곤 이제 어떻게 할지 곰곰이 생각했다.

'아빠가 그렇게 기다리던 기회였는데, 엄청 혼나겠지? 아니면 아예 집을 나가라고 할까?'

한숨이 절로 나와졌다. 한 10분 정도 고개를 숙이고 있었던 것 같다. 그래도 계속 여기 있을 수만은 없었고 언니의 상태도 확인해야 했기에 집으로 가기로 하였다. 집으로 가는 버스 안에서 나는 집에 아빠가 없길 바라며 집으로 향했다.

현관문을 여는 순간 싸한 느낌이 들었다. 소파에 앉아있는 아빠의 표정을 보니 너무나도 어처구니가 없다는 표정이었다. 내가 어떤 말을 들었는지도 모르고 그렇게 쳐다보니 억울했다. 나는 서둘러 방으로 들어갔다. 문을 닫으려는 순간, 아빠가 나를 불렀다.

"야, 신예주. 들어가지 말고, 거실로 와."

나는 가방만 방에 던져놓고, 거실로 갔다. 아빠는 당장이라도 옆의 물건들을 집어 던질 기세로 말했다.

"뭐 어떻게 말했는데, 동호회장님께서 전화가 와? 쯧, 예지가 갔어야 했는데. 왜 괜히 나서 가지고. 너 때문에 우리가 다 행복해질 수 있는 기회를 놓쳤어!"

정말 웃기다. 나나 언니 중 한 명이 그 사람과 결혼하면 행복해질 수 있었다고? 나는 아빠의 말에 진저리가 났다. 아빠는 자신의 힘으로 뭐든 해보려고 하지 않고 우리한테만 기대를 한다. 그러곤 마음대로 되지 않으면 화를 낸다.

"아빠만 좋은 거 아니고요?"

나는 바닥을 내려다보며 말했다. 내 말을 들은 아빠는 더욱 성을 내며 말했다.

"내가 다 너 좋으라고 하는 건데 무슨 말이냐! 그 집 가진 재산만 얼만데! 원래 그 정돈 참아야지. 돈만 있으면 다 행복해져!"

나 좋기는 무슨. 역시 아빠는 돈밖에 모른다. 자기 딸이 무슨 이유가 있어서 그랬는지도 관심이 없나 보다. 나는 이런 생각들을 하다 보니 눈물이 나왔다. 눈물이 바닥에 떨어지기 전에 소매로 눈물을 훔쳤다.

"울기는 왜 울어? 잘한 것도 없는데. 쯧."

아빠는 이 말을 하고 밖으로 나갔다. 돈만 중요한 아빠를 더 이상 참을 수 없었다. 나는 방으로 들어와 캐리어를 꺼내 안에 옷들을 넣기 시작했다. 그리고 다른 여러 가지 물건들도 캐리어 안에 쑤셔 넣었다. 나는 잠기지 않는 지퍼를 겨우 끝까지 잠그고, 메모장을 꺼냈다. 그러곤 이렇게 썼다.

'아빠, 제 가난은 제가 극복할게요. 아빠는 아빠 스스로 노력도 안 하시면서. 아빠는 평생 그렇게 사세요. 저는 제힘으로 행복해질 거에요.'

나는 이 메모를 식탁에 올려놓은 후 캐리어를 끌고 현관을 열었다. 찬 밤공기가 나를 스쳤다. 나는 혹여나 아빠를 마주칠까 봐 최대한 빠르게 걸어갔다.

막상 집을 나오니 갈 곳이 없었다. 시간이 늦어 친구들에게 연락도 할 수 없었다. 얼마 없는 돈으로 모텔이라도 가보려고 했지만 방들은 다 찼고 하룻밤만 해결해선 될 게 아니었다. 마지막으로 들린 모텔 앞 공터에서 멍하니 앉아있었다. 거리의 가로등들이 깜빡거리고 있었다. 가로등이 깜빡거릴 때마다 눈물이 나왔다.

소매로 얼굴을 문지르고 휴대폰으로 시간을 보니 새벽 2시였다. 막 문지른 탓에 눈이 화끈거렸다. 나는 부재중 전화나, 문자를 확인해 보았지만 한 건도 없었다. 나도 모르게 누가 걱정하길 바랐던 것 같다. 휴대폰을 주머니에 쑤셔 넣고 쭈그려 고개를 숙였다. 내일 아침이 되면 월급을 당겨 받고 살 곳부터 구해봐야겠다. 나는 몸을 더 꼭 끌어안고 겨우 잠을 청했다.

눈을 뜨니 참새들이 전깃줄에서 짹짹대고 있었다. 시간을 확인하니 아침 8시였다. 자리에서 일어나려 하니 목, 허리 안 아픈 곳이 없었다.

겨우 옆에 있는 벽을 잡고 일어나서 편의점 점장님께 전화를 걸었다.

"안녕하세요, 점장님. 이른 시간에 죄송해요."

"아닐세, 무슨 일인가?"

"사정이 생겨서요. 일을 그만하고 이때까지 일한 만큼만 월급을 받을 수 있을까요?"

나는 기어가는 목소리로 말했다. 점장님께서는 잠시 아무 말 하지 않으시더니 입을 여셨다.

"알겠네. 일 년 넘게 일했으니 퇴직금까지 주겠네. 이때 동안 수고했네. 오후에 가게로 오게."

나는 연신 점장님께 감사를 하고 곧장 PC방으로 갔다. 1시간을 끊고 제일 구석진 자리에 들어갔다. 캐리어를 발 받침대 쪽으로 집어놓고 자리에 앉았다. 그리고 컴퓨터의 전원을 켰다. 전원이 켜지는 동안 배터리가 없는 휴대폰을 충전기에 연결했다.

나는 방 사이트에 들어가 지금 당장 들어갈 수 있는 곳을 찾았다. 내 처지에 맞는 곳은 아주 낡은 고시원밖에 없었다. 그래도 잘 수는 있다는 생각에 연락을 하였다. 고시원 주인 분께선 방이 딱 하나 남아있다고 일단 와보라고 하셨다. 나는 한시름 마음을 놓은 채 오후까지 PC방에 앉아 시간을 보냈다.

오후가 되자 나는 편의점으로 가 점장님에게 월급을 받았다. 점장님께서는 이때까지 고생했다고 말씀해주셨다. 편의점에서 나와 고시원으로 향했다.

고시원에 도착한 뒤, 1층의 관리실의 문을 두드렸다. 고시원 주인처럼 보이는 아주머니께서 나오셨다.

"아까 전화했던 학생이지?"

"네, 맞아요."

"여기 열쇠. 학생은 201호를 쓰면 돼. 짐들은 곧 가져올 거지?"

급하게 집을 나오느라 캐리어 안에는 거의 옷밖에 없었다. 그렇다고 다른 것들을 살 여유는 없었다. 입을 다문 나를 보고 아주머니께선 말씀하셨다.

"방 안에 기본적인 건 있으니 옷이랑 필요한 것만 가져오면 돼."

"네."

"그리고, 화장실이랑 샤워장은 공용이야. 샤워장은 남녀 다르니 알아두고."

"혹시 밥은 자기가 사 먹나요?"

"복도 끝에 부엌에 밥이랑 라면 있으니까, 사 먹기 어려우면 그거 먹어. 설거지는 자기가 하고."

"그럼 혹시 다른 주의사항은 없을까요?"

"담배는 옥상에서 피고, 방음 잘 안 되는 건 알지?"

그렇게 나는 아주머니께 설명들을 듣고 방에 들어왔다. 침대와 책상, 옷장이 있었다. 방은 팔 평 남짓할 정도로 매우 좁고 낡았지만 이 정도면 괜찮은 것 같다. 나는 캐리어를 열어, 옷들을 꺼내 옷장에 넣었다. 그리고 좁은 침대에 누웠다. 시트는 낡았었지만, 밖에 비하면 너무나도 따뜻하고 푹신했다. 계속 침대에 누워있으니 잠이 왔다. 밤을 새웠기도 했고, 긴장이 풀려서 잠이 오는 것 같다. 나는 배도 고프고 다음 계획을 생각해야 했지만, 잠부터 자기로 했다.

어두워진 뒤에야 나는 일어났다. 휴대폰을 확인하니 네 시간쯤 지나있었다. 그리고 언니에게 문자 한 통이 와 있었다.

'예주야, 아빠 많이 화나셨어. 내가 잘 말해볼게, 얼른 들어와.'

역시 이런 내용일 줄 알았다. 나는 살짝 마음이 흔들렸지만, 아빠가 나를 가만히 두지 않을 것을 알기에 답장하지 않고, 휴대폰을 껐다. 다시 마음이 진정되니 이제 배가 고팠다. 나는 밥을 먹으며 필요한 것들을 가져올지 생각했다.

'아빠가 오기 전에 짐을 챙겨서 나가자.'

아빠는 보통 밤 10시 전에는 안 들어오시니까 지금 가서 챙겨오는 게 좋을 것 같았다. 나는 메모장에 가져와야 할 것들을 적어 나왔다. 집과 고시원의 거리는 생각보다 멀었다. 나는 한 시간쯤 걸어 집 앞에 까지 왔다. 하지만 막상 도착하니 들어갈 자신이 없었다. 그래도 여기까지 왔으니 할 건 해야지. 계단을 올라가 현관문을 여니 다행히 집에는 아무도 없었다. 나는 방에 들어가 메모장에 적은 것들을 챙기고, 방을 나가려던 참에 침대 밑의 무언가에 발이 걸렸다. 나는 발에 걸린 것을 꺼냈더니 낡은 종이 상자가 나왔다. 상자를 열어보니 초등학생 때부터 쓴 일기장과 독서 감상문, 상장 등 여러 가지 물건들이 있었다. 나는 이 상자도 챙겨 집을 나왔다. 나는 다시 한참을 걸어 고시원까지 왔다.

방에 들어와 조금 꾸며놓으니 이제야 사람 사는 곳 같았다. 나는 아까 못한 양치를 하고, 책상에 앉아 아까 그 상자를 다시 열어보았다. 상자 안의 물건들을 보며 추억을 떠올리고, 다시 닫으려 할 때, 밑에 깔린 종이를 발견했다. 그 종이에는 초등학교, 중학교, 고등학교를 졸업할 때 하고 싶었던 직업들이 적혀 있었다. 다양한 직업들이 적혀 있었지만 모두 포함된 직업은 '작가'였다. 초등학교 때 이희정 작가, 최미숙 작가의 책을 읽으며 이 사람들처럼 다른 사람을 위로해주는 작가가 되고 싶다고 생각했었다. 나는 이때까지 아르바이트와 여러 가지 힘든 일들에 치여 내가 진정하고 싶었던 것을 잊어버린 것이었다.

나는 작가가 되기로 마음먹었다. 그러곤 무작정 공책을 피고, 글을 써보려 했다. 하지만 나는 글을 써 내려갈 수 없었다. 나는 한동안 전혀 글을 쓸 시간이 없었고, 책도 거의 읽지 못했기 때문이다. 한 시간, 두 시간이 지나고, 세 시간째 됐을 때, 나는 연필을 내려두고 공책을 달았다. 그리고 처음부터 공부를 해야 되겠다고 생각했다. 나는 일단 돈을 모아 야간대학 국문과에 다닐 계획을 세웠다. 아르바이트 월급을 당겨 받아 겨우 이 고시원에 들어왔기 때문에, 나는 대학교에 다닐 만한 여유가 없었다. 우선 돈을 모은 뒤 내년에 다닐만한 대학을 찾아보기로 하고, 아르바이트 구직 사이트에 들어가 내가 할 수 있는 아르바이트들을 찾아보았다.

'나래 도서관에서 책 정리해주실 분을 찾습니다.'

나래 도서관은 내가 살고 있는 고시원에서 걸어서 30분 정도에 있는 마을 도서관이다. 나는 그 글을 클릭해 보았다.

'태곡동 나래 도서관에서 책 정리해주실 분을 찾습니다. 근무시간은 오전 10시에서 오후 4시까지, 총 6시간이고 책을 정리해주시고, 사람들이 찾아달라는 책을 가끔 책을 찾아주시기만 하면 됩니다. 남는 시간에는 책을 보셔도 좋습니다.'

정말 간단한 업무에다가, 남는 시간에는 책을 봐도 된다니. 나에게 이렇게 좋은 알바가 있을 순 없었다. 나는 글 밑에 남아있는 번호로 문자를 보냈고, 좋은 답장이 오길 바라며 침대에 누웠다. 좋아하는 일을 한다면 얼마나 행복할까? 이때까지 했던 어떤 아르바이트보다도 잘할 수 있을 것 같았다.

시끄러운 매미 소리가 나를 깨웠다. 일어나보니 나래 도서관에서 답장이 와있었다. 문자를 보내주셔서 정말 감사하고, 오늘 오전 10시까지 오실 수 있냐고 물어보셨다. 한여름이 돼 밖은 매미 소리로 가득차고 아지랑이가 일렁거렸다. 시간을 보니 오전 9시를 넘어가고 있었다. 나는 답장을 한 후 서둘러 준비를 했다. 서둘러 준비를 한 탓인지 살짝 여유가 생겼다. 나는 고시원 앞에 있는 빵집에 들어가, 내가 먹을 샌드위치와 도서관에서 근무하시는 사서분을 위한 빵 몇 개를 샀다. 샌드위치를 먹으며 걸어가니 금방 도서관에 도착하였다. 나는 살짝 도서관 문을 열고 떨리는 마음으로 들어갔다. 한참 청소를 하고 계시는 사서분과 마주쳤다. 사서분께서는 활짝 웃으시며 안으로 들어오라고 하셨다.

"반가워요. 아까 연락 주신 분 맞으시죠?"

"네, 신예주라고 합니다. 혹시 아침 안 드셨으면 드세요."

"어머, 고마워라. 내가 또 빵을 좋아하는 건 어떻게 아시고." 사서분께서는 빵 봉지를 받으며 환하게 웃으셨다. 서글서글하고 시원한 인상이었다. 빵 봉지를 책상에 올려두시곤 계속 말을 이어나가셨다.

"지금 일손이 부족해서 예주 씨가 오늘부터 일해 주셨으면 하는데, 괜찮아요?"

"네! 감사합니다. 최선을 다할게요."

"그럼 우선 저기 카트에 있는 책들 좀 정리해줄래요? 어제 바빠서 정리를 못 했거든요."

사서분께서 가르치신 곳엔 책들이 빼곡히 꽂혀있는 카트가 있었다. 나는 카트가 있는 곳으로 가 장갑을 끼고 카트를 밀어 책꽂이 쪽으로 갔다. 한 권, 한 권, 차근차근 정리를 하다 보니 어느새 끝이 보였다.

거의 다 끝나갈 때쯤, 문을 열었고, 많은 초등학생들이 한 번에 들어왔다.

"학교가 방학이라 그런지 어린 학생들이 많이 와요. 일이 바쁠 것 같아서 일부러 시급도 높게 잡았고요."

"저 어린 애들 좋아해요. 괜찮아요!"

그렇게 하루 종일 책을 정리하고, 남는 시간에는 책을 읽으며 시간을 보냈더니 어느새 퇴근할 시간이 되었다. 사서분께서도 퇴근 준비를 하시며 말씀하셨다.

"예주 씨는 책을 좋아하시나 봐요? 남는 시간에 항상 책을 읽으시던데. 요즘 그런 사람 보기 힘든 데 정말 보기 좋네요."

"아, 감사합니다. 책을 좋아하거든요. 그래서 작가가 되기로 마음먹었어요. 이제 막 시작했지만…"

"분명 예주 씨는 꿈을 이루실 거에요. 호호, 그럼 내일 봐요. 앞으로 잘 해봐요."

나는 녹초가 되어, 버스를 타고 고시원까지 왔다. 오는 도중 사서분의 말씀이 계속 머릿속에 맴돌았다. 정말 이곳에 아르바이트를 해 행운이라고 생각되었다. 그렇게 가벼운 마음으로 고시원에 돌아와 가방을 내려놓았다. 그리고 오늘 도서관에서 빌려온 책을 책상에 꺼냈다.

나는 이틀에 한 번씩 아르바이트가 끝나고 책을 빌려오기로 했다. 그리고 글 쓰는 감을 살리기 위해 빌려온 책들을 블로그에 독후감을 쓰기로 했다. 이렇게 쓰다 보면 나중에 대학교에 들어가 공부를 할 때도 도움이 될 것 같았다. 그리고 나중에 내가 써온 수많은 독후감들을 보면 정말 뿌듯할 것 같았다. 오늘 빌려온 책은 내가 중간중간 읽어 마지막 부분만 읽으면 다 읽을 수 있었기 때문에, 나는 얼른 책을 다 읽었다. 그리고 처음으로 내 블로그에 독후감을 올렸다. 나는 뿌듯한 마음으로 하루를 마칠 수 있었다.

　내가 올린 독후감이 20개가 넘어갈 때쯤, 평소와 같이 도서관에 갔다. 그런데 어쩐지 평소보다 사서분이 분주해 보이셨다. 나는 사서분이 쉬실 때까지 기다렸다가, 말을 걸었다.

　"무슨 일 있으세요? 되게 바빠 보이세요. 제가 도와드릴까요?"

　"예주 씨 왔어요? 사실 오늘 휴관하고 유명한 작가님이 강연을 오시거든요. 지수림 작가님 아세요? 이번에 '우리의 열 입곱 살은 아름답다'라는 청소년 소설로 베스트셀러 작가가 되신 분이요!"

　"정말요? 혹시 저도 들어도 될까요?"

　"예주 씨 작가 준비하신다고 하셨죠. 그럼 이 강연이 도움이 되실 것 같네요. 강연 주제가 '베스트셀러 작가가 되기 위해 걸어온 길'이거든요."

　나는 기대되었다. 나는 그 책을 정말 재밌게 읽었기 때문이다. 나는 사서분께 꼭 듣고 싶다고 말하였다. 사서분께서는 웃으면서 기대해도 좋다고 하셨다.

　강연이 시작되기 전까지 두 시간 정도가 남아있었고 강연장을 정리했다. 강연장은 도서관 위층 대회의실에서 진행되었고 방의 크기는 도서관만 했다. 회의실의 책상들을 밖으로 빼고 의자를 빼곡히 채웠다. 족히 백 자리는 되어 보였다.

　의자를 다 놓은 후 쉬고 있을 때 작가님께서 도착하셨다. 흑발을 뒤로 넘기셨고 안경을 쓰셨다. 빨간 체크 셔츠와 베이지색 바지를 입은 작가님은 친근해 보이셨다. 작가님과 인사를 한 후, 작가님은 준비를 하러 가셨고 나와 사서분은 강연을 들으러 오신 분들을 안내했다. 안내가 끝나고 강연장 입구 바로 앞 의자에 앉아 강연이 시작되길 기다렸다. 곧 작가님께서 나오셨고 큰 박수 소리와 함께 강연이 시작되었다.

작가님은 마이크를 손에 쥐고 무대 중간에 나오셨다. 그리고 살며시 웃으며 입을 여셨다.

"저는 집에 돈이 많은 것도 아니었고 공부도 잘 하지 않았습니다. 그저 책 읽는 것만을 좋아하는 평범한 학생이었죠. 그래서 저는 작가가 되고 싶었습니다. 하지만 제 꿈을 들으신 부모님은 작가는 꿈도 꾸지 말라고 하셨죠. 저희 집은 돈이 필요했으니까요."

작가님의 상황과 지금 내 나와 똑같았다. 작가님은 계속 말을 이어가셨다.

"저는 고등학교를 졸업하고 부모님의 식당일을 도왔습니다. 학교 앞에 있던 분식집이라 학생들이 많이 왔죠. 어느 날 한 학생과 진로에 대해 이야기가 나왔어요. 자기가 하고 싶은 게 있는데 부모님이 꺼려한다고요. 저는 해줄 수 있는 말이 없었습니다. 저도 꿈을 포기했으니까요. 며칠 뒤 그 학생이 와 부모님께서 자신의 꿈을 인정해주었다고 말했습니다. 저는 그 말을 듣고 늦게라도 제 꿈을 이루어 보자고 생각했습니다. 그리고 저는……"

나는 작가님의 말을 듣고 나도 할 수 있지 않을까라는 생각이 들었다. 그리고 내가 앞으로 어떻게 해야 할지를 알았다. 나도 작가님처럼 늦게나마 꿈을 이뤄봐야겠다.

두 시간 정도 강연이 이어진 후 끝이 났다. 나와 사서분은 강당을 청소하고 헤어졌다. 고시원으로 가는 길에 이 강연을 들을 수 있어서 정말 다행이라고 느꼈다. 그리고 오늘 들은 강연에 대해 블로그에 썼다. 강연의 내용, 내가 느낀 점, 앞으로의 계획 등을 쓰니 정말 뿌듯했다. 나는 작가님의 말을 계속 생각하며 잠에 들었다.

아르바이트를 하며 바쁘게 살다가 오랜만에 블로그에 들어가 보니 쪽지가 하나 와있었다. 쪽지의 내용은 블로그의 글을 잘 보고 있으며, 글이 올라오지 않아 무슨 일이 있는지 궁금하다는 쪽지였다. 알고 보니 그 사람은 오랫동안 내 글을 봐왔으며 내가 마지막으로 올린 강연 이야기에 그 사람도 많은 감동을 받은 듯했다. 나와 그 사람은 하루 종일 이야기를 나누었다.

그 사람과 연락을 주고받은 지 일주일 정도 되었을 때 얼굴을 보며 더 많은 이야기를 나누고 싶다고 하였다. 나도 그러고 싶었기 때문에 흔쾌히 수락했고 약속을 잡았다. 오늘 저녁에 만나 이야기를 나누기로 하였고, 시간이 다 되어가자 나는 그분께 내가 읽었던 책 중 감명받았던 책들을 선물하고자 몇 권 골라 챙겨갔다.

버스를 타고 한 시간쯤 가 시내 중심지에 있는 조그마한 카페에 도착했다. 입구 앞 벤치에는 커다란 곰 인형이 있었다. 주의를 둘러보니 아직 그 사람은 도착하지 않은 듯했다. 나는 카페에 먼저 들어가 따뜻한 라떼를 주문하고선 자리로 돌아와 앉았다. 기다리는 동안 휴대폰을 들여다보니 그 사람의 문자가 와있었다.

'어디세요? 도착했는데 안 보이셔서요.'

'저 카페에 들어 와있어요. 들어오시면 바로 보일 거예요.'

곧 한 사람이 카페로 들어왔고, 나를 보더니 미소를 지었다. 긴 생머리에 단정한 옷차림을 한 30대 중반의 여자는 내 앞에 앉아 인사를 했다.

"안녕하세요, 예주 씨 맞죠? 저는 '라온 출판사'의 편집장 김한별입니다. 만나서 반가워요."

순간 내 귀를 의심했다. 라온 출판사는 '우리의 열일곱 살은 아릅답다'마법의 빵집' 등 소설들을 연속 베스트셀러로 만든 우리나라에서 가장 큰 출판사이다. 그것도 편집장님께서 나를 만나러 오신 거였다.

"사실 예주 씨의 글을 강연 글뿐만 아니라, 모든 글을 보고 있었어요. 예주 씨는 정말 책의 작가가 말하고자 하는 점을 잘 찾아내시고, 생각을 넓고 깊게 하시는 것 같아요."

"정말 감사해요."

나와 편집장님은 시간 가는 줄 모르고 책에 대해 이야기를 했다. 나와 같은 생각을 하는 사람은 오랜만이어서 나는 엄청 들떠있었다. 편집장님께서도 매우 즐거워 보이셨다. 그렇게 한참을 이야기하다, 카페의 마감 시간이 다 되어 갔다.

"사실 오늘 만나자고 한 이유는 예주 씨의 책을 출판하고 싶어서였어요. 예주 씨만 괜찮다면 예주 씨를 올해 신인 작가 프로젝트에 추천하고 싶어요."

집으로 가는 길에 편집장님의 말이 계속 떠올랐다. 정말 내가 책을? 생각만 해도 기분이 날아갈 듯이 기뻤다.

'심사는 올해 말이니까, 기간은 충분해요. 아직은 예주 씨가 글솜씨가 부족하지만, 더 나아지실 수 있죠?'

이제 어느 정도 여유도 생겼으니 편집장님의 말대로 전문적으로 글 쓰는 법을 배워야겠다고 생각했다. 집에 도착해 야간 대학 국문학과를 찾아보았다. 집 주변의 가까운 곳을 찾아볼까 했지만 이왕 배우는 겸, 멀리 좋은 곳에서 배우고 싶었다. 버스로 한 시간이면 가는 다른 지역에 있는 대학교에 신청했고, 버스 시간과 대학교의 위치까지 확인하였다. 나는 설레는 마음으로 잠에 들었다.

여름이 다 지나가서 그런지 아침엔 꽤나 시원했다. 나는 살짝 무거워진 옷차림으로 도서관에 갔다. 옆자리의 사서분께서 친절히 나를 반겨주셨다.

"어서 와요, 예주 씨."

"안녕하세요! 드디어 오늘부터 수업을 듣기로 했어요."

"이제 학교들도 개학했으니까, 도서관도 오후 한 시부터 서너 시간만 열거예요. 잘됐네요!"

시간이 안 맞을까 걱정했는데, 다행이었다. 대학교 강의 시간은 7시부터였고, 아르바이트가 끝나고 집에 들렀다 가도 충분한 시간이었다. 아직 문을 열지 않아 여유로웠기 때문에 오랜만에 사서분과 함께 밥을 먹었다. 이런저런 이야기를 하던 중, 어제 편집장님을 만난 이야기를 했다.

"정말요? 우리 도서관에도 그 출판사 책 많잖아요. 후후, 예주씨 사인이라도 받아놔야 하나?"

"아직 시작도 안 했는데요, 뭘. 안 될 수도 있고요……."

"예주 씨는 해내실 수 있을 거예요."

할 수 있다는 말이 얼마나 듣기 좋았는지 사서분께 너무 고마웠다. 정말 열심히 해야겠다고 각오를 다진 후, 마저 밥을 먹었다.

난 강의 시간보다 더 일찍 도착하기 위해 조금 일찍 버스를 타고 대학교로 갔다. 대학교는 생각보다 크고 넓은 곳이었다. 나는 입구에서 나눠주는 팸플릿을 가지고 학교를 돌아다녔다. 국문학과는 A동 3층에 있다는 것을 보고 거기로 향하였다.

떨리는 마음으로 강의실 문을 열고 바로 눈앞에 보이는 첫째 줄 첫번째 자리로 앉았다. 옆자리에 가방을 두고 필기구와 노트를 책상 위에 준비하고서는 교수님을 기다렸다. 주변을 둘러보니 사람들이 꽤나 많았다.

10분쯤 지났을 때, 문이 열리더니 50대 초반으로 보이는 정갈한 옷차림의 중년 여성이 들어왔다. 곧 이야기하던 학생들이 입을 닫았고 순식간에 고요해졌다. 중년 여성은 학생들을 둘러보더니 입을 열었다.

"안녕하세요, 저는 한 학기 동안 여러분과 함께할 국문학과 교수,

신다은입니다.”

내 뒤에 학생이 박수를 치자 곧이어 모든 학생들이 박수를 쳤다. 교수님께서는 싱긋 웃으시곤 출석부를 펼쳤다. 종이를 몇 장 넘기시더니 드디어 제 페이지를 찾으셨다. 출석부의 순서는 가나다순이었는지 나는 중간에 이름이 불렸다. 모든 학생이 이름을 불리고 교수님이 말씀하셨다.

“첫날인데 바로 수업하면 힘들겠죠? 다들 처음 본 사이일 테니 자기소개부터 해볼까요? 첫째 줄부터 차례대로 합시다.”

첫째 줄 첫 자리는 바로 나였다. 모든 학생들이 나에게 집중했고 나는 자리에 일어났다. 나는 무슨 말을 할지 몇 초 생각하다가 입을 열었다.

“안녕하세요, 저는 신예주입니다. 지금 여기 계시는 분들 다는 아니겠지만, 저랑 처지가 비슷하다고 생각합니다. 모두 자신의 꿈을 이루기 위해 노력하며 학기가 끝났을 때, 모두 꿈을 이루셨으면 좋겠습니다. 한 학기 동안 서로 잘 지내봐요. 감사합니다.”

자기소개가 끝나고 바로 자리에 앉았다. 첫 순서여서 많이 긴장되어 무슨 말을 했는지 기억도 나지 않았다. 내 소개가 끝나고 차례차례 학생들이 자기소개를 하였고, 나는 나와 동년배인 남학생밖에 기억하지 못했다. 그는 작업복 차림이었는데 공사장에서 일하면서 저녁에 수업을 듣는 모양이었다. 나와 처지가 비슷해 그런지 기억에 남은 것 같다. 모든 학생들의 소개가 끝나고, 간단한 수업 과정 설명을 듣곤 첫 수업이 끝났다. 고등학교를 졸업한 후 5년 만에 다시 수업을 들으니 학창 시절로 돌아간 듯했다.

평소와 같이 도서관에서 나온 후, 이른 저녁을 먹고 대학교로 향했다. 버스를 갈아타긴 해야 하지만 학교 앞까지 바로 내려다 주어 편했다. 학교 정문에서 국문과 강의실로 갈려는데 옆에서 누군가 말을 걸어왔다. 나는 걸음을 멈추곤 옆을 돌아봤는데 다름 아닌 국문과 교수님이셨다.

"우리 과 학생이지?"

"네, 맞아요."

"지금 강의실 가는 길인가? 수업 시작까진 꽤 남은 것 같은데 무슨 일인가?"

"할 것도 없고 학교도 좀 둘러볼 겸 해서요."

"그럼 내 사무실에 같이 갈 텐가? 내가 궁금한 게 좀 있어서."

"좋아요, 마음껏 물어보세요."

곧 교수님께선 교수님의 사무실로 나를 이끄셨다. 본관 3층의 제일 첫 방이었다. 교수님께서 잠긴 문을 여셨고 나는 따라 들어갔다. 사무실의 가운데엔 넓은 책상이 있었고 양옆으론 큰 책장들이 있었다. 책장에는 온통 어려워 보이는 책들이 있었다. 교수님은 책상 앞의 소파에 앉았고 나도 맞은편 소파에 앉았다.

"젊은 나인데 왜 야간 대학에 들어왔는지 궁금해서. 어제 자네도 봤겠지만 대부분은 직장인, 정년퇴직을 한 분들이라 특히 눈에 띄었네."

"제가 어렸을 때부터 작가가 꿈이었어요. 그런데 집안 형편이 안 좋아서 대학교에 못 갔어요. 계속 아르바이트만 하다 보니 이렇게 됐네요. 그래서 지금부터라도 노력해 보려고요."

"저런, 그래도 꿈을 포기하지 않고 계속 그 꿈을 향해 나아가는 모습이 정말 보기 좋은 것 같네."

교수님은 나를 칭찬 하시곤 작가가 되기 위한 여러 가지 조언을 해 주셨다. 계속 이야기를 나누다 보니 어느새 수업이 시작할 시간이 되었고 나는 자리에서 일어났다. 교수님께 인사를 하곤 강의실로 향했다. 곧 교수님께서도 들어오셨고 오늘은 기본적인 글쓰기에 대해 배우겠다고 하셨다. 졸린 것을 꾹 참고 필기를 하였더니 새로 알게 된 것이 많아 뿌듯했다.

　그저 글 적는 것이 좋아 올렸던 블로그였지만, 어느 순간 나에게 너무 새롭게 느껴졌다. 어쩌면 이 블로그도 내 꿈에 한 발짝 다가가게 해준 것일 수도 있다. 그리고는 한편으로 나 자신이 뿌듯하고 대견스러웠다. 그리고는 난 오늘 교수님께 들었던 말들을 적으며 일기를 다 적은 후, 행복한 상상을 하며 잠에 들었다.

　오랜만에 푹 자서 컨디션이 좋았다. 일어나보니 아침 9시를 살짝 넘겼었지만, 오후에만 도서관에 가 여유가 생겼다. 시간이 많이 남아 평소에 못 해보지 못했던 것들을 하기로 마음먹었다. 노트북에 영화 한 편을 다운받아 보고, 전에 읽다 만 책을 마저 읽었다. 그리고 장도 봐 직접 점심도 해 먹고 그대로 잠에 들었다. 깨어나 보니 대학교에 갈 시간이 얼마 남지 않은 시간이었다. 나는 눈앞에 보이는 옷을 대충 집고서는 바로 버스정류장으로 달려갔다.

　그렇게, 몇 분 뒤 버스가 도착했고, 대학교로 갔다.

　거의 아슬아슬하게 도착해, 엉덩이를 붙이려고 할 때쯤 선생님이 들어오셨다.

　"안녕하세요. 다들 목요일이란 그런지 힘이 없네. 그래도 내일은 금요일이니까 힘내세요."

　오늘의 수업 주제는 '기본적 맞춤법'이었다. 나는 내가 맞춤법을 잘 알고 있다고 생각했는데 생각보다 많이 달랐었다. 내가 헷갈렸던 맞춤법을 노트에 정리하고 머릿속에 새겼다.

　수업이 끝난 후 대학교에 들어올 때부터 눈에 띈 큼지막한 도서관

안으로 들어갔다. 아직까지 도서관에 남아 공부하는 사람들도 많았고 양옆으로는 많은 종류의 책들이 책장을 꽉 채우고 있었다.

전공 칸으로 가보니 국어국문학과에서 유명한 책들이 전시되어 있었다. 나는 공부를 하기 위해 몇 권을 빌린 후 도서관을 나왔다. 나중에 내 책이 이곳에 있기를 소원하며 다시 버스를 타고 집으로 돌아왔다.

집으로 돌아와 휴대폰을 확인해보니 언니에게서 바로 문자가 와 있었다. 나는 심호흡을 하며 그 문자를 확인했다.

'이제 집에 좀 들어와 너무 걱정돼.'

너무나도 갑작스러운 연락에 너무 당황스러웠고, 난 나를 걱정 해줬다는 거에 고맙다는 생각보다 이제 와서 연락한다는 것이 너무 미웠다. 나는 문자에 대한 답을 하지 않고 얼른 잠자리에 누웠다. 억지로 잠에 들려고 했지만 문자가 계속 거슬렸다.

거의 뜬눈으로 밤을 새우고 밖을 보니 나도 해가 떠 있었다. 나는 한 번 더 휴대폰을 확인해보았다. 어제 이후로 온 문자는 그것뿐이었다. 그렇게 휴대폰을 붙잡고 고민하던 중 그래도 답장은 보내야겠다고 생각했다.

'연락하지 마'

문자를 보낸 지 1분도 안 되어 다시 답장이 왔다.

'예주야, 아빠도 많이 걱정하시고 계셔.'

나는 이 문자를 받고 의아했다. 돈밖에 모르는 아빠가 나를 걱정할 줄은 몰랐다. 그리고 내가 작가가 된다 하면 말릴 게 분명한데 다시 돌아가는 것이 옳을까 하는 생각이 들었다.

나는 일단 언니를 만나기로 하였다. 언니는 내가 빵을 사가던 빵집 옆에 있는 작은 카페에서 만나자고 하였다. 대충 눈에 보이는 옷을 입고 카페로 갔다. 카페 앞에서 언니는 나를 기다리고 있었다. 언니도 나를 발견한 것인지 걱정했다는 한 얼굴로 나를 바라보았다.

"예주야, 보고 싶었어."

"일단 들어가서 이야기하자."

우린 카페 안으로 들어와 아메리카노 한 잔과 라떼 한 잔을 시켰다. 창가 쪽에 맞아 앉은 나는 나의 꿈과 목표에 해해 말하였고, 언니는 당황한 표정이었다. 그런데도 난 내가 가장 행복하게 할 수 있는 일이라며 언니에게 도움을 청했다. 그러자 언니는 일단 집에 들어가 아빠와 이야기를 해보자며 집으로 가자고 하였다.

그렇게 난 언니와 함께 집으로 들어갔다. 걸어올 땐 아무 생각이 없었지만, 집 앞에 도착하니 가슴이 너무나도 두근거렸다. 언니가 먼저 집에 들어갔고 나는 따라 들어갔다.

"아빠, 예주 왔어요."

언니가 아빠에게 말했다. 아빠는 나를 보더니 손짓을 하며 나를 아빠 앞에 앉혔다.

"이때 동안 어디서 지냈어?"

고시원에서요."

"그 답답한 데에서 어떻게 살았어. 이제 다시 집으로 들어와라."

"그전에 할 말 있어요. 제가 나가기 전에 남긴 쪽지 보셨죠?"

아빠는 서랍 안에서 내가 남긴 쪽지를 꺼냈다. 쪽지를 펼치고 이 쪽지를 나에게 보여주셨다.

"이 쪽지 말이냐?"

"네. 저는 제힘으로 성공하기 위해 지금 작가를 준비하고 있어요. 유명한 출판사에서 제의도 받았고요. 저는 작가가 될 거예요. 아빠가 이걸 반대하시면 전 돌아오지 않을 거예요."

아빠는 내 말을 듣곤 곰곰이 생각하셨다. 5분쯤 지났을 때, 한숨을 쉬시더니 말씀하셨다.

"그래, 네가 하고 싶다면 어쩔 수 없지. 전에 결혼을 강요해서 미안하구나. 이왕 하는 김에 후회하지 말고 끝까지 해봐라."

아빠가 이런 말을 하실 줄은 몰랐다. 내가 집을 나가고 나서 아빠도 많은 생각을 하셨던 것 같다. 이제 정말 나를 막아서는 것은 없다. 정말 내 꿈을 이루기까지 얼마 남지 않은 것 같다.

고시원은 계약 기간이 남아 있었기 때문에, 한 달 있다가 집으로 들어가기로 했다. 오랜만에 가족들과 저녁을 먹고 같이 TV를 보며 쉬었다. 이렇게 편안했던 것이 얼마 만인지 생각도 안 났다. 늦기 전에 고시원으로 들어가기 위해 자리에서 일어났다. 언니와 아빠는 아쉬워했지만 내일도 올 거라고 말하였다. 집에서 나와 고시원으로 가는 길은 가볍고 후련했다.

고시원으로 들어와 차가운 몸을 녹이기 위해 샤워장으로 갔다. 샤워를 하던 중 나는 나 자신을 위로할 방법이 없을까 생각했다.

'집을 막 나왔을 때는 정말 후회도 되고 막막했는데, 지금은 아무 걱정 없으니 행복해. 집을 나갔을 때 나에게 편지를 써볼까?'

샤워를 끝내고 방으로 들어와 서랍 안에 있던 편지지를 꺼냈다. 먼지가 쌓여있었지만 바람을 불어 먼지를 털어내었다. 그리고 나는 펜을 들어 편지를 써 내려가기 시작했다.

안녕, 예주야. 나는 몇 달 뒤의 너야. 지금의 나는 너의 오랜 꿈인 작가에 거의 다 다가갔고, 아빠와도 갈등을 풀었어. 상상만 해도 너무 안 믿기지 않아? 나도 지금 꿈같아. 지금 네가 힘들고 막막하겠지만, 너는 지금 막 알을 깨고 나온 새야. 지금은 뭐든지 힘들겠지만 곧 하늘을 훨훨 날아다니게 될 거야. 너무 힘들어하지 말고 힘내! 너는 할 수 있어.

이 편지를 정말 과거의 내가 받았다면 얼마나 힘이 되고 좋았을까? 그리고 지금의 나까지 힘이 난다. 그리고 진짜 작가가 되기 위해 노력해야지. 이제 심사도 얼마 남지 않았으니, 가벼워진 마음으로 제대로 글을 써야겠다. 나를 믿어준 아빠를 실망시키지 않기 위해 꼭 좋은 글을 써낼 것이다.

이제 완전히 추워져 패딩을 입을 날씨가 되었다. 그동안 나는 교수님과 도서관 사서분의 도움을 받아 글을 완성해갔고, 그렇게 제출 하루 전 날이 되었다. 수정 작업까지 완전히 끝내고 지친 몸을 이끌어 침대에 쓰러지듯 누웠다. 몸은 매우 피곤했지만 긴장되어 잠이 오지 않았다. 이때 편집장님께서 문자를 보내왔다.

'예주 씨, 정말 수고했어요! 긴장돼서 잠이 안 오죠?'

'어떻게 아셨어요?'

'저도 지금 긴장되거든요. 예주 씨가 절 믿고 따라 와주셨는데, 제가 잘못해서 떨어지면 너무 미안하잖아요.'

'뭘요. 제가 편집장님께 너무 감사하죠!'

편집장님과 계속 이야기를 하다 보니 긴장도 풀리고, 걱정도 사라졌다. 내일 잘 풀리길 바라는 마음으로 잠에 들었다.

아침이 되고 나는 바로 편집장님께 글을 보냈다. 결과는 일주일 뒤에 나온다고 편집장님께서 알려주셨다. 나는 그동안 수고한 나에게 휴식을 주고, 편안하게 지내기 위해 고시원을 나가 집으로 돌아가기로 하였다. 집에 가는 것이 너무 오랜만이어서 어색했지만, 집으로 들어오니 몇 년 동안 살아온 집은 역시 잊을 수가 없다. 내 방으로 들어와 바닥에 누우니 정말 반가운 마음이 들었다. 10분쯤 누워있자 언니가 집에 들어왔다.

"예주야, 왔어? 드디어 다시 같이 살게 되네."

"저번에는 제대로 인사도 못 했잖아."

"그러게. 이제야 정말 널 본 것 같다. 밥은 먹었어?"

"아직, 언니도 안 먹었지? 오랜만에 집밥 먹고 싶어."

"이때까지 밥도 잘 못 먹었지? 기다려 봐, 밥해줄게."

"나도 같이할 거야. 어떻게 언니만 시켜?"

그렇게 우리는 좁은 부엌에서 요리를 했다. 이러니, 정말 옛날 생각 난다. 둘 다 요리하는 것을 좋아해, 어릴 때 항상 부엌에서 음식을 만들다가 다 태우곤 했는데.

"언니, 기억나? 우리 어렸을 때 계란 프라이한다고, 프라이팬 다 태운 거?"

"기억나지. 아빠한테 엄청 혼났잖아. 후후."

이야기를 하다 보니 금세 음식들이 다 만들어졌고, 우리는 식탁에 앉았다. 점심을 다 먹은 후 저녁까지 이때 동안 있었던 일을 우리는 전부 이야기했다. 새로운 아르바이트를 도서관에서 한다는 것, 강연을 들은 것, 편집장님을 만난 것 등등. 언니도 내가 집을 나간 후 매우 걱정했다는 것, 머리를 잘랐다는 것 등등. 사소한 것까지 우린 전부 이야기했다.

일주일 동안 내내 이야기만 하면서 우린 전보다 훨씬 친해져 있었다. 마지막 날, 아침에 일어나보니 편집장님의 문자가 와있었다.

'오늘 오후에 시간 되세요? 심사 결과를 알려 드릴게요!'

이 문자를 보자마자 심장이 빠르게 뛰었다. 옆에서 자고 있던 언니가 일어나더니 나와 함께 문자를 봤다.

"분명 합격일 거야!"

"그랬으면 좋겠다. 음…, 오후면 지금 집 가서 준비해야겠다."

"벌써 일주일이 지났네. 잘 쉬었지?"

"응! 언니 덕분에 정말 재밌었어. 아빠도 보고 싶었는데, 하필 출장이시라니."

"나중에 한 번 집 들러! 아빠가 다시 일을 나가시니까 얼굴 보기 힘들어졌어."

나는 언니와 함께 아침을 먹고 고시원으로 향했다. 고시원으로 돌아온 나는 남은 시간 동안 그동안 올리지 못한 책 독후감을 몇 편 올렸다. 한 달 정도 들어가지 못하였더니 댓글이 쌓여있었다. 나는 답장하기엔 늦었지만 댓글 전부 답장을 달았다. 그러다 보니 약속한 시간이 되었고, 시내에 있는 파스타 가게로 향했다.

"네! 편집장님도 잘 지내셨죠?"

"그럼요, 비록 결과 때문에 잠을 설치긴 했지만."

"혹시 안 됐어요?"

"그랬으면 제가 여기로 예주 씨를 불렀겠어요? 제가 쏠게요! 정말 수고하셨어요."

듣는 순간 나는 소리 지르려는 내 입을 막았다. 편집장님도 매우 기쁜 듯이 웃었다. 내가 이때까지 노력한 시간이 다 보상받는 기분이었다.

"예주 씨가 심사에 제출하신 작품이 평가가 되게 좋았어요. 그 작품으로 바로 작업하셔도 될 것 같다고……."

정말로 내 책이 나오는 건가? 믿기지 않았다. 밥을 먹으면서 출판할 책에 대해 이야기를 나누고 내일 회의로 나온 결과를 알려주신다고 하신 뒤, 우린 헤어졌다. 가기 전 나는 편집장님께 계속 감사하다는 말을 했다.

그렇게 난, 집으로 돌아가는 길에도 아직 그 여운은 잊히지 않았고 꿈인 것만 같아 내 얼굴도 때려보고, 팔도 꼬집어보며 입을 다물지 못한 채 집으로 돌아왔다. 그러고는 아직은 어색하지만, 이 기쁜 소식을 아빠에게 알리고자 바로 문자를 넣었다.

'나 합격했어. 아빠가 허락해준 일, 끝까지 열심히 해볼게.'

그러고는 휴대폰을 던진 후, 어쩔 줄 몰라 소파에서 데굴데굴 굴렀다. 그러는 순간 알람 음이 들렸고 아빠의 답장이 도착하였다.

'축하한다. 예주야.'

역시 아직까지는 칭찬이 어색해 보였다. 하지만 나에게는 정말 감동적이고 큰 행복을 주는 답장이었다. 아빠가 처음으로 나에게 해준 칭찬이었기 때문이다.

내 휴대폰에서 알림음이 또 울렸다. 그건 바로 편집장님의 문자였다. 얼른 확인해보니 어제 회의로 정해진 나의 첫 책의 대한 문자였다. 내가 처음으로 출판할 책은 바로 나의 "작가 도전기"였다. 그러고는 너무 부담가질 필요 없이 내가 작가가 되기 위해 노력했던 것들과 왜 작가가 되었는지에 대한 이야기를 책에 잘 풀어 지금 작가를 준비를 하고 있는 사람들에게 공감이 될 만하게 적어달라고 부탁하셨다.

나는 정말 첫 책부터 맘에 들었다. 그리고 바로 들어갈 내용을 생각해보았다. 막상 떠오르려니 생각나는 것이 몇 없어 내가 썼던 블로그 글들을 둘러보았다. 생각보다 내가 한 것이 많았다. 책을 쓸 내용을 정리하고 나를 대신해줄 주인공을 정했다. 설정들이 다 정해진 후 나는 하루 종일 책에만 온 신경을 썼다.

책이 완성되고 편집장님께 원고를 넘겼다. 나는 너무나도 설레고 떨리기 시작하였다. 아직 책을 낸 것도 아니고, 그 책이 인기가 있을지 모르지만 기대되었다. 계속 수정하고 검토했지만 오타라도 있을까 봐 겁이 났다. 나는 책이 나오기 전까지 마음 놓고 쉬기로 하였다.

'인쇄 다 됐어요, 얼른 찾으러 오세요.'

며칠 뒤, 인쇄소에서 문자가 왔다. 나는 그 문자를 확인하자 마자인쇄소로 뛰어갔다. 인쇄소에 도착하니 저 멀리 내 책이 보였고, 그 책을 빠르게 훑었다. 그동안 내가 받았던 스트레스가 한 번에 내려가는 느낌이었다.

그리고선 난 편집장님께 책이 완성되었다고 문자를 넣었다. 그러자 편집장님은 너무나도 대견해 하시며 잘 될 것이라고 말해주셨다. 책을 낼 날짜를 함께 정하고 판매처, 목표 권수 등을 정했다. 이제 내 책이 나온다는 것이 실감되었다.

책이 출판될 날짜가 빠르게 다가와 그날이 되었다. 난 인터넷에 내 책도 쳐보고 서점도 가보며 내 책을 찾아다녔다. 하지만 서점에서 내 책을 찾는 건 정말 힘들었고 아무도 모를 듯했다. 나는 어떻게 하면 내 책을 많은 사람들에게 보여줄 수 있을까 고민했다.

하루 종일 생각을 한 후 좋은 생각이 떠올랐다. 지금 시대에 가장 유용하게 쓸 수 있는 방법인 SNS이었다. 많은 사람들이 하는 SNS는 많은 도움이 될 수 있을 것 같다 생각했다. 나는 부끄럽지만 SNS에 글을 올렸고 순식간에 내 책은 퍼졌다. 생각보다 많은 반응에 편집장님은 다음 책을 내도 좋을 것 같다고 하였다. 다음 책은 내가 처음부터 끝까지 준비해보라고 하셨다.

다음 책 내용을 구상하던 중 언니에게 전화가 왔다.

"여보세요?"

"예주야! 오늘 내가 서점에 갔는데 '주목해야 할 책' 코너에 네 책이 있더라."

나는 너무 놀라 아무 말도 나오지 않았다. 내 책을 그렇게 많은 사람이 읽어줬다고 생각하니 믿을 수 없었다. 그리고 내 책을 읽어주신 분들이 너무나도 소중하게 느껴졌다. 그뿐만 아니었다. 방송국에서는 신인 작가로 소개하고 싶다고 하며 부탁해왔고 잡지 인터뷰 요청도 많이 왔다. 나는 모든 부탁을 받고 다음 책을 내기 전까지 바쁘게 지냈다.

오늘은 평소보다 하늘이 맑고 화창했다. 마치 내 첫 경연을 축하하는 듯했다. 오늘 저녁, 나는 방송국에서 강연을 하기로 했다. '올해의 신인 작가'라는 상을 받은 후로 여기저기서 강연 요청이 들어왔고, 오늘이 그 첫 경연이었다. 처음으로 세팅이라는 것을 받았는데 정말 내가 달라 보였다. 평소에는 대충 머리를 아래로 묶고, 회색 후드에 안경을 끼고 다녔는데, 머리에 컬을 넣고 정장을 입으니 그럴듯한 차림이 되었다. 처음에 언니가 나를 못 알아볼 뻔했다.

강연이 시작되기 두 시간 전 대기실에서 나는 집에서 써온 대본을 처음부터 끝까지 읽어보았다. 아무도 없는 대기실에서 나 혼자 대본을 읽으려니 왠지 모르게 민망했다. 민망함을 참고 두세 번 읽으니 긴장이 풀리는 듯했다. 대본을 어느 정도 외운 후, PPT가 잘 열리는지, 잘린 곳은 없는지, 오타가 난 곳은 없는지, 계속 확인했다. 그리고 말을 하면서 PPT를 넘겨보았다. 정말 처음이라는 티가 팍팍 났다. 이때 언니가 대기실의 문을 열고 들어왔다. 언니는 내가 서서 PPT를 넘기고 마이크를 쥔 척하는 것을 보고 말했다.

"연습하고 있었어?"

응, 근데 너무 긴장되고 어색한 것 같아."

"한 번 봐줄게."

언니는 내 맞은편 의자에 앉았다. 나는 심호흡을 하고 발표를 시작했다. 언니가 보고 있어 긴장되었다. 그래서인지 혼자서 연습할 때보다 실수를 많이 했다. 거우 첫 파트를 끝내고 자리에 앉았다. 나는 부끄러워 고개를 들지 못했다.

"정말 많이 긴장했구나."

나는 언니의 말에 우물쭈물 답했다.

"응. 언니 한 명일 때도 이렇게 긴장되는 데 많은 사람들 앞에선 어떡하지?"

언니는 곰곰이 생각하다 입을 열었다.

"예주야. 정말 긴장할 필요 없어. 너의 경연을 보러 온 사람은 다 너의 책을 좋아하기 때문에 온 거잖아. 널 심사하기 온 게 아니고, 네 이야기를 들으러 왔으니까 네가 전하고 싶은 것만 제대로 전달하면 돼. 알겠지?"

언니의 말은 정말 나에게 위로가 되었다. 나는 다시 마음을 가다듬고 처음부터 발표를 시작했다. 언니는 아까보다 훨씬 표정이 좋아 보였다.

"이렇게만 해도 될 것 같아. 정말 잘했어."

"아까 언니가 나에게 그 말을 안 해줬다면 난 아직도 제대로 못 했을 거야. 정말 고마워."

한껏 긴장이 풀린 나는 남은 시간 동안 편하게 연습할 수 있었고, 드디어 강연 시작까지 단 10분밖에 남지 않았다. 관계자가 나를 무대 뒤쪽으로 데려갔고, 밖에선 사람들이 웅성거리는 소리가 들려왔다. 스태프가 나에게 여러 가지 사항들을 알려줬고 나갈 준비를 하라고 하였다.

'할 수 있어. 힘내자!'

곧 무대에서 사회자가 경연의 시작을 알리고, 내 소개를 간략하게 했다. 정말 무대에 올라가기 단 10초밖에 남지 않았다. 심장이 너무 뛰고 긴장되어 잇몸 안이 간질간질했다. 드디어 계단을 올라가 무대에 섰고, 모든 사람들이 나를 집중했다. 넓은 무대에 나 혼자 서 있으니 정말 신기했다.

'내가 살면서 이런 큰 무대에서 홀로 설 수 있는 기회가 많을까?'

이 생각을 하니 긴장보다는 감사함이 들었다. 이 경연을 위해 나에게 도움 준 도서관 사서분, 편집장님, 글쓰기 학원 원장님, 가족들 모두 머릿속에 스쳐 지나갔다.

이윽고 무대 중앙에 서 인사를 했고, 관객석의 모든 사람들이 박수를 쳤다. 관객석을 둘러보니 2층 중앙에 언니가 앉아있었다. 언니는 나와 눈을 마주치곤 손을 흔들었고 나는 살짝 미소 지었다. 언니의 옆에는 아빠도 앉아 있었다. 아빠는 나에게 찾아오시진 않았지만 충분히 나를 응원하고 있다는 것이 느껴졌다. 나는 마이크를 입에 갖다 대고 입을 열었다.

"저는 초등학교 때부터 쭉 작가가 꿈이었습니다. 그리고 일 년 전 남들이 표현하길 '운 좋게' 제 책을 낼 수 있었습니다. 하지만 저는 운이 아닌 '기회'라고 생각합니다. 무심코 지나칠 수 있었던 기회를 잡은 것이라고요. 여러분도 기회가 주어질 때 잡으셨으면 좋겠습니다. 제 첫 경연을 위해 먼 길 오신 모든 분께 감사드립니다. 그럼, 경연을 시작하겠습니다."

나는 누군가 나에게 행복하냐고 물어본다면 일초의 망설임도 없이 그렇다고 대답할 것이다. 만약 내가 맞선을 성공적으로 끝내고 그 사람과 연애를 하고 결혼을 했다면 행복할 수 있었을까? 절대 그렇지 않을 것 같다. 나는 내가 작가가 되고 싶었고 그랬기에 성공할 수 있었다고 생각한다. 자신이 원하지 않는 일로 성공할 수는 없는 것 같다. 물론 겉으로는 성공했다고 할 수 있을지는 몰라도, 지나가는 오늘이 행복했고 내일이 기대되는 삶은 못 살 것 같다. 나도 평생 이렇게 살 수 있을지는 알 수 없지만 지금 당장은 너무나 행복하다. 그리고 이 행복을 널리 전해주고 싶다.

新도깨비불

글 _ 김세영·이현정

도화녀와 비형랑

　　사량부에 얼굴이 매우 고와 도화녀라 불리는 여인이 있었다. 진지왕이 이 소문을 듣고 궁궐로 불러 그녀를 아내로 맞으려 하였다.

　　그러자 도화녀는 "여인은 두 남편을 섬기지 않아야 합니다. 비록 왕의 명이라 해도 남편이 있는 여인을 다른 사람의 아내로 만들 수는 없습니다."라고 말했다.

　　왕이 너를 죽이면 어찌하겠느냐고 묻자, 도화녀는

　　"죽더라도 남편을 저버리지 않겠습니다."라고 답했다.

　　왕이 다시 물었다.

　　"남편이 없으면 되겠느냐?"

　　도화녀가 그러면 될 수 있다고 말하자 왕은 도화녀를 집으로 보내주었다.

　　이 해에 왕이 폐위되어 죽고, 그 후로 2년이 지나 도화녀의 남편도 죽었다. 남편이 죽고 열흘 정도 지난 어느 날 밤에 왕이 살아있을 때의 모습으로 도화녀의 방에 나타나 말했다.

　　"네가 예전에 말한 것처럼 남편이 죽었으니 이제 내 아내가 되겠느냐?"

　　도화녀가 좀처럼 승낙하지 않고 부모에게 물어보자 아버지가 말했다.

"임금님의 말씀을 어찌 어길 수 있겠느냐?"

그리고 도화녀를 왕이 있는 방으로 들여보냈다.

왕은 칠일을 그곳에 머물렀는데 그동안 다섯 가지 색의 구름이 지붕을 감싸고 방 안에 향기가 가득하더니 칠 일이 지나자 왕의 모습은 갑자기 사라졌다.

이 일이 일어난 후 도화녀는 배 속에 아이가 생겼다. 시간이 지나 출산할 때 하늘과 땅이 진동하는 가운데 사내아이를 낳았는데, 이름을 비형이라 하였다.

진평왕이 이 소문을 듣고 이상하게 여겨 아이를 궁궐에 데려와 키웠다. 열 다섯 살이 되자 집사 벼슬을 주었는데 비형은 밤마다 궁궐 밖에 나가 놀았다. 왕이 날쌘 병사 오십명에게 그를 지키게 하였는데 비형은 성을 날아서 넘어 서쪽 황천 언덕 위에서 귀신들을 거느리고 놀았다. 병사들이 숨어 지켜보니, 귀신들이 여러 절의 종소리를 듣고 흩어졌고 비형도 궁궐로 돌아왔다. 병사들은 이 일을 왕에게 보고하였다.

왕이 비형을 불러 물었다.

"네가 귀신들을 거느리고 논다는 것이 사실이냐?"

비형이 대답했다.

"네, 그렇습니다."

"그렇다면 귀신들을 시켜 신원사 북쪽 개울에 다리를 놓거라."고 왕이 말했다.

비형은 왕의 명령에 따라 귀신들에게 돌을 다듬게 하여 하룻밤 사이 큰 다리를 완성하였다. 사람들이 이 다리를 귀신이 만들었다는 뜻으로 귀교라 불렀다. 왕이 또 물었다.

"귀신들 중에 인간 세상에 나와 정치를 도울 만한 자가 있느냐?"

"길달이란 자가 있는데 임금님을 도울 만합니다."고 말했다.

"데려오너라."

다음날 비형이 길달과 함께 나타나자 왕은 길달에게 집사의 벼슬을 내렸다. 길달은 그 누구보다 충성스럽고 정직하게 맡은 일을 처리하였다.

이때 각간의 지위에 있는 임종이라는 사람에게 자식이 없어 왕이 길달을 아들로 삼게 하였다. 임종은 길달을 아들로 삼고 흥륜사 남쪽에 문을 짓게 하였다. 길달이 매일 밤 그 문 위에 올라가서 잤기 때문에 사람들이 길달문이라 불렀다.

하루는 길달이 여우로 변신하여 도망치자 비형이 귀신을 시켜 붙잡아 죽였다. 이후 귀신들은 비형의 이름만 듣고도 무서워 도망쳤다. 사람들이 노래를 지어 불렀는데 이 노래 가사를 붙여 귀신을 쫓는 풍습이 생겼다.

성스러운 왕의 영혼이 낳은 아들, 비형랑의 집이 여기로구나.
날뛰는 온갖 귀신들아, 이곳에는 함부로 들어오지 말거라.

- 《삼국유사》 권 1, 〈기이〉 1, 도화녀와 비형랑

우리 소설의 모티브가 된 이야기는 〈삼국유사〉에서 '도화녀와 비형랑'에 대한 이야기입니다. 죽은 임금과 살아있는 여인 사이에서 태어난 비형랑은 밤마다 귀신들과 어울려 노는데, 임금이 이 사실을 알고 귀신 중에 쓸 만한 인재를 추천해달라고 합니다. 비형랑은 길달이라는 총명한 귀신을 보내지만, 길달은 여우가 되어 도망을 가고, 이 소식을 알게 된 비형랑이 길달을 잡아 죽이게 되는 이야기입니다.

이 이야기 속 주인공인 비형랑은 도깨비들의 왕이었음에도 불구하고, 도깨비들에게 모질게 대하였고 이로 인해 모든 도깨비들이 비형랑 곁을 떠납니다. 이 이야기를 읽고 우리는 좋은 인간관계를 유지하기 위해서는 자신의 의견을 분명히 말할 줄 알아야 한다는 메시지를 주는 소설을 쓰고 싶었습니다. 그래서 소설에서는 첫 번째 밤부터 열두 번째 밤까지 나뉘어 주인공이 학교생활을 하며 매일 밤 꾸는 꿈에 대해 알아가는 이야기를 담았습니다.

제현이는 우리와 다를 바 없는 평범한 중학생입니다. 그러나 어느 순간부터 삼국시대가 배경인 한 꿈을 꾸게 되고, 그 꿈은 매일 밤 이어지게 됩니다. 그러나 이 꿈은 제현이의 학교생활과 연관되어 있었습니다. 이를 이상하게 여긴 제현이는 자신의 꿈에 대해 조사하게 되고, 자신의 꿈이 무엇인지, 자신의 생활과 어떤 연관이 있는지 모두 알게 됩니다. 학교생활에서도, 꿈에 대해 생각하는 것도 힘든 순간이 있었지만 제현이는 이를 계기로 작가가 되기로 결심하고 이야기는 끝을 맺습니다.

　사람이라면 누구나 청소년기에 학교생활을 하면서 여러 상황들을 겪게 됩니다. 물론 저희도 마찬가지죠. 우리는 지금 청소년기를 겪고 있기에 주인공의 상황에 공감할 수 있을 것입니다. 이 소설을 읽으면서 여러분 주위 사람들을 되돌아보고, 자신의 인간관계도 살펴볼 수 있는 기회가 되었으면 좋겠습니다.

도깨비불

그때부터였다.

그 꿈을 꾸기 시작했던 것은.

그 사건 이후로 나는 며칠째 밤잠을 설치고 있었다.

시계를 보니 벌써 9시 반이다. 얼른 서두르지 않으면 약속에 늦을 것이 분명하다.

3월 3일 수요일, 새 학기 첫날

두근거리는 새 학기 첫날 아침, 나는 새로운 마음가짐으로 가방을 쌌다. 학교 가는 길에 보이는 나무, 하늘에 떠 있는 구름까지도 신선하게 느껴졌다. 그렇게 주변을 구경하며 걷다 보니, 어느새 정문에 와 있었다. 올해 3학년이 되어 좋은 점은 무엇보다도 내 가장 친한 친구들인 효정이와 수은이가 같은 반이 되었다는 것이다. 학교에 가니 효정이와 수은이가 벌써 자리를 잡고 얘기하고 있었다.

"김제헌! 우리가 네 자리도 맡아 놨어. 빨리 앉아."

수은이가 말하면서 제 옆자리를 팡팡 쳤다.

"고마워, 수은."

나는 교탁 앞에 핸드폰을 내고 자리에 와서 앉았다.

내 옆자리는 수은이었고, 앞자리는 작년에 같은 반이었던 채현이, 그 옆자리는 효정이였다.

자리에 앉자마자 담임선생님께서 들어오셔서 조례를 진행하셨다.

웬일인지 수업 중간중간에 작년에는 나와 그다지 친하지 않았던 채현이가 내게 말을 걸어왔다.

"제현아, 너 이거 어떻게 하는 건지 알아?"

채현이의 은빛 안경테가 햇빛을 받아 반짝였다.

"가르쳐 줄게."

나는 채현이가 내민 노트를 받아들며 말했다.

"알려줘서 고마워, 제현아."

이렇게 말하며 자리로 돌아가던 채현이는 금세 다시 와서는,

"제현아, 너 뭐해?"

또 말을 걸어왔다.

"다이어리 쓰고 있어."

내가 우물쭈물하며 말했다.

"너 다이어리 쓰는 거 좋아해? 다이어리 어디서 샀는데? 엄청 예쁘다."

그렇게 나에게 꼬치꼬치 캐묻던 채현이는 결국 종례 시간에 나와 전화번호를 교환했다.

뭔가 찝찝하긴 했지만 새 학기 첫날부터 좋은 친구를 사귄 것 같아 기분이 좋았다.

 첫 번째 밤

나는 어느 호화로운 방 안의 침대 위에 걸터앉아있었다. 문 앞을 몇 번 기웃거리다가

나는 몰래 그곳에서 빠져나와 뒷산으로 올라갔다.

뒷산으로 올라가며 보니 궁궐 같은 집의 모습이 꽤 장관이었다. 때마침 노을이 지고 있던 터라, 궁궐의 웅장함이 배로 늘어났다.

늘 그렇듯, 도깨비들이 동그랗게 모여 앉아 나를 기다리고 있었다.

체구며 체형이며, 생김새도 저마다 가지각색인 도깨비들의 모습에 놀랐다.

세상에 도깨비들이 저렇게 많다니, 신기할 따름이었다.

"형님 오셨습니까."

활을 등에 멘 몸집이 커다란 도깨비 하나가 일어나 말했다.

"오냐, 인사 그만하고 놀자."

우리는 간단히 인사를 나눈 뒤에, 시답잖은 얘기들을 나눴다.

이따금씩 숲을 지나다니는 산짐승들에게 장난을 치기도 하며 놀았다.

한참을 그렇게 놀다 보니 어디선가 종소리가 들리며 동이 트기 시작했다.

그러자 방금까지도 옆에 있던 도깨비들은 벌써 저만치 작은 점들이 되어 사라지고, 나도 뒤돌아 궁궐 쪽으로 걸음을 옮겼다. 자연히 콧노래가 나오고 걸음은 흥겨워졌다.

 순간 잠에서 깬 나는 주변을 두리번거렸다.

꿈이 너무나도 생생해서 아까 놀던 도깨비들이 아직도 옆에 있는 것만 같았다.

뭐였을까, 그 꿈은?

이때까지만 해도 나는 이 꿈이 그저 기분 좋은 평범한 꿈에 지나지 않을 거라고 느꼈다.

3월 4일 목요일

어젯밤 꾼 꿈은 대체 뭐였을까?

그토록 생생한 꿈은 정말 오랜만이었다. 호접지몽이라고 하던가, 내가 그 꿈을 꾼 건지, 그 꿈이 내 현실인지 헷갈릴 정도였다.

학교에 와서도 간밤의 꿈에 대해 생각하느라 정신이 멍했다.

그렇게 가만히 자리에 앉아 있는데, 갑자기 채현이가 말을 걸어왔다.

"제현아, 너 무슨 동아리 들어갈지 정했어?"

살갑게 물어오는 채현에게서 좋은 향기가 났다. 상큼한 복숭아 향인 듯했다.

"아직 못 정했는데."

"그럼 나랑 같이 과학 실험 동아리 들어가자! 거기 선생님께서 생기부도 되게 잘 적어주신대!"

"그래."

내 머릿속도 복잡해 대화에 집중하지 못하던 나는, 얼떨결에 대답을 건넸고,

"그럼 지금 빨리 신청서 내러 가자!"

정신을 차리고 보니, 이미 나는 채현이와 팔짱을 끼고 2층 과학실에 신청서를 내러 가는 중이었다.

교실로 올라오니 효정이가 동아리 신청서를 들고 나를 기다리고 있었다.

"야, 김제현! 우리 같이 사진 동아리 들자! 거기 선배들이 맛있는 거 엄청 많이 사준대!"

"응? 나 방금 과학 실험 동아리 신청서 내고 왔는데."

"김제현 미쳤어? 우리 같은 동아리 들어가기로 했잖아!"

"미안해. 까먹고 있었어. 대신 수은이랑 같이 하면 되겠다."

"너도 같이해야지, 바보야! 그래서 누구랑 같이 신청했는데?"

"나 채현이랑……."

"너 걔랑 친해? 작년엔 별로 안 친했잖아."

"수업하게 빨리 자리에 앉아라."

뭐라 대꾸하기도 전에, 갑자기 들어오신 국어 선생님 때문에 우리의 대화가 끊어졌다.

 두 번째 밤

나는 또다시 그 궁궐에서 몰래 기어 나와 도깨비들을 만나러 갔다.

"형님."

어제 그 몸집 큰 도깨비였다.

"됐다. 그만해라."

도깨비의 뒷말이 이어지기도 전에 내가 먼저 말을 끊었다.

어제처럼 귀신들을 데리고 놀고 있었는데, 나무 뒤에서 인기척이 느껴졌다.

누군가 우릴 보고 있다는 걸 알고 있었지만, 그냥 지나가겠거니 생각하고 대수롭지 않게 넘겼다.

또 종이 울리고 귀신들은 사라졌다. 나도 다시 궁궐로 돌아갔다.

아무 일 없었다는 듯이 어제 그 호화로운 방으로 돌아온 나는 침대에 앉아 옷자락을 만지작거렸다.

그러자 밖에서 신하가 문을 두드리고 들어와 말했다.

"왕께서 찾으십니다."

"알겠다. 곧 가겠다고 전해라."

나는 나갈 채비를 하면서 왕께서 왜 또 부르셨을까, 중얼거렸다.

"비형랑께서 들어오십니다."

"들라 하라."

왕의 목소리는 사극에서 듣던 것처럼 낮고 웅장했다.

"부르셨습니까."

"네가 밤마다 귀신을 거느린다는 말이 사실이더냐."

"예, 사실이옵니다."

왕의 표정이 미묘하게 일그러졌다.

"그럼 그 귀신들과 밤마다 만나서 논다는 것도 사실이냐?"

"그렇습니다."

이번엔 그의 표정이 완전히 일그러졌다.

"네 출생이 아무리 기이하다 하여도, 어찌 귀신을 부린다는 게냐."

왕은 믿지 못하는 눈치였다.

"만일 네가 정말로 귀신을 거느릴 수 있다면, 내일까지 궁궐 앞 하천에 돌다리를 놓아 보거라."

비아냥거리는 투로 말하는 왕의 의도는 아마도 제 눈으로 직접 봐야만 믿을 수 있겠다는 거겠지. 아니다. 그냥 다리가 필요한 걸지도 모르겠다.

"예, 알겠사옵니다."

나는 덤덤하게 대답하며, 천천히 발걸음을 옮겼다.

어제에 이어 오늘도 같은 꿈을 꾸었다.

요즘 들어 갑자기 왜 이런 꿈을 꾸는 것일까? 이틀 연속으로 같은 꾸는 것도 그렇고, 꿈이 너무나도 생생한 것도 그렇고, 정말이지 생각할수록 기이한 꿈이다.

3월 5일 금요일

요즘 그 꿈 때문인지, 수업 시간에 집중도 잘 안 되고 혼이 나간 것 같다.

말투도 사극에나 나올 법한 말투에, 입는 옷이나 으리으리한 궁궐이 있는 것으로 봐서 그 꿈은 좀 오래전의 과거에 있었던 일인 듯했다. 생각하다 보니 괜히 기운이 빠져 책상 위에 엎드려 누웠다. 딱딱하면서도 차가운 책상의 감촉이 마냥 불쾌했지만, 그걸 감수할 만큼 피곤했다.

"제현아, 자?"

책상 위에 무기력하게 엎드려있던 나에게 채현이가 말을 걸었다.

나는 귀찮은 마음이 컸지만, 부스스한 머리를 정돈하며 일어나 채현이와 눈을 맞췄다.

"있잖아, 우리 내일 시내에 있는 카페 가자! 거기 봄 신상 메뉴 나왔대!"

저 혼자 신이 나서 말하는 채현이에게서, 말투가 조금 강제적이지 않나, 하는 생각이 잠깐 들었다.

"어?"

"내일 10시까지 사거리로 나오면 돼!"

황금 같은 주말에 이렇게 갑작스럽게 약속이 잡혀버렸다.

채현이는 보니까 주변에 친구도 많은 것 같던데, 왜 하필 나랑 놀려고 하는 것인지 궁금했다.

간밤에 꾼 꿈도, 채현이도 모두 나를 혼란스럽게 만든다.

 세 번째 밤

또 궁궐을 나와 어김없이 뒷산으로 발걸음을 옮겼다.

나는 근심이 가득한 한숨을 내뱉었다. 어제 일을 되짚어보니, 아마도 왕에게서 돌다리를 놓으라는 명령을 들었기 때문인가 싶었다.

귀신들이 우르르 몰려왔다.

"오늘은 내가 너희들에게 할 말이 있다."

"뭡니까, 형님."

"오늘 안에 궁궐 앞 하천에 돌다리를 지어야 한다."

갑작스러운 나의 말에 도깨비들의 반응은 크게 둘로 나뉘었다. 당황스러운 나머지 눈이 동그랗게 커지거나, 벌써 한숨을 내쉬며 자신들의 앞날을 걱정하거나. 그중 한숨을 내쉬던 도깨비 하나가 대꾸했다.

"그걸 저희가 왜 해야 합니까, 형님."

"왕의 명령이니 어쩔 수 없다."

"뭐부터 해야 할까요, 형님?"

왕의 명령이라는 말에 식겁했는지, 도깨비들의 행동이 한층 온순해진 게 눈으로 보였다.

밤새도록 돌을 날라 다듬고 깎아 옮기니, 동이 트기 직전이 되어서야 겨우 돌다리가 완성되었다.

나나 도깨비나 땀을 잔뜩 흘리며 숨을 고르고 있던 차에 종소리가 들렸고, 도깨비들은 사라졌다.

여기까지가 내가 겪었던 일의 전부이다.

왜인지는 모르겠지만, 요즘 밤마다 꾸는 꿈이 뭔가 나와 깊은 관련이 있는 것 같다.

이제부터는 이 꿈에 대해서 좀 알아봐야겠다.

3월 6일 토요일

오늘은 채현이와 시내에 나가기로 한 날인데 늦잠을
자버렸다.

시계를 보니 벌써 9시 반이다. 얼른 서두르지 않으면 약속에 늦을 것이 분명하다.

전속력으로 사거리까지 뛰자, 겨우 제시간에 맞춰 도착할 수 있었다.

버스 정류장에 앉아 있는 채현이의 안색이 왠지 안 좋아 보인다.

"채현아 무슨 일 있었어? 왜 그렇게 안색이 안 좋아?"

"어제 잠을 잘못 잤나 봐. 온몸의 근육이 다 뻐근해."

이렇게 말하면서 채현이는 한 손으로는 자기 어깨를 주무르고, 다른 손으로는 종아리를 통통 쳤다.

때맞춰 도착한 버스를 타고 우리는 시내로 향했다. 토요일 낮의 버스는 역시나 북적거렸다.

우리는 카페에 들어와 햇볕이 잘 드는 창가 자리에 앉았다.

카페 내부를 둘러보니, 원목 테이블에 푹신해 보이는 의자, 곳곳에 놓여 있는 그림과 금빛으로 반짝이는 샹들리에 조명까지, 여기는 꽤 고급스러운 카페인 것 같았다. 우리는 테이블 위에 올려져 있는 메뉴판을 보며 뭘 먹을지 고민했다.

"나는 벚꽃 라떼랑 딸기 초콜릿 타르트 시킬래. 너는 뭐 시킬래?"

돈이 별로 없었던 나는 그중에서 가장 싼 메뉴에 눈길이 갔다.

"나는 복숭아 아이스티 시킬게."

"저기요, 여기 벚꽃 라떼랑 복숭아 아이스티, 딸기 초콜릿 타르트 한 개 주세요. 아 그리고 벚꽃 라떼에는 휘핑크림 올려 주시고 시럽 넣어주세요."

조금 기다리자, 우리가 주문한 메뉴가 나왔다.

"주문하신 메뉴 나왔습니다."

종업원의 상냥한 목소리와 함께 한눈에 봐도 먹음직스러워 보이는 음식들이 테이블에 올려졌다.

"제현아, 어쩌지? 내가 오늘 지갑을 안 들고 온 것 같은데……?"

채현이의 표정이 너무나도 곤란해 보여서, 나는 얼마 없는 내 용돈을 털기로 했다.

"으응, 괜찮아 내가 낼게."

"24,000원입니다. 손님."

종업원이 부르는 가격이 꽤 비싸서 당황했지만, 어쨌든 나는 돈을 낼 수밖에 없었다. 카페에서 나온 뒤로도 우리는 롤러를 타고, VR 체험도 하고, 영화도 봤다. 그리고 그 돈은 전부 다 내가 냈다. 그러느라 벌써 이번 달 용돈을 거의 다 써버렸다.

네 번째 밤

나는 왕과 함께 궁궐 앞 하천으로 나왔다.

그곳에는 보란 듯이 어젯밤 나와 도깨비들이 고생하며 지어 놓은 튼튼한 돌다리가 놓여 있었다.

왕께서는 꽤 놀란 기색을 숨기지 못하셨다.

"아니, 분명 어제까지만 해도 없던 다리를, 갑자기 어떻게…."

"소인의 말은 사실이옵니다. 이제 제 말을 믿어주소서."

"비형랑, 너는 정말 진귀한 재능을 지녔구나. 그 재능을 우리 신라의 발전을 위해 쓰는 것이 어떻겠냐? 네가 부리는 도깨비 중에서 영리한 놈이 있으면 데려와 궁궐 일을 보게 해라."

왕은 순간 눈을 반짝이며 내 양손을 잡아 오며 말했다.

"알겠습니다."

열심히 고생한 보람이 있었다. 늘 표정이 없거나 화만 내던 왕이었는데, 방금 그의 모습은 내가 이 꿈을 꾸기 시작한 이래로 가장 표정 변화가 컸던 것 같다. 엄격, 근엄, 진지, 이런 말들이 어울릴 것 같이 굴던 왕이 놀라는 모습이 꽤나 흥미로웠다.

3월 7일 토요일

주말인 오늘은 잡혀있는 약속도 없었다. 그래서 나는 마을 도서관에 가보기로 했다. 며칠째 이어지는 내 꿈이 궁금해서 참을 수가 없었기 때문에, 나는 꿈에 대해서 뭐라도 알아봐야겠다는 생각이 들었고, 가장 적합한 장소가 바로 도서관이라고 생각했다. 일단 배경이 옛날 같으니 도서관에 가서 옛날 책들을 읽어봐야겠다. 2층 자료실에 가서 세계사 책을 시작으로 역사 코너에 있는 책들을 샅샅이 살펴보았지만, 아직은 내 꿈에 대한 정보를 찾을 수 없었다. 그때 세 번째 책장에서 '삼국유사'라는 제목의 책이 보여 일단 책을 들고 와서 자리에 앉았다. 책장을 넘기며 대충 훑어보니 삼국시대에 일연이란 스님이 쓴 글인 모양이다.

'죽은 임금과 산 열녀가 낳은 비형랑'
'비형랑이 열다섯 살이 되자 집사 벼슬에 올랐는데, 그는 밤마다 멀리 대궐을 빠져나가 놀았다. 임금이 날랜 군사 쉰 명을 시켜서 지키게 했는데 비형랑은 늘 성을 날아서 넘어 서녘의 황천(거친 시내) 언덕 위에 가서 도깨비 무리를 데리고 놀았다.'

"어라? 이거 내가 꿨던 꿈이랑 비슷한데…. 계속 읽어보자."

'군사들이 수풀 속에 숨어서 엿보았더니 도깨비들은 여러 절에서 들리는 새벽 종소리를 듣고는 저마다 흩어지고 비형랑도 궁궐로 돌아왔다. 군사가 임금께 사실로 아뢰니 임금이 비형랑을 불러 물었다.
"네가 도깨비를 데리고 논다는 것이 참말이냐?"
"그러합니다."
대답을 듣고 임금이 말했다.
"도깨비들 가운데 사람으로 나타나서 나라의 정사를 도울 자가 있겠느냐?"
"길달이라는 도깨비가 있는데 정사를 도울 만합니다."
비형랑이 대답하자 임금이 그를 데려오라고 했다.'

나는 책을 덮었다. 내가 며칠째 꾼 꿈이랑 너무나도 내용이 같았다. 혹시나 내가 예전에 읽어본 책이었나, 곰곰이 생각해 봐도 전혀 처음 보는 책이었다. 또 잘못된 내용이 있진 않을까 다시 곰곰이 생각해 봐도 임금이 한 말 모두가 하나하나 같았다.

"도서관 끝날 시간입니다."

책장 넘기는 소리만 들리던 고요한 도서관에, 사서의 목소리가 울려 퍼지자, 하나둘 짐을 챙겨 도서관을 나왔다.

나도 일단 삼국유사를 빌려 집으로 돌아왔다. 하늘은 벌써 어두컴컴해졌고, 어두운 하늘을 밝히는 달이 오늘따라 더 밝아 보였다.

만약 내가 꾼 꿈이 이 책의 내용과 같다면, 왜 내가 이 꿈을 꾸는 걸까? 혼란스러웠다. 같은 내용의 꿈이 며칠째 이어지는 것도, 그 꿈이 이 삼국유사의 내용과 같은 것도 내게는 매우 혼란스러웠다.

"다음 내용은 뭘까?"

궁금증을 이기지 못한 나는, 늦은 시간임에도 불구하고 다시 책을 펼쳐서 다음 내용을 읽기 시작했다.

'이튿날 비형랑이 길달을 데리고 와서 보였더니 임금이 그에게 집사 벼슬을 주었다. 길달은 과연 충성스럽고 정직하기 그지없었다. 임금은 길달을 아들이 없는 각간 임종에게 길달을 아들로 삼으라고 명했다. 임종은 길달을 아들로 삼고는 흥륜사 남녘에 다락문을 세우도록 했다. 그리고 길달에게 밤마다 거기 가서 자게 했으므로 그 문을 길달문이라 했다.'

"설마 오늘도 내가 꿨던 꿈이 이어지겠어."

괜한 생각을 했다. 나는 이 불안감을 괜한 생각으로 치부했다. 책을 방바닥에 아무렇게나 툭 던져놓고 나는 침대에 누웠다.

 다섯 번째 밤

늦은 시각, 오늘도 나는 뒷산으로 향했다. 도깨비들은 한 곳에 둘러앉아 나를 기다리고 있었다. 그리고 나는 그런 도깨비들을 하나하나 훑어보았다.

"길달아."

"예 형님."

내가 부르자 길달의 진녹색 눈이 반짝였다. 이때까지 도깨비들을 봐온 결과, 이 길달이란 친구가 아마도 도깨비 무리의 우두머리인 것 같았다. 도깨비들 모두가 그를 잘 따랐으며, 길달 또한 자신의 뛰어난 통찰력과 깊은 생각으로 도깨비 무리를 잘 이끌었다.

"나와 함께 궁궐에 가지 않겠느냐."

"무슨 일로 말입니까?"

'궁궐'이란 말에 길달이 당황했다.

"혹시 또 저희에게 다리를 놓으라고 명하셨는지요?"

지난날, 힘들게 고생하며 돌다리를 놓았던 일이 떠올랐나 보다.

"그런 일이 아니라, 임금께서 나라 정사를 도울 자를 찾고 계시는데 생각이 깊고 영리한 네가 좋지 않겠느냐."

다음날 나는 길달을 데려와 왕에게 보였고, 임금은 길달이 꽤 마음에 드는 모양이었다.

"길달에게 집사 벼슬을 내리노라."

왕은 흡족한 표정으로 말을 이었다.

"또, 가족이 없는 길달을 임종의 양자로 삼을 것을 명하노라."

그리하여 길달은 아들이 없는 각간 임종의 아들이 되었다. 길달 본인도 갑자기 벼슬이 내려지고, 가족이 생기니 표정이 꽤 행복해 보였다. 반면, 갑작스레 아들이 생긴, 심지어 사람도 아닌 도깨비인 아들이 생긴 임종의 표정은 착잡해 보였다.

3월 8일 일요일

다시 일어나 보니 침대였다. 어제 삼국유사에서 봤던 내용이랑 방금 꾼 꿈은 놀라울 정도로 같았다. 당황스러웠다. 아니, 놀라웠다. 설마 내가 무슨 귀신에라도 홀린 걸까? 나는 방바닥에 놓여 있는 삼국유사 책을 집어 들어 어제 다 읽지 못한 다음 내용을 보기 시작했다.

'하루는 길달이 여우로 탈바꿈해 도망을 치자 비형랑이 도깨비들을 시켜 잡아서 죽였다. 그 뒤로 도깨비 무리가 비형랑을 두려워해 달아나니 사람들이 이런 글을 지었다.

거룩하신 임금을 넋이 낳으신 아들, 비형랑의 집이 여기로구나. 날고뛰는 온갖 도깨비, 여기 머물고자 못하리라.
이 글을 써 붙여 도깨비를 물리치는 풍속이 여기서 비롯됐다.'

"비형랑…."
인터넷으로 간간이 접했던 전생에 관한 내용이 떠올랐다. 가끔씩 꿈을 통해 자신의 전생으로 되돌아가기도 한다고 그랬는데, 혹시 내 전생이 비형랑일 수도 있지 않을까? 그렇지 않으면 며칠째 이렇게 같은 꿈만 꿀 수는 없어.

 여섯 번째 밤

늦은 오후, 나는 조심히 임종의 뒤를 밟았다. 이윽고 그의 집에 다다랐다. 그의 집은 궁궐 못지않게 크고 화려했다. 하인들이 그를 보자 황급히 고개를 숙였고, 임종은 잠시 방에 들러 옷을 갈아입더니 편한 차림으로 나와 다른 곳으로 향했다. 그의 발길이 멈춘 곳은 어떤 절 앞이었다. 그는 스님과 간단히 인사를 하고 나와 절 뒤로 향했다. 그곳엔 다락문이 있었고, 길달이 그 문을 사포로 다듬고 있었다.
"문은 다 완성되어 가느냐?"
임종의 물음에 길달이 답하였다.
"예, 이제 다듬기만 하면 끝입니다!"
자신의 가족이 왔단 사실에 길달은 고된 일을 하면서도 행복해 보였다.

"그래, 고생했다. 이제 집에 안 들어와도 되겠구나."

"네? 그게 무슨 말씀입죠?"

길달의 표정이 크게 달라졌다. "말 그대로다. 이제 너는 여기 머물면서 절을 증축하는 일을 도와라. 스님께서 시키시는 일만 하면 된다. 아, 네 짐은 내일까지 하인들을 시켜 여기로 다 옮겨 주마."

말을 끝낸 임종이 그대로 돌아섰다. 그의 모습이 저 멀리 사라지자, 길달은 중얼거렸다.

"역시, 나 같은 도깨비를 누가 좋아하겠어. 비형랑도 아마 내가 싫어서 이리로 보냈을 거야. 내가 얼마나 열심히 했는데, 왜 아무도 인정해주지 않을까……."

언뜻 보이는 길달의 표정이 몹시도 쓸쓸해 보였다.

3월 9일 월요일

정신없이 1교시를 보내고 드디어 쉬는 시간이 왔다.

나는 다이어리에 이제까지 있었던 일들을 적어 보았다.

'지금까지 내가 알아낸 것들

첫째, 일단 꿈속의 나는 분명 비형랑이 맞았고, 내 전생이 비형랑이었다.

둘째, 꿈속의 내용은 삼국유사에 적힌 비형랑의 이야기와 얼추 맞아떨어졌다.'

다이어리에 완전히 집중하고 있던 그때, 효정이가 내게 다가왔다.

"제현아, 너 채현이 봤어?"

"아니, 그러고 보니 오늘 아침부터 안 보이네."

나는 그제야 채현이를 오늘 한 번도 보지 못했음을 깨달았다.

2교시 이후로 나는 어젯밤 꿈 때문에 잠을 깊게 자지 못했는지 졸음이 몰려와 수업 시간 내내 졸기만 했다.

정신을 차리니, 벌써 마지막 교시가 끝나갈 무렵이었다.

"인사는 생략하고 빨리 마치자. 얘들아 수고했어."

수학 선생님께서 나가시고 조금 있다가 담임 선생님께서 종례하러 들어오셨다.

"얘들아, 채현이가 집안에 일이 있어서 갑작스럽게 다른 학교로 전학을 가게 됐다. 작별 인사 못 했다고 너무 아쉬워하진 말고, 청소는 다 했지?"

"네에."

반 아이들의 대답에 선생님이 이어서 말씀하셨다.

"그래 얘들아, 오늘 하루 잘 보내고 내일 보자."

채현이의 갑작스러운 전학에 평소 채현이와 친하게 지내던 아이들이 한마디씩 이야기하기 시작했다.

"채현이 저번 주까지만 해도 별일 없었는데."

"나 어제 채현이랑 만났는데 아무 말 안 하던데?"

"걔 성격에 우리한테 한마디도 안 하고 전학 갈 애는 아닌데, 무슨 일이지?"

나를 포함한 반 아이들 모두가 어리둥절한 반응이었다.

* * *

집으로 돌아오니, 엄마가 나에게 다가왔다.

"제현아, 너 채현이랑 같은 반이지? 채현이 오늘 전학 갔다며?"

"엄마가 그걸 어떻게 알았어?"

"오늘 학부모 모임 있는 날이잖니. 모임 나가니까 온통 채현이네 집 얘기로 떠들썩하더라. 글쎄, 채현이가 고등학교 선배들한테 맨날 괴롭힘당해서 전학 갔다더라?"

"괴롭힘?"

"그냥 장난 수준도 아니고 꽤 심각했었나 봐. 그 선배들이 집으로 찾아와서 협박하기까지 했대."

마냥 친절하고 밝은 아이처럼만 보였던 채현이에게 그런 일이 있었다니. 채현이가 좀 걱정되었던 나는 휴대폰으로 채현이에게 문자를 보냈다.

'채현아, 네가 갑자기 전학을 가버려서 놀랐어. 나는 이제야 너와 친해졌다고 생각했는데, 이렇게 가버리니 아쉽다. 새로 전학 간 학교에서도 잘 지내고, 힘든 일 있더라도 잘 견뎌냈으면 좋겠어. 채현아, 힘든 일 있으면 언제든지 나한테 말해줘.'

채현이가 읽었는지 메시지 옆의 읽음 표시는 사라졌지만, 답장은 없었다.

책의 내용대로라면 아마도 오늘, 길달이 도망을 칠 것이다.

그리고 아마도 꿈속의 나, 그러니까 비형랑이 길달을 잡아 죽이겠지.

아무리 그래도 길달을 죽이는 것은 심하다고 본다. 비형랑 애도 너무한 게 맨날 자기랑 놀아준 친구와도 같은 길달을 자기 손으로 죽인다니, 말도 안 된다.

후……. 내가 막을 수 있기라도 하면 좋으련만.

 일곱 번째 밤

"왕께서 부르십니다."

문밖에 서 있던 하인이 문을 두드리며 나직이 일러주었다.

아마도 길달이 도망친 일 때문이겠지, 중얼거리며 나는 왕이 있는 곳으로 걸음을 옮겼다.

"아니, 네가 분명 충직하고 도움 되는 신하라고 하지 않았더냐."

"그런데 어찌 도망을 쳐! 이는 임금인 나뿐만 아니라 우리 신라의 이름에도 먹칠을 한 게다."

단단히 화가 난 듯 보이는 왕이 바락 소리쳤다.

"송구하옵니다. 면목이 없습니다."

"대신 소인이 길달 그놈을 확실히 죽여 놓겠습니다."

미련하게도 나는 이런 대답을 해버렸다.

아니 그럼, 진짜로 길달은 죽는 건가? 정말로?

아무리 전생의 나라지만, 내가 보기에도 정말 한심하다.

꿈속의 시간은 현실보다도 빠르게 흘러 벌써 밤이 되었다.

나는 칼을 윤기 나게 천으로 닦아 칼집에 넣고 허리춤에 찼다.

활을 등에 메고 화살도 넉넉히 챙겨 나갈 채비를 하였다.

도깨비들이 모여 있는 산 위로 올라가 보니, 분위기가 심상치 않다.

이들의 귀에도 길달의 이야기가 들린 듯하다.

"형님, 길달이가 도망쳤다는 게 정말 사실입니까?"

평소 길달과 친하게 지내던 갑손이 내게 물어왔다.

"그래, 그놈이 분명 돌은 게야. 그렇지 않고서 어찌 내 명을 거역해?"

"우리는 오늘 길달 그 자식을 잡으러 가야 한다. 다들 떠날 채비 해라."

나는 단단히 화나 있었고 일은 왠지 자꾸만 꼬이는 듯하다.

이내 나는 도깨비 무리를 데리고 산을 올랐다.

한참의 시간이 흘러 밤, 나는 지금 아주 울창한 나무숲 안에 들어와 있다.

어라, 방금 저 멀리 나무 뒤로 숨어드는 허연 무언가가 보였다.

나는 말의 고삐를 잡아당기며 그쪽으로 달렸다.

역시나 아까 본 허연 것은 여우로 변신한 길달의 꼬리였다.

이대로라면 분명 길달은 죽을 것이다.

나는 화살이 든 통에서 화살 하나를 꺼내 활시위에 걸었다. 그리곤 망설임 없이 활시위를 당겨 길달의 머리를 향해 조준했다.

'안돼!'

나는 길달에게 화살을 쏘는 나를 막으려 안간힘을 썼다. 그러자 기적적으로 나의 팔이 흔들려 길달을 향해 있던 화살이 길달 바로 옆을 스쳐 지나갔고, 길달은 무사히 도망쳐 내 시야에서 사라졌다.

길달이 화살에 맞지 않아 정말 다행이다. 그런데 아까 일은 뭐였지? 내가 길달을 맞히기 싫다고 생각해서 화살이 빗나간 건가? 그렇다면 지금 내 의지대로 비형랑의 몸이 움직였다는 말인데. 너무 당황스러워 말이 나오질 않는다.

3월 10일 화요일

간밤의 꿈은 마치 액션 영화의 한 장면처럼 긴장감 넘쳤다. 만약, 그때 화살이 스쳐 지나가지 않았더라면 어떻게 됐을까, 이런 생각이 들자 자연스레 안도의 한숨이 나왔다. 나는 책을 펼쳐 조용히 자습했다. 잠깐만, 조용히? 평소대로라면 절대 조용히 자습하는 게 불가능했다. 항상 채현이가 말을 걸어왔기 때문이다. 문득 내 앞자리를 바라보니, 텅 빈 책걸상이 눈에 들어왔다. 아, 채현이 어제 전학 갔지. 채현이와 그렇게 각별한 사이는 아니라고 생각했었는데, 막상 채현이가 사라지니 빈자리가 꽤 크게 느껴진다.

 여덟 번째 밤

나는 이때까지 밀린 업무를 보다가, 늦은 저녁이 되어서야 방으로 돌아왔다.

침대 옆 탁자에는 못 보던 봉투가 올려져 있었고, 봉투에는 도깨비 모양의 인장이 찍혀 있었다.

나는 봉투를 열어 내용을 확인해보았다. 죄다 한자로 적혀있어서 무슨 말인지는 도통 알 수 없었지만, 내가 하는 말을 통해 어렴풋이 내용을 추측해볼 순 있었다.

"아니, 갑손이가 날 떠나겠다고? 아니, 나쁜 짓을 일삼는 도깨비란 녀석들이 제 친구 하나 죽이려 했다고 떠난다니. 아주 대단한 우정 납셨구나."

아마도 내가 어젯밤 길달을 죽이려 했기 때문에 길달의 친구이자, 길달이 떠난 후부터 실질적으로 도깨비 무리들을 이끌고 통제하던 갑손이가 도깨비 무리에서 나가겠다고 한 모양이다.

"길달이도 없는 상황에 갑손이까지 떠나면 어쩌자는 거야, 대체?"

아마도 나는 꽤 난처한 상황에 놓인 모양이다. 나는 침대에 누워 화를 식혔다. 몸에 닿는 비단 이불의 감촉이 부드러웠다. 침대에서 일어나자 벌써 해가 다 떨어졌다. 잠깐 잠들었나 보다. 도깨비들을 보러 산으로 올라가자, 바글바글하던 도깨비 무리는 사라져 없고, 몇 놈만 와있었다.

"형님, 아니 비형랑, 솔직히 예전부터 우리 막 부려먹던 거 맘에 안 들었는데 꾹 참아왔던 거거든? 근데 어제 일은 좀 아니라고 생각한다. 우리보고 동족을 죽이라니, 그게 말이 된다고 생각해? 그래도 이때까지 지내온 정을 생각해서 마지막 인사나 하러 온 거니 내일부터는 여기 와서 덜떨어진 우리랑 놀아주느라 고생하지 않아도 된다."

얘 이름이 망돌이던가? 속사포로 랩을 하듯이 말을 내뱉는 망돌이의 모습이 화가 많이 나 보였다. 맞다. 나는 항상 도깨비들을 덜떨어졌다며 무시하고, 천대하기만 했다. 그런 도깨비들에게 어제 길달을 죽이라고 시켰으니, 도깨비들이 등 돌릴 만하다. 비형랑 얘도 가만 보면 그리 좋은 사람은 아닌 것 같다는 생각이 든다.

3월 11일 수요일

학교 가는 버스를 놓친 탓에, 나는 아슬아슬하게 종이 울리기 직전에 교문을 통과할 수 있었다. 교실로 올라가니 효정이와 수은이가 나를 바라보고 있었다. 심상치 않은 분위기에 교탁 앞에 휴대폰을 내고 자리로 가 효정이와 수은이에게 말했다.

"왜 아침부터 날 그렇게 보고 있어?"

"야, 김제현. 우리가 장난치는 것 같아?"

효정이가 짜증 부리며 말했다.

"제현아, 네가 3반 애들한테 우리 얘기하고 다녔다며?"

수은이가 애써 차분하게 말했다.

"내가 너네 얘기를 왜 해. 나의 가장 친한 친구들인데."

너네 얘기라니, 난 정말로 그런 거 한 적 없는데.

"아니라고? 3반에 있는 내 친구가 다 들었다고 하던데. 그리고 가장 친한 친구라니, 난 니 그때 채현이랑 같이 동아리 한다고 했을 때부터 별로였어. 우리 십년지기 단짝 친구고, 걔는 올해 돼서 겨우 제대로 말해본 친구인데, 그게 우리 배신한 거잖아."

효정이는 정말로 내가 나쁜 이야기를 했다고 생각하나 보다.

"됐어, 효정아. 우리 이제 너에 대해서 아무 말 안 할 테니까, 너도 이제 우리 뒷담 그만하고 각자 조용히 지냈으면 좋겠어."

수은이가 상황을 마무리 지은 탓에 나는 제대로 변명할 기회도 없었다. 오늘 아침 있었던 일 때문인지, 하루가 길게 느껴졌다. 남은 수업들을 겨우겨우 듣고, 집에 돌아와 국어 모둠 과제를 했다. 모둠 과제를 끝내자 벌써 하늘이 컴컴했다. 아직 봄이라 해가 일찍 지는 모양이다. 대충 저녁밥을 차려 먹고 다시 방으로 들어온 나는 침대에 가만히 누워 오늘 있었던 일에 대해 생각해보았다. 그러다가 뭔가 익숙한 느낌이 들었다.

열심히 머리를 굴려 보니, 꿈에서 있었던 일들과 놀랄 만큼 똑같은 일들이 알게 모르게 현실에서도 일어나고 있었다는 사실을 깨달았다.

채현이와 주말에 놀러 갔던 날, 그 전날 꿈에서는 다리를 만드느라 도깨비들이 종일 고생했었다. 그리고 그날 채현이는 온몸의 근육이 아프다고 했었다.

채현이가 갑작스레 전학 간 날, 그 전날 꿈에서는 길달이 도망쳤었지. 그리고 어제 꿈속에서 도깨비들이 내게 등을 돌리자, 효정이와 수은이도 갑작스럽게 내가 뒷담을 했다며 나에게서 등 돌렸다.

혹시, 내가 꿈에서 나의 전생을 꾸게 된 것이 내 예지몽 같은 것은 아닐까? 만약 정말로 그렇다면, 꿈속에서 도깨비들과의 사이를 바로잡아야만 효정이와 수은이가 다시 돌아올 것이다.

 아홉 번째 밤

꿈속 시간은 아직도 어젯밤에 머물러 있었다.

"흥, 나도 너네같이 무식하고 친구밖에 모르는 바보들은 필요 없다. 내일부턴 안 나와도 된다니, 그것참 희소식이로구나."

멍청한 건 도깨비들이 아니라 비형랑인 것 같다. 이럴 때 바로바로 사과하고 도깨비들을 붙잡아야지. 사과할 용기가 없으면 가만히 있기라도 하던가, 이렇게 모진 말을 내뱉다니.

'빨리 붙잡으란 말이야……!'

그 순간, 나는 뒤돌아서는 망돌이의 팔목을 붙잡았다.

"미안하다. 내가 잘못했어. 너희들과 오래 지내다 보니 너무 익숙해져서 그만 실수를 했나 보다. 진심으로 사과하마."

방금 내가 사과하라고 해서 사과한 거야? 행동뿐만 아니라 이제는 말도 할 수 있다니, 점점 꿈속에서의 내 영향력이 커지는 것 같다.

"형님, 정말 이번 한 번뿐입니다. 저희도 감정이란 게 있는데, 앞으로는 조심해 주셨으면 합니다. 내일 다른 도깨비들 데리고 돌아오겠습니다. 살펴 가십시오, 형님."

아까 전의 진정한 사과에 망돌이의 마음도 흔들린 것인지, 망돌이는 사과를 받아 주었고, 나는 다행히 원작의 내용처럼 도깨비들이 모두 돌아서는, 최악의 상황을 면하게 되었다.

그리고 내 추측이 맞았다면 내일 효정이와 수은이도 다시 나에게
돌아와 주겠지.

3월 12일 목요일

어젯밤 꿈 내용 때문인지, 평소와 똑같이 학교에 가는
길인데도 새삼 엄청 긴장되고 심장이 두근거려 미칠 것
같다. 심지어 오늘은 평소보다 일찍 일어나서, 학교에 도
착하면 아마 나밖에 없을 것이다.

나는 교실로 올라왔다. 당연히 잠겨 있을 줄 알았던 교실 문은 열
려 있었고, 어제 주번이 문을 안 잠갔었나 생각한 나는 들어와 내 자
리에 앉았다. 내 예상과는 달리 다른 친구가 한 명 더 와있었다. 이 친
구가 문을 열고 들어왔나 보다. 비록 내가 첫 번째로 교실에 들어온
게 아니긴 하지만, 그래도 꽤 이른 시간에 학교에 오니 기분이 상쾌했
다. 나는 1분단 맨 앞에서 두껍고, 한눈에 봐도 어려워 보이는 수학
문제집을 풀고 있던 그 친구와 어색하게 인사를 했다.

"안녕."

인사를 건네면서 명찰을 흘끔 보니 이름이 임소희인가 보다.

교실 안의 어색한 공기를 애써 무마해보려 나는 소희에게 몇 마디
를 더 건넸지만, 문제를 푸는 데 꽤 열중한 소희를 보니, 내가 방해하
고 있나 하는 생각이 들어 다시 자리에 와서 책을 읽었다. 8시 10분
쯤 되자 효정이와 수은이가 교실로 함께 들어왔다. 아마도 같이 등교
한 모양이다. 원래라면 나도 저기 같이 있어야 하는데.

"제현아, 할 말 있는데 잠깐만 나와 볼래?"

효정이의 부름에 나는 따라나섰다. 혹시 화해하자고 하는 걸까? 내
심 기대도 걸었다. 나를 데리고 복도 끝의 철문을 열고 비상계단으로

온 효정이와 수은이는 조심스럽게 입을 열었다.

"제현아, 우리가 어제 했던 말은 잊어주라. 어제 그 3반 친구한테 다시 물어보니까, 네가 말한 게 아니었다더라. 십년지기 친구를 의심하다니, 제현아, 우리가 진짜 미안해."

툭. 갑자기 내 눈에서 눈물이 떨어졌다. 당황하던 내 눈에도 갑자기 눈물이 솟았다. 내가 눈물을 흘리자 덩달아 효정이도 울기 시작했다. 한참을 훌쩍거리던 우리를 수은이가 달래주었고, 우리 셋은 웃으면서 교실로 들어왔다.

밤이 되어 나는 잠에 들 준비를 하고 있었다. 씻고 나와 머리를 말리고, 스킨로션, 에센스, 헤어에센스, 립밤을 바르고 침대에 누웠다. 근데 정말로 꿈과 현실이 연결되긴 하나 보다. 그렇다면 아마도 길달은 채현이, 갑손이는 효정이, 망돌이는 수은이겠지. 꿈에 대해 생각하다가, 나는 금세 잠들어버렸다.

 열 번째 밤

나에게서 등을 돌린 도깨비들이 다시 내게 돌아왔다. 사과하길 정말 잘했다고 생각한다. 도깨비들이 내게 돌아왔음에도 내 맘은 편치 않았다. 마음 한쪽이 허전한 느낌이었다. 길달이 때문일까. 놀 때도 분위기가 무겁고 침울했다. 기분을 띄워보려 한 도깨비가 공을 던지며 묘기를 부렸으나, 여전히 다들 기분이 좋지 않은 모양이었다. 도깨비들의 침울한 표정을 보니 나까지도 우울해진다. 갑손이가 나를 걱정하며 말을 꺼냈다.

"너무 걱정하지 마십시오. 비형랑, 곧 괜찮아 질 겁니다."

다른 도깨비들도 눈치를 챈 듯 말했다.

"맞습니다. 길달이도 곧 돌아올 것입니다."

도깨비들에게 고맙다는 말을 전하려 했으나,

"고맙다는 말은 필요 없습니다."

역시, 나보다도 나를 더 잘 아는 도깨비들이었다.

3월 13일 금요일

오늘은 모처럼 일찍 일어났다. 매일 아침 일찍 출근하시는 우리 엄마도 볼 수 있었다.

"오늘은 서쪽에서 해가 떴나? 제현이가 일찍 일어나는 날도 있고?"

"원래 잘 일어났거든? 엄마가 못 본 거야."

오랜만에 든든하게 아침도 차려 먹고 기분이 좋았다.

"김제현!"

"안녕."

평소처럼 효정이와 수은이랑 같이 등교도 했다.

효정이와 말장난을 치며 교실로 들어가는데 소희가 내 앞을 막아섰다.

"무슨 일 있어?"

"내가 오늘 삼각자를 안 가져와서 그런데 빌려줄 수 있어?"

내가 우물쭈물하는 사이 소희가 고맙다고 말해서, 나는 그만 삼각자를 빌려주고 말았다.

효정이가 옆에서 소희에게 한마디 하려 했으나, 나는 그냥 가자며 효정이를 재촉했다.

수학 시간이 되자, 선생님께서 말씀하셨다.

"오늘 가져오라고 했던 삼각자 다 가져왔지? 혹시라도 안 가지고 온 사람 있으면 나와."

"저요······."

나는 교탁 앞으로 나갔다. 우리 반에서 준비물을 안 가져온 사람은 나밖에 없었다.

"왜 안 가지고 왔지? 분명 가지고 오라고 모두에게 말했을 텐데."

나는 아무 말도 못 하고 소희의 얼굴을 흘깃 보았다. 소희는 아무렇지 않다는 듯이 내 삼각자로 수업 활동을 하고 있었다.

"죄송합니다."

"김제현 경고야. 이럴 줄은 몰랐는데, 실망이다. 자리로 들어가."

나는 얼른 자리로 들어왔다. 선생님께 혼난 것보다는 내가 혼나고 있을 때 소희의 표정이 더 기억에 남았다. 내가 소희에게 준비물을 빌려주지 않았더라면 소희가 선생님께 혼났을 텐데, 소희의 표정이 너무나도 자연스러워 오히려 내가 당황스러웠다. 그사이, 효정이가 말을 걸어왔다.

"너 임소희한테 삼각자 빌려줬잖아. 왜 말 안 했어!"

"그래도…"

"넌 그게 문제야."

소희가 빌려달라고 했을 때 거절할걸. 지금에서야 후회하는 내가 참 바보 같다.

집으로 돌아와 잘 준비를 하고 침대에 누웠다.

그러고 보니 삼국유사에서 읽은 비형랑 이야기는 도깨비들이 날 무서워 한 내용이 끝인데 왜 꿈은 계속 이어지는 걸까? 안 알려진 부분이라도 있는 건가?

한참을 생각하던 나는 그만 까무룩 잠이 들어버렸다.

 열한 번째 밤

도깨비들과 한참을 놀고 있었는데, 누군가 내 등을 톡톡 건드려 온다.

"비형랑!"

못 보던 친구인데? 혹시 도깨비 무리에 파묻혀서 안 보였던 도깨비일까? 그렇다기에 그녀는 너무나도 인간의 모습이었다. 엉덩이까지 내려오는 연녹색 저고리와 바람이 불 때마다 이리저리 펄럭이는 녹색 치마. 한 갈래로 단정하게 땋은 머리와 발그레한 두 볼이 꽤 귀여웠다.

"라온?"

비형랑은 꽤 당황스러워했다. 아마도 여기 올 리가 없는 사람인가 보다. 비형랑의 인간인 친구 같은 걸까? 항상 도깨비들과만 어울리던 비형랑에게 인간인 친구가 있었다니, 조금 의외다.

"비형랑, 자네 관복 좀 빌려도 되는가? 오라버니께서 관복에 진흙을 묻혀 오셔서 당장 내일 입을 옷이 없다네."

라온은 굉장히 간절한 표정으로 날 올려다보며 말했다. 초롱초롱한 눈빛이 마치 장화 신은 고양이를 닮았다.

"기저기리. 다만 모레 있을 회의에 입고 나가야 하니 꼭 내일 저녁에 바로 돌려줘야 한다."

라온은 굉장히 고마워하며 내 주위를 방방 뛰었다. 나와 라온은 이 외에도 몇 마디를 더 나누었지만, 시큰둥한 내 반응에 지쳐 라온은 그만 돌아가 버렸다.

3월 14일 토요일

나는 어제 꾼 꿈에서 나온 라온이 누군지 궁금해졌다. 내 주위의 사람은 아닌 것 같았다. 시끄럽게 알림이 울리는 휴대전화를 들여다보니, 우리 반 단체 채팅방 알림이었다. 다음 주 월요일에 역사 수행평가를 칠 것이라는 반장의 공지였다. 아니, 아직 새 학기 시작된 지 얼마 지나지도 않았건만, 벌써 수행평가를 치다니 이건 아닌 것 같다. 아이들도 나와 같은 생각을 했는지, 반장의 공지가 올라오자마자 여기저기서 반 아이들의 볼멘소리가 올라왔다. 나는 채팅방을 나와 게임을 켰다. 한창 게임에 열중하고 있었는데,

"여보세요?"

갑자기 전화가 걸려왔다.

"이거 제현이 번호 맞나요?"

나는 얼떨결에 그 전화를 받았고,

조금 과하게 들뜬 목소리의 주인공은,

"제현아! 나 소희야! 내 전화번호 저장해놔!"

바로 소희였다.

"너 저번 역사 시간에 수행평가 친다고 선생님이 노트에 적어놓으라고 했던 거 있어?"

소희가 갑자기 왜 전화했을까, 궁금해하기도 잠시.

"응, 있는데."

"그거 오늘 만나서 나 좀 빌려줄래?"

우리는 학교 앞 공원에서 만났다. 곧바로 나오느라 민낯에 편안한 차림인 나와는 달리, 소희는 어디 약속이라도 다녀온 듯 꽤 꾸민 듯한 모습이었다.

공원 벤치에 앉아 있던 소희는, 멀리서 다가오는 나를 발견한 듯 일어서서 손을 흔들었다.

나는 많이 기다렸을 소희 걱정에 벤치 앞까지 뛰어갔다. 숨이 턱 끝까지 차올랐다.

"고마워! 나 금방 보고 다음 주 월요일에 바로 돌려줄게!"

"알겠어. 근데 우리 월요일 2교시에 바로 시험 치니까, 아침 시간에 빨리 줘야 해!"

"당연하지, 제현아, 진짜 고마워."

나는 학교에서의 모습과는 다른 소희에, 무언가 매력을 느꼈다. 왠지는 잘 모르겠지만, 소희와 꽤 좋은 친구가 될 것이라는 느낌이 들었다.

열두 번째 밤

나는 회의가 열리는 건물로 다급히 뛰어갔다. 모든 관료가 관복을 갖춰 입고 있었는데, 나만 관복을 못 입었다. 내 자리로 가서 가만히 서 있기를 잠시, 왕이 들어와 자리에 앉았다. 왕은 관료들을 쓱 훑어보더니, 나에게서 시선이 멈추었다.

"비형랑, 자네는 왜 관복을 입지 않았는가?"

"송구하옵니다. 아는 이에게 빌려주었는데 아직 돌려받질 못했습니다."

"그런 어린애 같은 변명이 통할 줄 아느냐? 당장 여기서 나가라, 그리고 저녁에 내 침소로 와서 나를 좀 보자."

어제까지 돌려준다던 라온은 오늘 오후까지도 감감무소식이었고, 나는 결국 저녁에 왕에게 불려가 호되게 혼이 났다. 방에 돌아와 눈에 들어오지도 않는 서책을 대충 읽는 시늉만 하고 있었는데, 라온이 들어왔다.

"비형랑, 미안하네. 오라버니께서 자네 관복에도 또 뭘 묻혀 오셔서 빨아오느라 시간이 좀 걸렸네."

"내가 어제까지 돌려달라고 안 했었나."

"이번 일은 정말로 미안하네. 다음에 내가 밥 한 끼라도 대접하겠네."

3월 15일 일요일
"김제현, 일어나!"

누군가 내 몸을 인정사정없이 흔들어댄다. 달콤한 주말 아침을 깨우는 불청객에 나는 투정을 부렸다.

"뭐가 그리 좋다고 배시시 웃어? 오늘 약속 있다며."

엄마가 내게 소리쳤다. 소희와의 약속이 떠올랐다. 어제 막 잠들려던 찰나 소희가 전화 와서 역사 노트 중 모르는 것을 알려달라는 내용이었다.

순간 잠이 다 깬 나는 그대로 일어나 샤워를 하러 화장실로 향했다. 흘깃 시계를 보니 벌써 9시다. 빨리 준비하지 않으면 늦을지도 모른다. 나는 재빨리 준비를 마치고 집을 나섰다. 나는 왜 소희 부탁에는 마음이 약해지는지 모르겠다. 내가 대체 왜 그랬지? 전화를 끊으며 배시시 웃는 소희가 귀여워서? 아니면 그냥 심심해서? 어찌 되었든 간에, 오늘의 나는 어제의 나를 굉장히 원망하고 있다. 벌써 10시 30분인데, 소희는 오지 않았다.

"제현아."

내 이름을 부르며 느지막이 걸어오는 소희였다.

"늦어서 진짜 미안! 내가, 오늘 늦잠을 잤거든."

늦었으면 뛰어오는 척이라도 하는 게 예의가 아닐까, 하는 생각이 들었지만 참기로 했다.

"제현아, 너 뭐 먹을래? 미안하니까 내가 계산이라도 할게!"

"나는 딸기 프라푸치노 먹을게."

"잠깐만 기다려!"

주문하러 갔던 소희는 웬일인지 울상이 되어 돌아왔다.

"제현아, 내가 돈이 좀 모자라서 네 거, 딸기 프라푸치노 못 시키고 녹차라떼 시켰어…"

"어?"

나는 녹차 못 먹는데. 해도 해도 이건 너무하잖아! 아까 한번 봐준다고 했던 말 취소야.

"괜찮아, 그럴 수 있지."

딸기 프라푸치노 먹고 싶었는데.

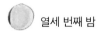 열세 번째 밤

휴…. 나른한 몸을 침대에 뉘었더니, 그새 잠이 들었나 보다.

"비형랑!"

노크도 없이 들어온 라온에, 나는 심기가 불편해졌다.

"이번엔 또 무슨 일인가?"

라온의 양손에는 무언가 가득 들려 있었다.

"저번 일은 내가 너무 미안했네. 그래서 사과의 의미로 내가 시전에서 가장 맛나다는, 할매 국밥집에서, 줄을 무려 한 시진이나 서면서 이 국밥을 사 왔다네. 국밥 식겠다. 얼른 드시구려!"

다급하게 말을 뱉어낸 라온이 탁상 위에 국밥을 올려놨다.

김이 모락모락 피어오르는 따끈한 국밥은, 보기에도 군침이 흘렀다.

"저번 일 때문이라면 됐네. 어차피 다 혼나고 다 끝난 일인데."

으으, 저 국밥 한 수저만 먹어봤으면…!

이제는 라온과 할 얘기가 없다는 듯 자리에서 일어나려던 나는, 내 내면의 소리를 들었는지, 다시 자리에 앉아 수저를 들었다.

"맛은 그럭저럭 봐줄 만하군."

"뭐야. 안 먹는다며!"

라온은, 소리를 바락 쳤지만, 눈은 나에게서 떨어지질 않았다. 나의 촉으로 보건대, 라온이 얘, 분명 비형랑을 좋아하는 것 같다.

"진짜로 미안하네, 비형랑. 그런데, 그 국밥이 그리도 맛나는가? 역시 내가 줄 서서 사 온 보람이 있다. 그치?"

라온은 내게 수고했단 말 한마디라도 듣고 싶은지, 자꾸만 내 앞에서 재롱을 부렸다.

"밥 먹는 데 개도 안 건드린다는데, 어찌 너는 사람을 한 시도 가만두지 않느냐."

어휴, 비형랑 얘는 인성도 모자란 얘가 눈치도 좀 모자란 듯하다. 이렇게 대놓고 티를 내고 있는데, 어찌 몰라!

"미안하게 됐소! 아, 밥 다 먹고 나랑 요 앞에 시전에 나가봄세."

오호, 데이트라도 하려고?

"시전은 또 갑자기 왜 가려는 게냐."

반면 비형랑은, 싸늘하기가 그지없었다.

"내가 머리꽂이 하나 사려는데, 뭐가 더 나은지 봐달라고."

말꼬리를 길게 늘이는 투가, 꽤 귀엽다.

비형랑, 그러지 말고 좀 같이 나가줘!

"대신 시간 끌지 말고 빨리 돌아와야 한다."

그렇지! "알겠네! 빨리 나갈 채비나 하시게!"

못 이기는 척 같이 와준 비형랑에, 라온은 팔짱을 끼며 엉겨 붙는다. 여느 연인처럼 다정해 보이는 둘의 모습에, 괜히 내가 마음이 훈훈해지는 기분이랄까.

"비형랑! 여길세. 이렇게 반짝거리는 장신구들을 보고 있으면 괜히 내가 세상 다 가진듯한 기분이 든다네."

"쓸데없는 소리 말고 빨리 고르기나 해라."

아이고, 매정하기도 해라!

"여기 이 나비 모양 머리꽂이랑, 이 수국 모양 머리꽂이. 둘 중에 뭐가 더 예쁜가?"

장신구를 고르는 라온의 손길이 사뭇 진지해 보였다.

"수국. 나비 모양은 집에도 많지 않으냐."

반면 비형랑의 눈길은 무심하기가 그지없었다.

"비형랑 지금 나한테 관심 가져준 거야? 좋아, 그럼 이걸로 살게?"

"그런 거 아니래도."

"이 수국 모양 머리꽂이 주시오!"

뭐라 변명하려던 비형랑의 말을 가로챈 라온은, 벌써 계산을 하려는 모양이다.

"15전입니다."

가판대를 지키고 있던 중년의 남성이 무뚝뚝하게 말했다.

"에? 아니, 이 작은 머리꽂이가 무슨 15전이나 한단 말이오! 조금만 깎아주시오, 예?"

"보석이 이리도 많이 박혀 있는데, 이 골목에서 15전이면 싼값입니다. 더는 못 깎아 드려요!"

남자가 단호하게 말했다.

"아이고, 이를 어쩐다. 지금 돈이 10전밖에 없는데."

라온은 애타는 눈빛으로 나를 바라보았다.

아마도 모자란 돈을 채워 달라는 뜻이겠지, 귀여워라.

"돈이 모자라면 사지를 말 것이지."

아냐, 빌려줘! 어차피 왕족이니 돈은 많을 것 아냐! 그깟 돈 몇 푼 쓴다고 어디 덧나?

비형랑은 지갑을 열어 모자란 돈 5전을 마지못해 내어 주었다.

3월 16일 월요일

주말이 쏜살같이 지나가고 어김없이 월요일이 찾아왔다. 나는 무거운 몸을 이끌고 학교에 도착했다. 교실에는 아이들이 벌써 곧 칠 역사 수행평가 준비를 하느라 바빴다. 교과서를 꼼꼼히 훑는 아이, 노트 위에 형형색색의 펜들로 줄을 긋는 아이, 옆자리 친구와 예상 문제를 뽑아 질문하고 대답하는 아이까지, 반 아이들 모두가 시험 준비에 여념이 없었다. 열심히 공부하는 아이들 사이에 혼자 엎드려 잠을 자는 아이가 보였다. 좀 더 자세히 보니 그 아이는 소희였다. 나는 소희에게 주말에 빌려줬던 노트를 받기 위해 소희를 흔들어 깨웠다.

소희가 눈살을 찌푸리며 자신을 깨운 나를 올려다봤다.

"소희야, 내가 빌려줬던 노트 어디에 있어?"

"사물함에."

소희의 말을 듣고 소희의 사물함 쪽으로 갔는데, 소희의 사물함은 잠겨 있었다. 나는 다시 소희에게 가서 물었다.

"소희야, 사물함 잠겨 있는데, 비밀번호 뭐야?" "0904."

소희에게서 알아낸 비밀번호로 자물쇠를 풀고 사물함 문을 열자, 짐들이 정리되지 않은 채 곧 쏟아질 것 마냥 아무렇게나 놓여 있었다. 나는 그 짐들 사이를 뒤져보았지만, 내 공책은 나오지 않았다. 후, 한숨을 내쉬며 다시 소희의 자리로 갔다.

"소희야. 사물함 안에 없는데?"

"안 들고 왔나 보지. 그만 말 걸어. 잠 좀 자자."

소희의 거친 말투에 나는 화가 났지만, 나는 꾹 참았다. 결국, 옆 반 친구에게 노트를 빌려와 겨우 수행평가를 무사히 마칠 수 있었다.

 마지막 밤

암만 생각해도 여기 라온은 소희인 것 같다. 소희와 첫 만남 이후부터 소희가 나에게 쭉 해온 부탁들과 약간은 눈치가 없다 싶을 정도로 들이대는 라온을 보면, 둘은 정말 판박이인 것 같다.

"비형랑, 오늘은……."

"그만 좀 하여라. 이제 해도 뉘엿뉘엿한데, 집에 들어가 봐야 하지 않은가?"

비형랑의 언짢은 기분이 나에게도 전해지는지, 내 기분도 마냥 좋지만은 않다.

그러고 보면 나는 항상 그랬다.

남의 말을 잘 거절하지 못하고, 안 된다는 말 한마디 내뱉기가 내게는 그리도 어렵더라.

그런 나의 성격으로 인해 나는 채현이나 소희 같은 애들의 부탁을 쉽사리 뿌리치지 못했었고,

그런 나로 인해 괜히 나와 내 주변 사람들만 피해를 봤다.

나는 지금 계속 비형랑의 행동을 욕하지만, 내가 이럴 자격은 있는

걸까? 오히려 나도 남들에게 욕먹을 만한 행동들을 많이 하지는 않았나?

이러한 생각이 계속 들수록 죄스러운 마음은 자꾸만 커져만 갔고, 기분은 더욱 우울해졌다.

3월 17일 화요일

어젯밤 꿈에서 오랫동안 생각해 본 결과, 나는 이제부터라도 내 성격을 차츰 고쳐나가겠다고 다짐했다. 나의 어영부영한 행동으로 나를 포함해서 내 주변 사람들에게도 상처를 주기 싫었다. 조금씩 붙어있는 구름 사이에서도 쨍쨍하게 빛을 내는 저 태양처럼, 나도 기죽지 말고 당차게 행동해야겠다.

교실 문을 열면서 몇 번이나 숨을 들이마셨는지, 세기도 힘들 정도였다.

음, 조금 긴장되긴 하지만, 내 다짐은 절대 무너지지 않을 거다.

"제현아."

소희가 나를 부르며 내 옆으로 다가왔다.

"어제 노트 못 돌려줘서 미안해. 늦게까지 공부하다가 책상 위에 놓고 가져오는 걸 깜빡했어."

소희의 손에는 내가 빌려줬던 노트가 들려 있었다. 나는 그 노트를 받아들어 책장을 넘겼다. 그런데, 내가 필기한 부분에는 온통 형광펜으로 낙서가 되어 있었고, 뒷부분의 빈 종이도 갈기갈기 찢어져 있었다. 빌려줄 때는 분명 새것 같던 노트가, 만신창이가 되어 돌아왔다.

"소희야, 노트가 왜 이 모양이야?"

나는 화가 북받치는 걸 애써 억누르며 침착하게 물었다.

"동생이 그랬나 봐."

소희가 얼버무렸다.

"너 외동딸이라며, 동생 없으면서. 너 어제 내가 노트 돌려달라 했을 때도 엄청 아니꼬웠던 거 알아? 노트 제때 돌려준 것도 아니면서, 행동도 그렇고, 전혀 미안해 보이지 않았어. 근데 노트를 이 모양으로 해서 돌려주다니, 너 진짜 왜 그래?"

내가 소희를 쏘아붙였다.

"제현아, 화 많이 났어? 너 화난 모습 처음 본 것 같아. 안 어울려. 웃어봐~."

이렇게 말하며 배싯 웃는 소희는 좀 눈치가 많이 없는 게 분명하다. 그렇지 않고서 상대방이 화를 내는 상황에서 보는 앞에다 대고 웃음을 지을 리가 없지 않은가.

라온이도 그러더니, 임소희 쟤도 완전 똑같구나. 둘 다 눈치도 없고 상대방 짜증만 나게 만들어. 더 소희와 같은 공간에 있으면 내가 어떻게 될까 봐, 나는 그만 복도로 나왔다.

복도에 나오니, 이제 막 등교한 효정이와 수은이가 신발장에 제 신발들을 넣으며 인사해왔다.

"제현! 학교 일찍 왔네." 반갑게 인사하는 효정이었지만, 나는 도저히 반갑게 맞받아쳐 줄 상태가 아니었다. 딱 봐도 우울해 보이는 내 표정을 느낀 건지, 효정이와 수은이는 내게 다가와 걱정스럽게 물었다.

"무슨 일 있어?" 표정이 당장이라도 울 것 같은 표정이라며 효정이와 수은이는 나를 화장실로 데려갔다.

억울해서 들썩거리며 훌쩍이는 내 등을 토닥여주면서 수은이가 내게 물었다.

"제현아, 무슨 일이야? 말해줘야 우리가 알지."

차마 소희에게 화를 내다가 소희의 행동에 도리어 내가 화가 나서 운다는 말은 할 수가 없었다.

"걱정하지 않아도 돼."

효정이가 재빨리 휴지를 가져와 내 눈물을 닦아줬다.

아마도 대충 둘러대고 제대로 말해주지 않는 내가 답답하겠지. 근데 나도 엄청 창피했었다. 나는 마음을 잘 추스르고 침착하게 교실로 들어와 앉았다. 효정이와 수은이는 잠시 옆 반에 다녀오겠다며 자리를 비웠다.

정신없이 1교시가 지나고, 효정이와 수은이가 다가와 말했다.

"너 오늘 아침에 그런 거, 그 소희인가 뭔가 하는 애 때문이지?" 이 사실을 어떻게 알았는지 궁금했다.

"걔, 성격 좀 이상하다고 소문이 파다하던데. 허채현이나 임소희 걔나, 너 옆에는 왜 그렇게 이상한 애들이 많이 꼬이지?"

효정이의 물음에 수은이가 맞받아쳤다.

"맞아, 걔 눈치 없는 척하면서도 제 친구들한테는 네 얘기 엄청 나쁘게 하고 다니더라."

눈치 없는 게 아니라, 눈치 없는 척하는 거였다고?

토끼처럼 동그래지는 내 눈을 보고, 오히려 효정이와 수은이가 더 놀랐다.

"너 설마 여태껏 몰랐어?"

"나는 눈치 좀 없어 보이긴 해도 좋은 앤 줄 알았지."

쉬는 시간이 끝났다는 종이 치자 효정이와 수은이가 자기 자리에 돌아가 앉았다.

점심시간, 친구들이 모두 급식을 먹으러 나가고 교실에는 나와 소희만 남아있다.

"그래서 날 붙잡은 이유가 뭐야? 오늘 아침 일 때문이야?"

소희는 급식을 먹으러 가지 못해서 언짢은지, 조금 짜증스러운 말투로 내게 물었다.

"소희야, 너한테 나는 친구이긴 했어?"

"뭐라는 거야. 친구라니, 난 너 같은 친구 둔 적 없는데?"

태연하게 내 말에 맞받아치는 소희를 보니 효정이와 수은이 얘기가 전부 맞았나 보다.

"그래 임소희. 그러면 이때까지 나를 친구처럼 대한 건 왜 그랬던 거야?"

"멍청아, 몰랐어? 우리 반에서 네가 제일 만만하기에, 나는 그냥 너 써먹으려고 그랬던 거지. 너 노트나 준비물 같은 것도 잘 빌려주잖아. 무엇보다도 너는 내가 하는 말 하나도 거절하지 못하는 호구니까."

생각했던 것 이상으로 소희는 대단한 아이였다.

"맞아, 나 엄청 멍청해서 남들이 하는 말 뿌리쳐내는 법도 모르고, 이때까지 네가 나 이용해온 줄도 몰랐어. 근데, 그거 하나는 알아. 너 같은 쓰레기들은 인생에서 걸러야 한다는 거."

"쓰레기? 뭣도 아닌 게, 왜 그렇게 설쳐?"

쓰레기라는 말에 발끈한 건지 소희의 말투는 거세졌다.

"고마워, 네 덕분에 인생에 정말 좋은 교훈 얻어간다."

이렇게 말하며 나는 교실 밖을 빠져나왔다.

사실 이때까지 나는 친구와 싸운 적이 단 한 번도 없었다. 친구들과 사이좋게 지내서라기보다는, 의견이 충돌할 때마다 항상 내가 참았기 때문일 것이다. 그런 나에게 소희는 내가 처음으로 싸운 상대였다.

'그래도 나름 떨지 않고 잘 말한 것 같아.'

이렇게 생각하면서 나는 스스로 위안 삼았다.

이날 이후로 나는 내 전생, 그러니까 비형랑에 대한 꿈을 꾸지 않게 되었다. 잠을 푹 잘 수 있게 되어 좋았지만, 한편으로는 비형랑과 다른 도깨비들이 그립고 그들의 근황이 궁금하기도 했다. 그럴 때마다 나는 도서관에 가 삼국유사 책을 몇 번이고 읽으며, 아마도 잘 지내고 있을 거라고 혼자 생각했다.

고등학생이 되어서 나는 '작가'라는 직업에 흥미를 느끼고 교내 문예 행사에서 상장을 많이 받기도 했다. 대학생이 되어서는 나와 비형랑, 그리고 도깨비들의 이야기를 바탕으로 쓴 글이 신춘문에 수상작으로 선정되었고, 나는 정식 작가가 되기 위해 잠시 휴학을 하고 열심히 준비하는 중이다.

그간 나의 성격은 정말 많이 변했다. 어디서나 당차고 밝은 사람이라는 얘기를 듣고, 요즘은 거짓도 잘하는 편이나.

"김제현!"

멀리서 효정이가 손을 흔들며 내게 다가온다. 효정이는 기자가 되겠다며 요즘 대학생 기자단으로 활동하느라 바빴다. 수은이는 오래전부터 자신의 로망이었던 세계 여행을 떠났다.

"너 정식 작가 되면, 이 언니가 특별히 널 처음으로 인터뷰해줄게."
내가 생각하기에 말을 잘하고 시사에 관심이 많은 효정이는 정말 기자라는 직업이 잘 어울리는 것 같다.

"안 그래도 요즘 종일 방에 틀어박혀 글만 쓰느라 힘들어 죽겠다."

"작가 되는 것도 힘든 일이네. 오늘은 내가 쏠게, 뭐 먹을래?"

효정이가 웃으며 화답한다.

지극히 평범하던 내 일상에 들어온 나의 전생 이야기는, 내 인생을 송두리째 바꿔놓았다. 소심하던 나를 당찬 사람으로 만들었고, 인간관계에 대해 깊은 깨우침을 얻게 하였다. 만약 내가 꿈에서 비형랑과 도깨비들을 만나지 못했더라면, 지금의 나는 없었을 것이다. 이 자리를 빌려 그들에게 스물두 살이 된 나는 정말 잘 지내고 있다고, 감사하다는 말을 전하고 싶다. 가끔은 정말 그립고 보고 싶지만, 이렇게 잘 지내고 있다 보면 언젠간 만나겠지.

방황의 끝

글 _ 방수빈

눈먼 어머니를 봉양한 딸

효종이라는 화랑이 남산의 포석정에서 놀이판을 벌이고 사람들을 불러 모았는데 두 사람만 유독 늦게 왔다. 효종랑이 그 까닭을 묻자 이렇게 대답하였다.

"분황사 동쪽 마을에 스무 살쯤 된 처녀가 눈먼 어머니를 끌어안고 서로 소리 높여 울고 있었습니다. 그래서 동네 사람들에게 물어보니 '저 처녀는 너무 가난해서 이웃에 구걸하여 몇 년 동안이나 어머니를 모셨습니다. 마침 흉년이 들어 구걸만으로는 먹고 살 수 없게 되었습니다. 이에 처녀는 한 부잣집의 일을 돕기로 하고 30섬의 곡식을 얻어 그 집에 맡겨 두고 일을 해왔습니다. 날이 저물면 쌀을 받아 집에 와서 밥을 지어드리고 함께 잔 후 새벽이면 주인집으로 돌아가서 일했습니다. 이렇게 일하며 며칠이 지나자 어머니가 딸에게 예전에는 거친 음식을 먹어도 마음이 편했는데, 지금은 좋은 음식을 먹는데도 가슴을 찌르듯 아프니 무슨 까닭이냐고 묻더랍니다. 처녀가 거짓을 말할 수 없어 자초지종을 말하자 어머니가 큰 소리로 울고, 처녀는 어머니 배만 채워드리고 마음을 기쁘게 하지 못한 것을 깨닫고 저렇게 서로 붙들고 우는 것입니다'라고 하였습니다. 이것을 보고 오느라 이렇게 늦었습니다."

효종랑이 그 말을 듣고는 불쌍한 마음에 눈물을 흘리며 곡식 100섬을 그 집에 보냈다. 효종랑의 부모도 이 이야기를 듣고 옷 한 벌을 지어 보냈으며, 효종랑을 따르는 무리도 곡식을 거두어 1,000섬을 보냈다.

이 이야기가 궁궐에 알려지자 진성왕이 곡식 500섬과 집 한 채를 내려 주고, 도둑이 들지 않도록 군사를 보내 그 집을 지키게 하였다. 또 마을 입구에 처녀의 효성을 기르는 의미로 붉은 문을 세우고 마을을 효양리라 하였다.

-《삼국유사》권 5, 〈효신〉 9, 가난한 여인이 어머니를 봉양하다

《삼국유사》에서 눈이 먼 어머니를 돌보는 효심이 깊은 딸에 대한 내용에 관심이 갔습니다. 딸이 엄마와 단둘이 살고 있는데 어느 날부터 엄마가 편찮으시자 딸이 엄마를 도와드리고 얼른 쾌차하시기를 바라며 살아가기 시작하는 내용입니다. 나는 이 글을 읽으면서 현대 사회에서 '효'의 모습이 어떻게 바뀌었는지 말하고 싶었습니다.

제가 쓴 소설에서 주인공인 아들은 어릴 때는 착하고 귀여워서 사랑도 많이 받았으나 크면서 가족들과 갈등이 생기고 부모님들께 슬픔만 주게 됩니다. 이로 인해 어머니는 몸이 약해져 아프기 시작하고 아픈 엄마를 보며 아들은 자신 때문에 엄마가 아프다고 생각하고 마음을 바르게 잡고 다시 착하게 살기를 시작합니다. 또 이런 아들을 본 엄마는 병이 낫기 위해 노력합니다. 그리고 아들은 나중에 커서 가출한 비행소년을 도와주는 일을 시작합니다.

이 소설에서 사춘기에 방황하는 아들이 엄마의 아픔을 계기로 잘못을 반성하고, 이 경험을 통해 하고 싶은 일과 직업이 생기며 그 꿈을 위해 열심히 살아가기 시작하는 내용을 담았습니다. 그리고, 이런 아들의 모습을 보여주는 것이 현대 사회에서 '효'라고 생각합니다.

사람들은 실수도 하고 싸우기도 하며 삐뚤어지기도 하며 이런 경험을 쌓아가며 살아갑니다. 그리고 청소년 시절에는 실수를 했다고 해서 절대 좌절하지는 않았으며 좋겠습니다. 실수도 경험이며 이것을 바탕으로 더 착하고 바르게 살면 되는 것이니까요.

　그리고, 이런 힘든 시기를 지날 때 가족이 가장 큰 힘이 된다고 생각합니다. 이 소설을 읽고 가족을 한 번 더 생각하고, 가족을 사랑하는 마음을 늘 잊지 않고 가졌으면 좋겠습니다.

재영의 이야기

1998년 4월 16일, 재영이가 태어났다.

재영이가 태어났을 때, 밝고 까만 눈을 반짝이며 웃는 아들을 보며 "귀여운 우리 둘째가 태어났어."라고 엄마, 아빠 그리고 친지 가족들이 병원에서 기뻐하며 아들을 보며 얼굴에 미소가 사라지지 않았다. 재영이에게는 엄마, 아빠, 그리고 한 살 위로 형인 태형이가 있었다.

재영이의 아버지는 형사였다. 살인죄, 절도죄 등과 같은 형법의 적용을 받는 사건 또는 형사사건의 수사를 전문으로 하는 일을 하셨다. 아버지는 경찰서에서 일 잘하기로 유명했다. 경찰서에서 동료, 선배 형사분들이 아버지를 칭찬하셨다.

"이 형사는 일을 참 잘해."

"이 형사, 좀 쉬어가면서 일해."

"너 그러다 쓰러진다."

주변 사람들은 칭찬과 걱정하며 무슨 일이든 아버지와 함께 일을 하고 싶어 했다.

어머니는 판사로 일하고 계신다. 판사는 재판 진행을 하며 변호사와 검사의 논쟁, 변호사 및 증인의 진술, 사전증거 등 재판에 관련된

자료들을 검토하고 법률에 근거해 판결을 내는 일을 한다. 아버지와 마찬가지로 어머니도 법원에서 일 잘하기로 유명했다. 법원에서 선배, 동료 그리고 후배들은 어머니가 일을 잘한다고 칭찬하기 일쑤였다.

"판사님, 벌써 자료 다 보신 거예요?"

"이 정도 자료면 다른 판사들은 며칠, 몇 주 걸리는데 어떻게 이 많은 일을 하루 이틀 만에 끝내는 거야."

"김주은 판사는 공정한 판결로 이름이 났지."

행복이 가득하고 사랑이 많아 화목한 가정에서 자란 재영이는 어렸을 때부터 인사성이 좋아 칭찬도 받고 애교도 많아 귀여움을 받으며 자라왔다.

그래서 "안녕하세요."라고 인사하면 "그래, 재영이는 인사성도 바르네."라는 말을 항상 들었다. 그렇게 사랑을 받으며 초등학교에 들어가서는 항상 집에 와서 책을 읽고 학교에서 배운 교과서 내용을 공책에 정리하면서 하루를 보냈다. 이렇게 열심히 공부를 해서 학교 시험에서 전교 1등도 해보고 글쓰기 대회에 나갈 때마다 번쩍이는 금색의 상장을 받아오곤 했다. 그리고 형제인 태형이와 친구처럼 사이좋게 지냈다.

중학교 1학년 때까지는 공부도 열심히 하고 항상 선생님께도 공부를 열심히 하고 수업도 열심히 들어서 칭찬을 받으며 친구들과도 사이좋게 지내고 힘든 친구들이 있으면 먼저 다가가 도와주었다. 동네에서 친구들과 PC방에 가서 게임을 하며 하루가 끝 나가는 것도 모를 만큼 재미있게 놀았다. 그러나 하루하루 시간이 지날수록 재영이는 공부로 인한 스트레스가 쌓이면서 반항심이 생겨 공부를 하지 않으려 하며 점점 삐뚤어지기 시작했다.

그렇게 하여 중학교 2학년이 된 재영이가 담배를 피우고 술을 마시며 나쁜 애들하고도 다니기 시작했다. 이러한 재영이의 모습은 가족뿐만 아니라 이웃들까지도 상상을 하지 못했던 일이다. 재영이는 중2가 되면서 누구도 피해 가지 못하고 막지 못한다는 중2병이 오고 만 것이다. 재영이는 학교에서 받은 스트레스를 중2병에 걸렸다고 집에 와서 가족들에게 짜증내며 풀고 학교에서는 선생님 말씀도 듣지 않고 나쁜 무리 아이들과 담배하고 술을 하여 선생님들께 혼이 났다.

예전 중1 때는 학교에서 공부도 열심히 하고 시험을 칠 때마다 전교 1등을 했었다. 그랬던 재영이가 갑자기 전교 200명 중 177등을 하며 공부와의 거리가 멀어지기 시작했고, 선생님들과의 사이도 나빠지기 시작했다. 둘도 없는 친구라고 말하던 친구와도 멀어지고 노는 아이들과 다니며 친했던 친구들과도 계속해서 갈등이 생기자 자주 싸우게 되었고 재영이는 좋은 친구들과는 멀어지고 나쁜 무리의 친구들과 가까워지고 친해지기 시작했다.

새롭게 친해진 친구들과 술을 마시고 술에 모자라 담배까지 피기 시작했다. 부모님은 재영이가 갑자기 왜 그럴까 무엇 때문에 이렇게 나쁜 무리의 친구들과 놀기 시작했으며 담배와 술을 하게 되었는지 알고 싶어 했다. 하지만 왜 삐뚤어 졌는지 왜 나쁜 무리 친구들과 어울리는 이유는 선생님이 알려주셨다.

"학교에서 공부하는 것에 스트레스를 받아 그런 것 같아요."

라며 선생님께서 부모님께 말을 주셨다.

부모님은 재영이에 대한 실망감과 신뢰가 사라져 버렸다. 주위에서는 재영이와 재영이의 부모님에 대한 좋지 않은 소문이 돌았고, 그 소문은 학교까지 퍼지게 됐다.

"저 집은 부모님이 다 법률 쪽 일을 하는데도 불구하고 재영이는 술, 담배를 한다던데."

"저 집은 애를 어떻게 키웠기에 착하던 재영이가 갑자기 저렇게 변한 거야?"

어디서부터 시작됐는지 모를 이상한 소문을 들은 태형이 형은 재영이를 예전에 착하고 성실하던 재영이로 되돌리기 위해서 설득도 해보고 이야기도 나눠보고 우리 가족에 대한 이상한 소문에 대해 말을 해주었지만 재영이는 그냥 귀찮고 짜증 난다는 말투로,

"그런 건 사실이 아니잖아 그냥 무시해."

라고 말하며 태형이의 말을 들은 체조차 하지 않았다.

재영이는 부모님과 태형이의 마음을 아는지 모르는지 태형이와 이야기를 나눈 후에도 사고는 사고대로 치며 담배와 술로 인해 친구들과 싸워서 경찰서에 끌려가기도 했다. 그런데도 불구하고 재영이는 뻔뻔하게 "내가 뭘 어떻게 잘못했어?"

"나는 얘들이 시켜서 했을 뿐이야."

"내 잘못 아니야."

라며 가족들을 당황하게 만들고 속상하게 만들었다.

이러한 문제로 인하여 아빠는 직장에서 좋지 않은 소문이 퍼지며 이미지가 나빠지고 말았다. 아빠는 답답한 마음을 전하고 싶어서 거실에 앉아 축 처진 목소리로 재영이에게 말씀하셨다.

"재영아, 지금 아빠의 상황이 좋지가 않아."

라고 말하자 재영이는 왜 상황이 좋지 않은지 궁금하다고 아빠께 물어보았다. 그러자 아빠는 아들에게 부탁하는 심정으로 말했다.

"아빠의 직장에서 네가 아빠의 아들이란 것을 아는데 경찰서를 왔다 갔다 하면 직장에서 아빠를 좋지 않게 보지 않을까."

재영이는 아빠의 말을 귀찮다는 듯이 듣고는

"아빠의 직장인 게 왜?"라고 말했다.

"아빠의 직장에서 경찰의 아들이 사고 쳐서 경찰서를 왔다 갔다 하는 것을 경찰서 경찰관들이 알게 되면 경찰들이, 저 재영이 아빠는 형사인데 재영이는 경찰서를 사고 쳐서 왔다 갔다 해라는 말이 나올 수

있어."

"그러면 아빠가 일을 제대로 할 수가 없어서 그래. 그래서 말인데 조금만 조심해 줄 수 없을까?"

라고 말하면서 이런 말을 제대로 들어주지 않는 재영에게 화를 내보기도 하고 지금 직장에서 재영이로 인하여 처한 상황을 말해보기도 하였지만 재영이는 아무런 변화도 없고 바뀌려는 모습도 보이지 않았다. 이런 재영이를 보면서 아빠는 한편으로는 왜 그렇게까지 재영이에게 화를 냈을까 라고 생각도 하고 재영이가 왜 이렇게까지 망가졌을까 하고 생각을 하기도 했다.

2년이 흐른 뒤에 엄마는 너무나 많은 스트레스로 인해 몸과 마음이 허약해지면서 면역체계가 망가져 아프기 시작하셨다. 엄마는 소파에 앉아 힘없는 목소리로 말했다.

"재영아, 오늘 엄마가 병원을 갔다 왔어."

"그런데 의사 선생님께 검사 결과를 보러 갔는데 결과지를 보시고 엄마한테 면역력이 너무 낮아졌고 위염과 면역력 저하로 병원에서는 일을 줄이고 휴식을 가지며 스트레스를 조금씩 풀어나가 줘야 건강상 좋다고 이야기를 해주셨다."

그 말을 들은 재영은 엄마가 편찮으시다는 것을 알게 되었다.

그 후 재영이는 엄마가 아픈 이유는 자신이 말을 듣지 않아 스트레스를 받아 편찮으시다고 생각하고 하루하루를 엄마에 대한 사랑을 항상 표현을 하고 자신이 가족들에게 왜 그렇게 나쁘게 행동했는지 죄책 하며 우울하고 힘들게 보냈다.

재영이는 엄마에게 말했다.

"엄마 제가 잘못했어요."

"그러니까 아프지 마세요."

이렇게 말을 하자 엄마가 이렇게 말을 하며 재영이를 위로해 주었다.

"재영아 엄마는 괜찮아."

"재영이 때문이 아니야. 그러니 너무 슬퍼하고 죄책 하지 마."

"알겠지, 재영아."

재영이는 이 말을 듣고 정신을 차려야 겠다고 생각을 했으며 엄마가 아프다는 것을 안 이후 정신을 차리고 지금까지 반항하며 부모님의 마음을 아프게 하면서까지 나쁜 행동을 반성하고 공부를 열심히 해야겠다고 마음을 먹었다. 하지만 지금껏 나쁜 무리의 친구들과 2년간 같이 어울리면서 술과 담배를 하루도 빠지지 않고 해왔기 때문에 금주와 금연 하는 것을 힘들어했다. 이렇게까지 나쁜 습관을 바꾸려고 하는 재영이가 기특해서 아빠와 태형이 형은 재영이가 술과 담배를 끊을 수 있도록 도와주기로 했다.

재영이는 이렇게까지 자신을 도와주는 태형이 형과 아빠한테 너무 미안하고 고마워했다. 그래서 재영이는 아빠와 형에게 고맙다고 말을 했다.

"아빠, 형 정말 고마워요."

"아빠하고 형덕에 담배와 술을 끊고 학생답게 지내게 해주서서 너무 감사합니다."

"역시 저한테는 엄마, 아빠 그리고 형밖에 없는 것 아시죠."라고 재영이는 형과 아빠에게 말했다.

재영이는 이렇게까지 도와주는 가족을 생각해서라도 얼른 술과 담배를 끊을 것이라고 다짐하고 열심히 노력하며 공부도 열심히 하고 선생님들과의 사이도 조금씩 풀어가며 학교생활도 열심히 하며 나쁜 무리 아이들과도 더 이상 놀지 않고 바르게 행동하며 지내기 시작했다.

얼마 지나지 않고 재영이의 담임 선생님께서 집으로 전화를 하셨다.

"아버님 불과 몇 개월 전만 해도 재영이가 나쁜 무리 친구들과 어울려 다녔는데 지금은 정신을 차렸는지 나쁜 무리 아이들과도 더 이상

같이 어울려 다니지도 않고 술과 담배도 끊었어요. 선생님들께도 예의 바르게 행동 잘합니다."
라고 아버지께 말씀드리니까 기뻐하시고 흐뭇해 하셨다.

이런 재영이를 보며 아빠, 엄마 그리고 태형이는 재영이가 기특하고 장하다고 생각했다. 그동안 엄마는 건강상의 이유로 휴식을 취하면서 면역력을 조금씩 보충해서 건강해지고 계서서 다시 본업인 판사로 돌아가 법원에서 일을 하기 시작했다.

그리고 태형이는 가족들에게 말을 했다.

"나는 재영이처럼 중2병으로 인해 삐뚤어지거나 술과 담배를 끊고 싶은데 끊지 못해서 힘들어하는 아이들을 도와주고 싶어요."

이렇게 말을 하자 가족들은 태형이에게 말했다.

"그래 너는 그런 아이들을 잘 도와줄 수 있을 거야."

"열심히 잘 해봐." 태형이는 고3이 되어 수능준비를 열심히 하며 태형이 형은 재영이를 보며 나는 저렇게 삐뚤어진 아이들이 술과 담배를 몰래 하거나 끊고 싶은데 끊지 못하는 아이들을 도와주기 위해서 경찰에 대한 꿈을 가지기 시작했다.

그렇게 열심히 공부한 태형은 높은 점수로 수능시험을 치르고 원하던 목표의 경찰 대학교에 합격하면서 자기의 꿈을 위해 열심히 생활하며 지냈다. 어느덧 재영이도 고3이 되어 태형이는 재형이에게 조언을 해주었다.

"재영아, 형은 너의 경험을 바탕으로 너의 진로를 정하여 대학도 갔으면 좋겠어." 하고 이야기하였다.

"응, 그래서 심리학과와 정신과를 진학해 졸업하고 나면 정신, 심리 상담 전문의가 되어 나와 같은 경험을 했던 친구들에게 도움이 되고 싶어서 정신 심리 상담 전문의를 진로로 정했어."

"그럼 너는 더 열심히 공부를 해야겠네."

형은 재영이를 응원해 주었다. 재영이는 3학년 1학기 중간고사를 쳤는데 평균 87점을 맞았다. 이 점수를 본 엄마, 아빠 그리고 태형이 형은 소파에 앉아 있다가 기뻐하며 재영이를 안아주며 기뻐했다. 예전 재영이로 돌아온 것 같아서 많이 기쁘고 행복해했다. 재영이는 기뻐하는 가족을 보고 기분이 좋았고 공부를 좀 더 열심히 해야겠다고 생각했다.

가족들을 모두 불러모아 놓고

"나는 더 열심히 해서 꼭 서울에 있는 고려대 심리학과를 갈 거야."

"엄마는 재영이가 열심히 해서 꼭 고려대가 아니더라도 하고 싶은 학과를 가서 행복했으면 좋겠어."

"아빠도 엄마랑 똑같은 생각이다. 꼭 재영이가 하고 싶은 것을 했으면 좋겠다."

아빠도 확신에 찬 목소리로 재영이를 응원했다.

태형이는 재영에게 조금만 더 열심히 하면 될 것이라고 응원과 함께 자신감을 북돋아 주며 말했다. 재영이는 또다시 공부를 열심히 하기 시작했다. 그리고 엄마는 조금씩 더 건강해져서 재영이를 위해서 일을 더 열심히 하며 더 건강해지려고 노력했다.

아빠도 열심히 일을 하며 직장에 퍼진 재영이에 대한 좋지 않은 소문을 조금씩 바꿔 나가기 시작했다.

"이제 재영이는 말도 잘 듣고 담배와 술도 끊었어요. 그리고 나쁜 무리 아이들과도 다니지 않아요."
라고 재영이를 보호하며 말이다.

태형이는 이렇게 말을 했다.

"네가 이렇게까지 열심히 하는 것을 보니 나도 열심히 해야겠다는 생각이 든다."

태형이는 재영이와 이야기를 한 후에 경찰대를 열심히 다녔다. 그리고 경찰대는 한 개의 과목에서 F 학점을 두 번 받으면 퇴학이 된다. 퇴학 되지 않기 위해서 더 열심히 공부하겠다고 마음을 먹었다. 그리고 꼭 경찰이 되어 비행 청소년들을 돕겠다고 다짐했다. 그래서 아빠처럼 멋진 경찰이자 형사가 되고 싶어 했다. 재영이는 수능 준비를 열심히 하고 학교에 행사가 있으면 최대한 많이 참여했다.

재영이가 생각을 해보니 아무리 고3 시험에서 잘한다고 해도 고1, 2 때 망쳐서 수능에서 최대한 점수를 잘 맞아야 한다고 선생님께서 말씀하셨다.

"재영아, 조금만 더 열심히 공부해서 3학년 때 점수를 올리고 수능 준비도 열심히 하자."

"저는 선생님만 믿고 열심히 하겠습니다."

재영이는 선생님과 웃으면서 이야기를 나눴다. 어느덧 일 년이 지났다. 고3이 된 재영이는 주말에도 자신의 방에서 책과 씨름을 하느라 열심히 읽으며 지냈다. 시험 준비를 열심히 집중해서 하는 재영이가 엄마, 아빠 눈에는 기특하고 멋졌었다.

석 달 후 수능을 치는 날 재영은 가볍고 자신 있게 현관문을 나서며 밝게 웃으며 엄마에게 말했다.

"엄마, 나 시험 잘 치고 올 게 걱정하지 마세요."라는 인사를 남기곤 힘차게 현관문을 열고 학교로 향했다.

저녁에 들어온 재영의 얼굴은 유난히 밝았고, 유난히 목소리가 컸다. 이 목소리를 들은 엄마, 아빠는 이런 아들의 모습을 보고 목소리를 들으면서 '재영이가 시험을 잘 쳤구나.'라고 생각했다.

"우리 재영이를 믿은 보람이 있네."라고 엄마와 아빠가 말했다. 수능도 성공적으로 잘 쳤다. 그렇게 해서 재영이가 그렇게도 희망하고 원하던 고려 대학교에 있는 심리학에 입학하게 되었다.

몇 년이 지나 태형이 형과 재영이는 군대에서 전역을 하고 나와서 다시 학교로 돌아가서 공부를 하고 취업 준비를 했다. 친구들과 만나 군대 이야기를 했다.

 "야, 나군대 갔다 왔잖아 근데 군대가 진짜 힘들고 갔다 오니까 살이 엄청 빠졌어."라고 말하자 친구가

 "나는 살이 쪄서 왔는데 야, 부럽다. 공짜로 살도 빼고 그래도 재미있지 않았나?"

 "재미는 무슨 지옥에 갔다 온 줄 알았다."

 2023년 드디어 태형은 경찰 대학교를 졸업했다. 서울 경찰서에 배정받은 태형은 멋진 제복을 입고 집에 왔다. 밤낮없이 일하던 태형은 빠른 승진만큼 멋진 일 처리로 경찰서에서 칭찬이 자자했다. 형은 경찰서에서 아버지와 같이 일을 잘한다고 칭찬을 많이 받았다.

 4년 동안 열심히 공부한 재영이는 졸업 후에 서울 아산 병원에 취직을 했다. 재영이는 스트레스 심리상담 센터에서 인기직원이 되었다. 병원에서는 동료 의사나 후배 선배들 사이에서 제일 일 잘하기로 유명하다.

 동료 선배 후배 선생들이 이렇게 이야기했다.

 "이야, 이 선생 뭘 이렇게 열심히 하고 있어."

 "이 선생이 이렇게 열심히 하니까 다른 선생들은 일을 해도 일을 안 한 것 같잖아. 하하."

 이렇게 동료 후배 선배 선생들이 자꾸 부끄럽게 칭찬하는 말을 하자 재영이가 말했다.

 "선생님들 또 뭘 그렇게 이야기하시는 거예요."

 "선생님들도 일 열심히 하시잖아요."

 "저랑 똑같이 많은 노력을 하시는 것을 제가 아는데요."

이런 모습을 봐서는 엄마와 아빠를 많이 닮은 것 같다. 동생이 일도 잘하고 상담도 잘해준다는 소문이 자자했다. 그래서 그 소문을 듣고 오는 환자분들도 많이 있다. 이런 아들들의 모습을 보는 부모님들은 기뻐하고 어렸을 때 있었던 일들을 다 잊으신 것 같았다.

어느덧 하늘이 맑고 제일 높아 보인다는 가을이 되었다. 오늘은 전 가족이 울산대공원에 놀러 가기로 했다. 태형이는 풀밭에 돗자리를 깔고 엄마는 집에서 싸 온 맛있는 도시락을 꺼내 놓았다. 깔아놓은 돗자리 위에 앉아서 집에서 싸 온 김밥을 먹었다.

"엄마 김밥 맛있어요."

"역시 엄마는 요리 솜씨가 좋아."

재영이와 태형이는 김밥을 먹으며 옛 추억도 떠올렸다.

"재영아, 우리 어릴 때 놀러 왔을 때 생각난다."

"태형이 형 솔직히 나는 그때 너무 어려서 기억이 안 나."

"하하, 그럴 수 있지."

재영이와 태형이는 자전거를 타고 엄마와 아빠는 커플 자전거를 함께 타고 함께 길을 달렸다. 그러면서 재영이는 어렸을 때의 사건·사고와 상장을 받고 칭찬을 받은 기억을 회상하면서 신나고 즐겁게 놀았다.

체인지change

글 _ 류동균

조신의 꿈

신라의 명주 날리군이라는 지역에 세달사라는 절이 있었다. 승려인 조신이 이 절이 가진 논밭을 관리하게 되었다. 조신은 그곳에서 지방관인 김흔의 딸을 마음속으로 좋아하게 되었다. 그리하여 여러 번 낙산사 관음보살에게 여인과 사랑을 이루게 해 달라고 빌었으나 결국 그 여인은 다른 남자와 결혼하였다. 그러자 조신은 관음보살이 자기 소원을 들어주지 않았다고 원망하며 밤 늦도록 슬피 울었다. 울다 지쳐 잠이 들었는데 꿈에 김흔의 딸이 기쁜 모습으로 들어오더니 활짝 웃으며 말하였다.

"저는 스님 얼굴을 처음 본 이후 좋아하게 되어 한순간도 잊지 못했습니다. 부모님의 뜻을 거부하지 못해 다른 사람의 아내가 되었지만, 당신과 함께 살고 싶어 이렇게 찾아왔습니다."

조신은 기뻐 어쩔 줄 모르며 여인과 함께 고향으로 돌아가 40여년을 살며 자식 다섯을 두었다. 그러나 너무 가난하여 네 벽만 겨우 남아 있는 집에 살며 끼니도 제대로 잇기 어려웠다. 10년 동안 이곳저곳 떠돌아다니며 살다 보니 옷은 누더기가 되었다. 그 과정에서 열다섯 살 된 큰아들은 굶어 죽고, 열 살 된 딸 아이가 구걸하며 먹고 살았다. 하루는 구걸하던 딸이 개에 물려 아프다고 울며 드러눕자 부모는 탄식하며 하염없이 눈물만 흘렸다. 한참 만에 부인이 눈물을 씻더니 갑자기 일어나 말하였다.

"제가 처음 당신을 만났을 때는 젊고 아름다웠을 뿐 아니라, 옷도 많고 깨끗했으며 먹을 것 걱정 없이 잘 지냈습니다. 50년 가까이 정을 나누며 깊이 사랑하고 행복하게 살았습니다. 그런데 요즘 들어 늙고 병들어 쇠약할 뿐 아니라 굶주림과 추위로 사는 것이 너무 힘듭니다. 또 남의 집에 얹혀 지내며 구걸하여 먹는 것이 너무 부끄럽습니다. 게다가 아이들이 추위와 배고픔에 고통받고 있으니 어느 틈에 부부의 정을 느낄 수 있겠습니까? 당신은 내가 있어 근심만 쌓이고, 나는 당신 때문에 근심이 많아지니 우리가 어쩌다 이 지경에 이르렀을까요? 힘들면 버리고 편안하면 가까이하는 것이 사람 사이에 차마 해서는 안 되는 일이지만 헤어지고 만나는 데도 운명이 있으니 우리 이만 헤어지는 것이 어떻겠습니까?"

조신이 이 말을 듣고 크게 기뻐하여 서로 아이 둘씩 나누어 데려가기로 하였다. 떠나려는 순간 아내가 말했다.

"저는 고향으로 갈 테니 당신은 남쪽으로 가십시오."

그렇게 헤어지고 조신이 길을 막 떠나려는 순간에 꿈에서 깨어나니 희미한 등불이 어른거리고 밤은 깊어 있었다.

아침에 일어나니 수염과 머리카락이 모두 하얗게 세어 있었다. 조신은 허무함에 휩싸여 세상일에 관심이 없어졌다. 100년을 살며 겪을 괴로움을 맛본 듯 탐욕과 집착이 사라지고 부처님 앞에 여인을 얻으려 욕심내고 원망했던 자신의 모습에 부끄러움을 느끼고 뉘우쳤다.

명주로 돌아오는 길에 꿈에 큰아들을 묻었던 곳을 파 보니 돌로 만든 미륵부처가 있었다. 물로 깨끗이 씻어 절에 모시고 수도인 경주로 돌아와 절의 논밭 관리하는 직책을 사임하였다. 이후 전 재산을 팔아

정토사를 짓고 수행하며 살았다. 조신이 어떻게 살다가 죽었는지는
이후의 일은 아무도 모른다.

- 《삼국유사》 권 3, 〈탑상〉 4, 낙산의 두 성인 관음과 정취,

그리고 조신

　저는 책 쓰기 동아리에서 《삼국유사》를 처음 읽게 되었습니다. 《삼국유사》에는 많은 이야기들이 있었습니다. 그중에서 저는 조신이라는 스님의 이야기가 인상적이었습니다. 스님이던 조신은 김흔의 딸을 좋아하게 되는 데 그녀는 다른 남자에게 시집을 가버립니다. 그래서 조신은 낙산사 부처 앞에서 부처를 원망합니다. 그러다가 자게 되고 조신은 꿈에서 김흔의 딸을 만나서 아들도 낳고 살다가 잠에서 깨게 됩니다.

　저는 이 이야기를 현대 소설로 바꾸어 보고 싶었습니다. 제가 적은 소설에는 주인공이 지우는 학교폭력 가해자인데, 꿈속에서 어른이 되었고, 자신이 괴롭히던 우혜에게 오히려 괴롭힘을 당하다가 꿈에서 깨는 내용입니다. 그 후에 지우는 자신의 행동을 깊이 반성하고, 우혜에게 진심으로 용서를 비는 내용으로 나옵니다. 꿈에서 깬 지우는 항상 남의 입장을 먼저 생각해보고 행동하는 새로운 사람으로 변하게 되는 것으로 소설이 끝이 납니다.

　저는 이 소설을 쓴 이유가 그냥 단순히 남을 때리지 마라, 남을 헐뜯지 마라, 남을 감금하지 말고 성폭행 하지 마라. 이런 것은 아닙니다. 물론 위에 적은 것처럼 남을 헐뜯지 말고 감금하거나 성폭행 등을 하지 않는 것들 또한 매우 중요하지만 제가 생각하는 학교폭력의 의미는 약한 자에게 강하고, 강한 자에게 약하게 하는 행위가 학교폭력이라고 생각합니다.

  제가 학교폭력의 의미를 약한 자에게 강하게 행동하고 강한 자에게 약하게 행동한다고 한 이유가 있습니다. 만약 약한 자에게 강하게 한다면 남을 헐뜯거나 감금하거나 폭행을 할 수 있고 더 가서 성폭행을 가할 수도 있겠죠. 이렇게 되면 위에 적었던 일이 모두 다 겹치는 것입니다. 그리고 이 모든 일을 강한 자에게 똑같이 당할 수 있습니다. 그래서 의미를 약한 자에게 강하게 행동하고 강한 자에게 약하게 하는 것입니다.

  몇몇 사람들은 이 의미가 터무니없는 소수의 사람들만 행동하고 있고 모두 다 아는 사실이라고 생각할 수가 있습니다. 하지만 약한 자에게 강하게 하고 강한 자에게 약하게 하는 행위는 우리 주변에서 제일 흔히 목격할 수 있는 학교 폭력입니다. 어쩌면 여러분도 포함이 될지도 모릅니다. 그래서 저는 이 소설을 강한 자에게 약하게 하고 약한 자에게 강하게 하는 일을 해결하고자, 막고자 소설을 씁니다. 여러분은 이 체인지를 읽기 전에 자기 자신을 둘러보고 위와 같은 행동을 하였다면 반성해 보고 내가 아는 다른 이가 위와 같이 행동한다면 충고해주셨으면 합니다.

Change

나는 김지우이다. 그리고 나는 송정중학교에 2학년으로 재학 중이다. 나는 지금 내가 살고 있는 이 도시가 소도시인지 대도시인지는 나는 잘 모른다. 그래서 나는 가끔씩 내가 살고 있는 도시가 대도시인지 아니면 소도시인지 대도시, 소도시도 아니면?이라는 생각을 자주 한다.

나는 순간적으로 일어났다. 나는 일어나자마자 밖을 보았다. 밖은 매우 습하고 먹구름이 가득 끼여 있어 어두웠다. 마치 겨울의 해지고 난 후 직전의 모습 같았다.

그다음 나는 내 옷장에 있는 벽 시계를 보았다. 벽 시계의 시 바늘은 8을 가리키고 있었고 분 바늘은 28을 가리키고 있었다. 즉 8시 28분이었다.

"지각이다!"

나는 순간적으로 외쳤다. 그러곤 이불을 걷어차고 교복으로 갈아입기 시작했다.

"교복은 대체 왜 있어서 사람을 괴롭게 만들지?"

나는 매일과 같이 교복에 대해 중얼거렸다. 나는 중얼거리는 와중에도 평소처럼 교복을 입었다. 거의 다 입었을 때었다.

"김지우, 이제 일어나."

엄마가 말씀하셨다. 엄마는 무슨 마음으로 말했는지 모르겠지만 나한테는 뻔한 엄마의 잔소리로 들렸다.

"학교 갈 시간이야. 그만 자고 일어나! 지금 몇 번을 불렀는지는 알고는 있니? 그리고 아침 먹고 씻고 학교 가라."

내가 알아서 준비하고 엄마가 한 말씀대로 할 생각이었는데 엄마가 이래라저래라 하는 게 싫었고, 지금 깨웠어도 어차피 지각이라고 봤어도 됐다. 그리고 나는 평소에도 엄마의 잔소리가 듣기 싫었지만 오늘은 어떤 날 보다 더 엄마의 말이 엄마의 말도 듣기 싫었다.

"알았어. 지금 나가."

나는 화난 마음에 밥도 안 먹고 학교로 갔다. 나가기 전에 엄마는 한숨만 쉬고 아무 말도 없었다. 난 평소 같지 않은 엄마의 모습에 어색하게 집 나온 뒤 매일 학교를 가는 길로 학교를 가고 있었다.

그런데 아침을 안 먹어서인지 배가 고팠다. 건너편에 편의점이 있긴 한데 내가 가기는 너무 귀찮았다. 그냥 갈려고 할 때였다. 나는 우연히 나와 같은 반이면서 왕따인 박우혜를 만났다.

나는 박우혜한테 빵과 우유를 사 오라고 시킬 생각에 반가웠고 즐거웠다. 그래서 나는 건너편에 있는 편의점에 가서 먹을 것을 사 오라고 생각해놓고 우혜한테 들릴 정도의 목소리로만 여러 번 말했다. 하지만 우혜는 내가 한 말을 모두 무시하고 아무 일 없다는 듯이 가고 있었다.

나는 어쩔 수 없이 쫓아가서 말하는 수밖에 없었다. 나는 우혜를 잡기 위해서 뛰기 시작했다.

"거기 서지 못해. 힘들어 죽겠네."

세워 놓고서 조금 후에 나는 말했던 대로 우혜에게 말했다.

"저기 건너편에 있는 편의점에 가서 빵이랑 우유 좀 사 와."

"내가 왜 사 와야 해?"

나는 시키는 대로 하지 않는 우혜가 싫었고 말대꾸하는 게 싫었다.

"그냥 잔말 말고 사 오라면 사 와!"

"돈은 누가 내고 빵은 어떤 맛으로 사 오고 우유도 무슨 맛으로 사 와?"

"돈은 네가 알아서 하고 아무튼 빵이랑 우유나 사 와!"

우혜가 건너편 편의점에 갔을 때 나는 더 배가 고파져서 가고 있는 우혜한테 큰 소리로 말했다.

"빨리 사 와. 1분 안에 갔다 와. 1분 안에 못 갔다 오면 가만히 안 둘 거야."

그때 신호등 건너편에서 작은 소리로 들렸다.

"알았어."

그런데 1분을 넘게 기다려도 오지질 않았다.

"왜 이렇게 안 오는 거야?"

그때 신호등 건너편에 있는 우혜가 보였다. 그래도 우혜 손에는 우유와 빵이 쥐어 있었다.

"배고프니까 빨리 와 그리고 지각까지 하겠어!"

"지금 신호가 안 바뀌었으니까 조금만 기다려!"

"그냥 와! 차 안 오니까."

그래서 우혜는 할 수 없이 무단횡단을 해서 왔다.

'나는 고마워'라는 말 대신,

"오는 시간이 1분을 훨씬 넘었지만 오늘은 말한 대로 빵과 우유를 사서 왔으니까 이번은 봐 줄게. 하지만 다음부터는 늦지 않게 와."

라고 하고 뒤도 안 돌아보고 갔다. 그리고 별 미안한 감정은 없었다. 그 뒤에 우혜는 뭔가 천천히 걸어오는 것 같으면서도 급하게 걸어오는 것 같았다. 그렇게 가서 학교에 도착했을 때 8시 22분. 지각이었다.

"우혜 때문에."

이렇게 남 탓을 하면서 나는 교실에 들어갔다.

교실에 들어갔을 때는 다행히 선생님은 안와 계셨지만. 거의 대다수의 애들이 반을 소란스럽게 만들고 소수의 애들만이 앉아 있었다. 뛰어 노는 애들은 거의 다 나와 친한 친구라고 보면 됐었다. 그때 갑자기 내 친구인 우제가 나에게 큰소리로 말했다.

"너 왜 이제 오냐? 기다리고 있었다. 빨리 와."

그래서 나는 빨리 가방을 내려놓고 애들이랑 썩혀서 놀려고 할 때 선생님이 오셨다. 나는 마음속으로 안타깝고 짜증이 났다. 나는 선생님이 조금만 늦게 올라왔으면 하는 마음에 한숨을 쉬었다.

"휴……."

자습시간이 끝나자마자 나와 내의 친구들은 일어나 장난을 치기 시작했다. 장난을 치다가 선생님이 나가시자 그때 우제는,

"오늘은 우혜한테 어떻게 장난칠까?"

라고 말했지만, 그중에 다른 한 친구인 정인이

"야, 그래도 그렇지 불쌍하지도 않냐?"

라고 장난스럽게 말한 뒤에 우혜 뒤에 가서 밀쳐서 넘어지게 한 다음 갔다. 나와 내 친구들은 웃었지만 지나가던 몇몇 애들은 걱정스러운 표정을 하고 있었다. 나와 내 친구들이 다 간 뒤 반에서 가장 친절한 수혁이 우혜를 일으켜 세워 준 뒤,

"괜찮아? 다친 곳은 없어?"

라고 물어본 뒤 이동수업 교실로 갔다. 나는 우혜와 같이 수혁이가 싫었다. 나는 수혁이가 학교 와서 하는 거의 모든 짓이 일부로 잘 보이려고 꾸며내서 하는 짓 같았다.

1교시부터 영어다. 그래서 이동수업인 것이다. 그리고 영어라도 영

어 회화면 괜찮은데 수준별 영어이다. 그래서 나는 기분이 좋지 않을 뿐만 아니라 최악이었다. 배우기도 싫었다. 친구들은 나와 같은 생각일 것이다.

그래서 영어 시간에는 일부로 누워서 자거나 옆 친구와 대화를 하거나 잠시 선생님이 나가시면 약한 아이들을 괴롭히곤 했다. 당연히 나보다 강한 애들은 건들지 못할 뿐만 아니라 나보다 강한 애가 시키는 것을 무엇이든 하고 높임말을 쓴다. 하지만 아직 2학년에서 나보다 강한 애들은 없고 나보다 강하다고 생각하는 사람들은 3학년 형들, 선생님밖에 없다. 영어에서 옆 짝은 우혜이다. 우혜는 어떻게 생각할지 모르겠지만 심심한 나에겐 잘된 일이다. 마침 영어 선생님 께서도 잠시 급한 일로 밖으로 나가셨다.

나는 눈치를 보고 우혜의 필통을 집어 들어서 우제한테 던졌다. 그러자 우혜가 우제한테 갔다. 우혜가 우제한테 가니 우제는 나한테 필통을 던졌다. 우제가 나한테 갑자기 던져서 놓일 뻔했다. 나는 다른 애들에게 패스하기 위해 주변을 둘러보았다.

하지만 다른 애들한테 주려고 해도 자고 있어서 줄 수가 없었다. 나는 할 수 없이 내가 필통을 들고 우혜를 조롱하듯이 필통을 못 잡게 하였다. 나는 똑같은 방법으로 계속 우혜를 조롱하다가 선생님이 다시 들어오셨다.

"우혜야, 뭐하니?"

선생님이 우혜 보고 물었는데 나에세 물을 때와 달리 부드러운 목소리로 물었다. 나는 이해가 안 갔다.

"지우가 제 필통을 빼앗아 가서 안 돌려 줘요."

우혜가 대답하긴 대답했는데 우혜가 말할 때 나는 우혜 눈에서 반짝이는 무언가를 보았다. 눈물이다. 나는 이해가 전혀 가지 않았다. 이해가 안 간다는 것보단 어이가 없었다.

'이 정도 가지고 울다니…….' 생각할수록 어이가 없었다. 그때 선생님이 날 보면서 말하였다.

"김지우 사실이니?"

선생님께서 물으셨지만 내 손에 우혜 필통이 들려있어서 정말 궁금해 물은 것이라고는 생각도 할 수 없었다. 나는 어쩔 수 없이 사실대로 말해야 했다.

"네……."

"그럼 나가 있어."

정확히 이 말만 하시고 계속 수업을 이어 나가셨다. 나는 정확히 못 들어 계속 앉아 있었다. 나는 그래서 그냥 앉아서 수업을 들었다. 한 1분이 지나고 난 뒤 나는 뭔가 가만히 있을 수가 없어졌다. 나는 양옆에 있는 애들을 조금 세게 쳤다. 물론 우혜도 쳤다. 다시 우혜를 보니 우혜는 억울한 표정을 짓고 있었다. 금방이라도 선생님께 말할 것 같았다. 우혜가 갑자기 손을 들었다. 뭐 말하던지 말든지 나는 상관없었다. 전혀 겁나지도 않았다.

"갑자기 지우가 때려요."

우혜는 세상을 잃은 표정으로 말하였다.

"김지우 내가 나가 있으라고 했지 않니? 나가 있어. 넌 수업 마치고 나와 같이 교무실로 내려가야 할 거야."

라고 말씀하신 뒤 계속 수업을 이어 나갔다. 내가 나가고 난 뒤 친구들도 나왔다. 이유는 뻔하다. 결국 나든 친구들이든 전부 다 복도에 나가 무릎을 꿇고 앉아 있는 신세가 되었다. 영어 교실에서는 선생님 소리밖에 안 들렸다. 나는 옆에 친구 제혁 이에게 말을 걸었다.

"야, 선생님 너무하지 않냐?"

"인정, 조금만 떠들었을 뿐인데……."

수업 마치는 종이 쳤다. 영어반에 있던 애들은 쏜살같이 자기 반으로 뛰어 올라갔지만, 애들이 다 간 뒤에 우혜가 맨 마지막으로 나왔다. 나는 우혜한테 말을 걸었다.

"야, 우혜 너는 왜 다른 애들처럼 뛰어가지 않냐?"

내가 이렇게 말하자 내 친구 중 가장 친한 정이가 덧붙여 말했다.

"맞아, 넌 왜 행동이 둔해?"

이렇게 하니까 우혜는 아무 말도 하지 않고 자기 반으로 갔다. 삐져 있어 보였다.

'이런 걸로 삐치나?' 나는 황당해하면서 생각했다. 내가 몰래 가려고 할 때 갑자기 영어 선생님이 나오셨다. 나는 속으로 한숨을 쉬면서 걱정도 되고 긴장도 됐다. 갑자기 영어 선생님께서 말씀하셨다.

"수업 시간에 자는 것 떠드는 것 내 시간에 절대 금지라고 처음에 수백 번을 말한 것 같은데……. 이건 둘째 너희들도 마찬가지고 특히 김지우. 넌 왜 자꾸 우혜한테 시비 거는데?"

"우린 시비 건 적이 없는데요. 억울해요. 우리는 그냥 우혜한테 물어볼 게 있어서 물어본 것뿐이라고요. 이게 시비 건 거예요? 진짜 억울해요."

시비를 건 것은 난데 전부가 시비를 건 것 때문에 혼이 나니 이상했다. 거기에다 날씨까지 더우니 짜증이 나기 시작했지만 선생님 앞이라 참을 수밖에 없었다.

"시끄러워, 내가 못 들은 줄 아냐? 다 들었어. 우혜가 행동이 둔하긴 하지만 너희보단 훨씬 더 나아. 그리고 첫 시간에 내가 나한테 수업 듣는 애들 중 단 한명한테만 시비 걸어도 나한테 시비 거는 거랑 같다고 말했을 텐데……. 너희는 전부다 나한테 행동이 둔하다고 시비를 건거야. 그에 마땅한 벌은 받아야겠지?"

"아, 쌤 그래도……."

"시끄럽고 너희들 어떻게 할 건데?"

"이번 한 번만 봐주시면 안 돼요? 제발요."

우리는 간절한 눈빛으로 선생님에게 말했다.

"너희들은 한번이 아니잖아!"

"제발요. 다음부턴 안 그럴게요."

선생님은 어쩔 수 없다는 듯이

"다음부턴 다신 그러지 마. 이게 진짜 마지막 경고야."

"네."

영어 선생님께 혼나고 교실로 들어가려니 기분이 좋지 않았다. 그래서 친구들을 불렀다. 그런데 막상 친구들을 불러와 보니 놀고 싶다는 생각보단 선생님한테 혼 꾸중을 들은 바로 후라서 스트레스를 받았다. 그래서 나는 스트레스를 풀 겸 누굴 한명 괴롭혀야겠다는 생각이 들었다. 그래서 친구들을 놓고 잠시 의논했다.

"너희들 방금 전에 쌤한테 혼났잖아. 그럼 너희들은 스트레스 안 쌓이냐?"

내가 제일 먼저 말을 꺼냈다. 뭐, 의논을 아무리 길게 해도 쉬는 시간이 1~2분밖에 남지 않아서 길게는 못한다. 모여서 1~2분 동안 아무 말 없이 계속 있는 것보단 뭐라도 말을 꺼내는 것이 좋다. 말없이 있는 것은 시간 낭비이다. 그래서 나는 시간을 낭비하지 말고 소비하고자 제일 먼저 말을 꺼냈다. 그런데 내가 말하고 나서 약 30초 동안 말이 없었다.

"그걸 질문이라고 하냐?"

맞은편에 있는 정인이가 내가 너무 당연한 것을 말했다는 듯이 말하였다. 생각해보니 내가 너무 당연한 것을 말한 거 같다.

"그럼……. 우혜는 어때?" 옆에 있는 지훈이가 말했다. 보기에는 한참 동안 생각하다가 말한 거 같다.

정인이 하고 우제가 동시에 말했다.

"우혜 놀려서 오늘 영어 선생님께 혼난 거 기억 못 하냐? 그때 겨우 넘어갔잖아. 그리고 우혜가 담임 선생님께 말하기만 하면 이젠 우린 끝이야!"

맞다! 지난번에 우리가 우혜를 괴롭혔는데 우혜가 담임 선생님께 괴롭힌 일을 말해 담임 선생님께 크게 혼이 난 적이 있었다. 그때 생각을 하면 아직도 끔찍한 거 같다. 나는 다시 생각을 하고 있었는데 스피커에서 수업 종이 쳤다.

다음 시간은 과학이다. 과학은 평소에 지루하지만 오늘은 실험실에서 실험을 해서 재미있을 것 같았다. 그래서 책을 쟁기고 빨리 실험실로 내려갔다. 내가 오고 난 뒤 1분 후에 과학 선생님이 들어왔다. 선생님은 반 애들이 다 왔는지 다 확인해 보고 수업을 시작했다.

"안녕하세요!"

선생님이 웃으면서 대답하셨다.

"오늘은 뭐 좋은 일이 있었나요? 왜 다 그렇게 들떠있죠?"

그때 정인이 말했다.

"과학 실험하니까요."

"내 그렇군요. 여러분 모두 다 들뜬 마음을 가라앉히고 모두 집중! 실험할 때는 실험에만 집중을 해야 해요. 안 그러면 사고가 날 수도 있어요. 선생님 설명 잘 듣고 실험하도록 해요!"

그러고 선생님의 설명이 시작되었고 잠시 후에 설명이 끝났다. 내 귀에는 선생님 설명이 아예 귀에 들어오지 않았다. 그래서 뒤에 있는 우혜한테 물어봤다.

"야, 우혜 실험 어떻게 하는 거야?"

우혜가 정확히 알려주었다. 나는 우혜가 더 쉽게 말한 뒤에야 이해를 했다.

"자, 각 모둠 장 나와서 준비물 들고 가세요."

난 준비물을 가져오고 나서 알코올램프에 불을 붙였다. 그리고 삼발이를 알코올램프 위에 놔두어 놓고 비커에 물을 담은 뒤 1분 동안 물의 온도를 재 기록했다. 그런데 나 혼자만 적고 있었고 다른 모둠원은 쓰지도 않고 놀고 있었다.

"너희들은 기록 안 해?"

내가 이렇게 말하자 기록하기 시작했다. 그다음 실험은 잘 녹는 것과 잘 안 녹는 것을 녹여 보는 실험이었다. 삼발이 위에 비커를 놔두어 놓고 비커에 양초를 담아 녹을 때까지 기다렸다가 녹을 때 온도를 알아보는 실험이었다.

그다지 신기하지도 재미있지도 않은 실험이었다. 나는 그다음 실험 생각을 하다가 실수로 삼발이를 쳐 버렸다. 그 순간 삼발이가 넘어가면서 비커도 넘어갔다.

비커나 넘어가는 순간 비커에 있는 물이 그대로 뒤에 있는 우혜한테 날아가 우혜의 등에 맞았다. 다행이었다. 만약 팔이나 얼굴에 물을 맞았다면 난 나도 큰일 났고 우혜도 큰일 났을 것이다. 그리고 비커가 깨지 않아서 다행이었다. 만약 비커가 깨졌다면 일이 더 커졌을 것이다. 나는 불행 중에서는 다행이라고 생각했다. 선생님이 심각한 표정을 하며 달려왔다.

"우혜야 괜찮니?"

라고 하시고 나를 보시더니

"김지우 너 마치고 나 좀 보자."

라고 하시고 시계를 보시더니

"2분 남았네."

하시고는 반 전체 애들에게

"오늘까지만 하고 다음에 교실에서 방금 전에 기록한 걸로 수업하도록 해요."

애들이 거의 다 나갔을 때,

"김지우만 따라와라."

라고 말씀하시고 교무실로 내려가셨다. 물론 나도 같이 내려갔다. 난 선생님이 가대로 선생님 자리에 갔다. 서니까 선생님이 말했다.

"내가 실험실에서 장난치지 말랬지."

"전 장난친 게 아니고 기록하다가 실수로 친 거예요."

내가 억울한 표정으로 말했다.

"시끄러워, 어떻게 됐든 간에 네가 쳐서 그 쏟긴 물이 우혜 등에 묻었지만 크게 안 다쳐서 다행이지.

"만약에 얼굴에 그 뜨거운 물이 묻었으면 어떻게 됐겠어? 실수로 쳤다는 게 변명이 된다고 생각했니?"

"죄송합니다."

내가 할 말은 '죄송합니다.'라는 말밖에 없었다.

"죄송하다는 말은 나한테 하지 말고 우혜한테 가서 말해. 이만 가봐."

말이 끝나고 나는 선생님께

"죄송합니다."

라고 말한 뒤 나왔다. 반에 올라가니까 애들이 체육복으로 갈아입고 있었다. 아, 맞다! 4교시가 체육이다. 쉬는 시간이 4분밖에 남지 않아 있었다. 나도 빨리 갈아입고 체육관으로 향했다. 그리고 내가 체육부장이어서 빨리 가야 했다.

내가 갔을 때는 애들이 다와 있었다. 게다가 줄까지 제대로 서 있었다. 아주 좋았고, 반이 줄을 잘 선다는 것을 오늘 처음 알게 되었다. 나는 맨 앞 중앙에 서서 체조를 시작했다. 내가 체조를 너무 빨리하는 바람에 잘못 따라오는 애들도 있었지만, 체육을 더 많이 하기 위해선 신경 쓰지 않고 해야 했다. 체조를 다 하니까 선생님께서 들어오셨다.

"체조는 다 했나?"

"네!"

내가 말했다. 이번엔 반 전체 애들에게 선생님이 물으셨다.

"대충 한 거 아니지?"

난 속으로 말했다.

'한명이라도 말하면 안 되는데⋯⋯.'

그런데 내 걱정과는 달리 반 애들은

"한명도 빠짐없이 제대로 했어요."

라고 말했다. 거짓말이지만 다행이었다. 만약

'아니요, 제대로 안 하고 너무 빠르게 해서 몇몇 애들이 못 따라갔어요.'

라고 말했으면 나는 체육 선생님에게 혼날 뿐만 아니라 오리걸음으로 체육관 한 바퀴를 돌았어야 했을 것이다. 아무튼 체조에 대해 선생님께서 확인하실 때마다 무사히 넘어갔다. 그리고 지금까지 다른 시간과는 달리 체육 시간에는 한 번도 혼난 적이 없었다. 그런데 잘 살펴보니까

우혜는 선생님이 물으실 때 한마디도 하지 않았다. 왜 대답을 안 하는지 궁금해졌다. 하지만 지금 당장 묻진 않았다. 왜냐면 당연한 것이지만 지금 물으면 선생님께 혼나니까 묻지 않았다.

"뭐할 건데?"

선생님께서 물으셨다. 애들끼리 각각 의견이 달랐다. 어떤 애들은 수족구를 한다고 하고 어떤 애들은 배드민턴을 한다고 말하고 나머지 애들은 전부 다 피구를 한다고 했다. 의견이 다르기 때문에 하나로 통일시켜야 했다.

"그럼, 수족구 할 사람."

우리 반은 20명이었다. 그중에 나까지 포함해 11명이 손을 들었다. 보나마나였다. 수족구를 한다는 애들이 더 많았기 때문에 수족 구를 하기로 결정이 났다. 수족 구 준비를 하고 있을 때 나는 공과 점수판을 들고 가고 있었다. 그러다 앞을 못 봐서 우혜랑 박았다.

"앞을 제대로 보면서 걸어."

나는 순간적으로 부딪히고 나서 말했다. 그리고 나는 그때 순간적으로 선생님이 보셨을까 봐 겁이 났다. 그런데 다행히 선생님도 못 보셨고 우혜랑 그렇게 쎄게 박은 것도 아니라서 다행이었다.

수족구 세팅이 다 끝난 후 수족구를 시작했다. 수족구는 모둠을 만들어 하였다. 모둠은 총 4모둠이 있다. 그중 나는 3모둠이다. 우혜는 4모둠이다. 나는 1모둠과 2모둠이 하는 것을 봤는데 별로 영 잘하는 것 같지는 않았다.

1, 2모둠이 끝났다. 이제 우리 모둠과 4모둠이랑 시합을 할 차례다. 나는 바로 점수를 내고 싶었다. 그래서 세게 공을 네트 아래로 치려고 하였다. 그런데 갑자기 실수를 했다. 높이 쳐 앞에 있는 우혜의 머리를 맞은 뒤 튕겨 나갔다. 우혜는 맞은 부위를 손으로 덮은 뒤 아무 말 없이 서 있었다. 그런데 또 이걸 선생님께서 보셨다.

"김지우 내가 할 때 머리는 맞히지 말랬지."

"너 잠시 따라와 봐."

"보건실 갔다 와도 돼요?"

우혜가 물었다.

"그래 갔다 와라."

선생님이 허락해주신 후 나를 데리고 밖으로 나가셨다.

"너 일부로 맞힌 건 아니겠지?"

"네? 저는 우혜를 맞히고자 한 의도가 없었어요. 저는 아래로 치려고 했는데 실수로 위로 친 거예요."

한 1~2분 동안 침묵이 흘렀다. 주변은 아주 조용했다. 선생님은 생각을 계속하면서 누군가를 기다리고 있는 거 같았다. 그때 마침 우혜가 왔다.

"잠시 이리 와봐."

우혜가 선생님이 있으신 쪽으로 갔다. 눈이 많이 부었고 멍이 들어 있었다. 공에 맞았을 뿐인데 저렇게 됐다는 것에 나는 약간 놀라고 당황했다.

"애가 이 꼴이 됐어. 어떻게 할 건대?"

"사과하겠습니다."

"사과하는 건 기본으로 해야 하는 거고 일을 저질렀으면 벌을 받아야지."

"체육관 청소를 하겠습니다."

"빨리 사과해라."

"미안해."

나는 건성으로 사과를 했다. 선생님은 건성으로 사과한 것을 알았지만 그냥 넘어갔다. 그건 한 번만 봐준다는 것이다.

"올라가."

체육 선생님이 말하고 난 뒤 종이 쳤다. 모두 반으로 올라갔다. 5교시는 도덕이고 6교시는 국어이고, 7교시는 자습 시간이다. 최악의 날이다. 1교시부터 7교시까지……. 나는 내 마음속으로

'오늘 왜 이렇게 안 좋은 일이 겹치는 거야?'

나는 울고 싶었지만 애들이 있는 앞에서 우는 모습을 보기 싫어 참았다. 이제 2학년이 점심을 먹을 때다. 나는 빨리 달려가 줄을 섰다. 내가 세 번째였다.

나보다 더 빨리 와 기다리고 있던 애들이 있었다. 모르는 애들이었다. 우리 반은 아직 우혜랑 나만 줄을 서 있었다. 왜 하필이면 우혜일

까? 오늘 1교시부터 4교시까지 모든 일이 우혜랑 관련이 있다. 그래서 우혜가 더 싫었다. 거의 모든 사람은 자기 자신이 잘못을 저질러 놓고선 자기 자신은 잘못한 게 없고 모든 건 남이 잘못한 것이라고 한다.

나도 마찬가지이다. 내 앞에 박우혜만 없었다면, 우혜가 피했다면 체육 시간 만이라도 아무런 일 없이 좋았을 건대……. 그런데 갑자기 체육 시간을 생각하다 보니 체육 시간에 궁금했던 게 떠올랐다.

"우혜 너 왜 선생님이 질문하실 때 왜 안 말했어?"

문자 우혜가 말했다. 아주 우혜가 말할 거 같은 대답일 거 같았다.

"난 선생님께 서싯말을 할 수가 없고 또 너에게 피해를 줄 수 없기 때문에 안 말했어."

아주 현명한 대답이고 우혜가 이렇게 생각이 깊은 줄은 알고 있었지만 나를 걱정해서 안 말한 줄은 미처 몰랐다. 아니, 뜻밖의 대답이었다. 선생님께 거짓말을 하는 것은 학생이 할 짓이 아니고 또 남에게 피해를 주는 것은 분위기를 바꾸고 더 괴롭힘을 받을 수 있었다. 그런데 나는 그래도 우혜에 대한 생각은 그대로이다. 나는 물어본 겸에 하나를 더 물어보았다.

"너는 어떨 때가 가장 자랑스러워?"

"나는 친구를 도와줄 때와 사과할 때 받아줄 때가 가장 자랑스러워."

"왜?"

"왜냐면……."

이유를 말하려고 할 때 벌써 내가 급식을 받을 차례였다. 이유는 말하지 않아도 알 것 같았다. 급식도 그렇게 맛있는 건 아니었다. 매일 질리도록 보는 김치에다 쌀밥, 나물무침 밥 빼고는 다 싫어하는 것이었다. 그래도 오늘은 쌀밥이 아니고 잡곡밥이다. 내가 정말 싫어하는 밥이다. 안 좋은 일이 겹치는데 점심까지 최악이라니……. 오늘 하루는 진짜 최악 중에 최악의 날이 될 거 같다. 내 옆에는 내 친구들이 앉았다.

"기분은 어때? 괜찮아?"

역시 챙겨주는 것은 친구들밖에 없었다. 집에 가면 엄마의 잔소리 선생님들한텐 거의 맨날 혼나고. 친구들은 나를 걱정해주고 놀아주고 전 세계 어딜 가도 가장 좋은 것은 친구뿐인 것 같다.

"별로 좋진 않지만, 너희들이 그렇게 걱정해 주니 조금 괜찮아졌어."

"정말? 그럼 다행이네."

친구들이 다행스러운 표정으로 말했다. 제혁이는 다른 친구들과 달리 정말 다행인 것처럼 얼굴에 살짝 미소를 지었다. 그렇게 점심을 친구들이랑 다 같이 이야기하고 먹었다. 난 친구들이랑 다른 애들을 괴롭히는 게 재미있었고 내가 뭔가 자랑스러워진다. 그리고 괴롭히거나 장난치는 것이 질리지가 않는다. 그래서 난 또 친구들이랑 같이 우리 반 애 중 한명을 괴롭힐 것이다. 난 점심식사를 다 하고 애들을 기다렸다 교실로 돌아갔다. 그런데 뜻밖에도 도덕 선생님께서 와 계셨다.

그래서 난 그냥 아무 이유 없이 도서관으로 갔다. 친구들은 도서관에 가면 지루하다고 가지 않았다. 난 소설 중에서 판타지 소설이 가장 좋다. 그래서 판타지 소설을 보다가『마법의 시간여행』이라는 책을 발견했다. 난 우리 학교 도서관에 이런 책이 있는지도 몰랐다. 난 그중에『마법의 시간여행 불타는 도시를 구하라!』라는 책이 내 눈에 들어왔다. 나는 다른 책과는 다르게 집중해서 읽었다. 다른 책이라면 그냥 대충 읽고 넘어갈 것인데 이 책은 내가 읽기엔 재미있는 거 같다.

'딩~동~댕~동~'

예비종이 쳤다. 1장도 못 읽었다. 시간은 나에게 이런 책 읽을 시간 하나 못 주나 보다.

"빨리 교실이나 가자."

나는 나 혼자 중얼거리듯이 말했다. 반에 도착하니 책을 챙겨야 했다. 그런데 내가 항상 책을 놔두는 사물함에 도덕책이 없었다. 이상한 일이다. 그래도 아직 책상 서랍이 남았다. 그런데 책상 서랍은 방금 산 책상처럼 깔끔했다. 이상한 일이다. 이렇게 되면 누가 내 도덕책을 들고 갔다는 것밖에 안 된다. 그런데 우혜 책상 위에 도덕책이 두 개나 있었다. 뭔가 이상했다. 둘 중의 하나가 내 것처럼 보였다. 내 것이 없어서 그런 건지. 아니면 우혜가 들고 갔던지 둘 중에 하나였다. 나는 확인해 보았다. 오른쪽에 있는 책이 애 책 같아서 보았더니 '김지우'라고 적혀 있었다. 뭔가 이상하면서도 화가 나는 일이었다. 우혜는 남의 물건을 들고 가지 않고 허락 없이 건드리지도 않는 애다. 그래서 더 이상했다.

"우혜 내 도덕책 네가 들고 갔어?"

내가 물었다.

"아니."

우혜가 황당해하며 말했다.

난 어이가 없었다. 황당 한건 난데 우혜가 황당해하니까. 그래도 황당 한건 둘째 치고 난 너무 내 도덕책이 우혜 한테 있는 게 너무 알고 싶었다. 그런데 어디에서 자꾸 친구들이 웃는 소리가 들렸다. 난 친구들에게 물으려고 할 때 수업 종이 쳐버렸다. 난 일단 자리에 앉았다. 점심시간에 있으시던 도덕 선생님은 어딜 갔다 오시는지 종이 치고 약 15분 후 들어오셨다.

"선생님이 빨리 수업하려고 점심시간에 왔는데 일이 있어서 이제 들어 왔네요. 늦었으니까 반장, 빨리 인사하고 수업합시다."

"차렷!"

반 거의 모든 애들이 따라 했다.

"경례."

모든 애들이 고개를 숙이면서

"안녕하세요."라고 말했다.

선생님은 평소 같지 않던 우리 반이 이렇게 하니까 기분이 좋으신 듯이 웃으시면서

"안녕!"

이라고 말씀하셨다.

"여러분 오늘 무슨 특별한 일 있었나요?

"아니요!"

우리 반 애들이 모두 똑같이 말했다.

진짜로 우리 반에 특별한 일은 없었다. 나도 우리 반이 오늘따라 왜 이런지 궁금했다.

"좋게 시작해서 기분 좋게 수업 마칩시다."

"오늘 몇 쪽 할지 알고 있는 사람?"

교실은 조금 조용하다가 우혜가

"120페이지 할 차례예요."

라고 말했다.

"페이지를 말해준 우혜한테 박수!"

반 애들 거의 전체가 우혜 한테 박수를 쳐 주었다. 우혜는 오늘 2번째로 박수를 받는다. 난 박수를 받든 안 받든 상관은 없지만 뭔가 부러웠다. 그리고 선생님도 오늘따라 뭔가 이상한 거 같다. 평소엔 별거 아닌 거처럼 그냥 지나가는 데 오늘은 이런 사소한 것에 박수를 주고 관심을 가지는 거 평소의 도덕 선생님 같지 않았다.

"수업하기 전에 선생님이 하나를 물어볼게요."

선생님은 맨날 수업하기 전에 하나씩 물어본다. 저번엔 슬픔에 대해 물어보셨고 두 번째 시간에는 삶에 대해 물어보셨다. 오늘은 뭘까 궁금했다. 행복? 좌절감? 짜증 날 때? 궁금하긴 궁금했지만 답하긴 싫었다.

"여러분은 행복에 대해 어떻게 생각하나요?"

내 생각이 맞았다. 행복에 대해 물어보는 것이었다.

"발표할 사람?"

애들은 아무 말도 없었다.

"지우가 말해 볼까?"

"복된 운수?"

난 행복이 뭔지 인터넷으로 검색해서 뜻을 알아본 적이 있지만, 그때 본뜻이 기억이 알 듯 말 듯 희미하게 나서 나는 그냥 대충 말했다.

"잘했어요. 맞아요. 그런데 좀 더 자기 걸로 만들어 말할 순 없나요? 일단 앉으세요."

의외의 대답이었다. 난 맞을지도 몰랐는데…….

"네."

일단 앉으라니까 앉았다. 그래도 정답을 말하고 나서는 다행이었다. 그런데 막상 정답을 맞히고 나니까 뭔가 기분이 좋았지만

'자기 걸로 더 자기 걸로 만들어 말할 순 없나요?'

라는 말에서 뭔가 아쉬움을 느꼈다. 수업 내내

'내가 좀 더 잘 알았다면……'이라는 생각밖에 안 들었다.

'난 원래 책을 그렇게 썩 좋아하진 않는데……'

이런저런 생각을 하다가

"아 맞다! 점심시간에 친구들에게 물어볼 게 있었는데!"

라는 생각이 나서 쉬는 시간에 물어보기로 했다.

도덕 선생님은 한참 동안 행복에 대해서 열심히 강연하시다가 수업을 하려고 하실 때 갑자기

'딩~동~댕~동~'

종이 쳐버렸다. 도덕 선생님은 종이 침과 함께 당황하신 듯했다.

"인사 생략합니다. 나가도 좋습니다."

도덕 선생님은 수업을 마친 뒤 살짝 당황한 것 같은 표정을 지으시며 나가셨다. 나는 도덕 선생님이 나가는 걸 보고 바로 물어보려고 갔다.

"너희들 점심시간에 왜 웃었어?"

나는 바로 물었다. 나는 매우 궁금했지만 친구들은 웃으면서 말했다.

"웃겨서!"

계속해 웃었다. 이상했다. 무슨 일이라도 꾸민 건가? 아니면 저렇게 웃을 수가 없다. 그러나 만약 제정신이 아니면 저럴 수도 있다.

"그럼 우혜 자리에 내 책이 있는 이유는 알아?"

내가 혹시 몰라 물었다.

"당연히 알지!"

뭔가 꾸민 것처럼 말했다. 난 속으로 생각했다.

'분명 뭘 꾸몄어. 내가 얼마나 너희들을 잘 아는데.'

정인이가 말했다.

"제혁이가 일부로 우혜 골려 먹으려고 네 책을 우혜 자리에 놔뒀어."

다른 친구들은 다시 생각하면 웃긴지 자꾸 웃었다. 그때 제혁이가 나와 나에게 말했다.

"기분이 좋지 않았다면 미안해."

"괜찮아, 어차피 나도 우혜 괴롭히려고 하고 있었어."

친구들은 잘됐다는 표정을 지으면서

"그런데 지금 1분밖에 안 남았어! 국어야, 빨리 준비해야 해 그리고 오늘 국어 선생님이 오늘 도서관으로 오랬잖아, 그리고 지금 반에 우혜도 없어. 늦으면 샘한테 혼나 빨리 가야 해!"

그때 종이 쳤다. 뭐 1분 치고는 길었던 것 같다. 1분이 길었던 게 중요한 게 아니라 선생님이 도서관에 와 계시나 안 계시나가 중요했다. 만약에 계시면 난 큰일 난 것이다. 난 제발 안 와계시기를 기도하면서 갔다. 도착하니 다행히 국어 선생님께서는 와계시지 않았다. 조금 늦게 오신 선생님은

"오늘은 여러분이 원하는 책 한권을 읽기로 해요."

오늘따라 선생님들이 많이 바빠 보인다. 아무튼 난 내가 읽던 책을 꺼내 들었다.

"내가 어디까지 읽었더라? 아 여기다."

나는 점심시간에 읽었던 것과 같이 집중해서 읽기 시작했다. 내가 집중을 해서 책을 읽으니 주변에서 떠드는 소리가 전혀 들리지 않고 평소에 신경 쓰였던 것들은 별로 신경이 쓰이지 않게 됐다. 나는 이 상태로 계속해서 책을 읽었다.

'딩~동~댕~동~'

읽고 있는데 갑자기 종이 쳤다. 난 깜짝 놀랐다. 종이 이렇게나 빨리 칠 줄이야……. 시간이 빨리 간 건지 내가 집중을 해서 그런지 모르겠다.

"벌써 종이 쳤네."

선생님도 빨리 마친 거 같은 느낌을 느낀 것 같았다.

"오늘은 인사 안 하고 가세요. 가도 됩니다."

난 빨리 나갔다. 나는 빨리 가서 빨리 반에 도착했다. 친구들은 따라오고 있지 않았다. 친구들은 조금 있다 왔다.

"맞다. 수학 숙제가 있었지!"

난 수학학원 단 하나만 다녔다. 그런데 수학학원에서 맨날 혼나기만 하고 제대로 하는 수업은 별로 없었다. 왜냐하면 내가 수학을 너무 못해서다. 그리고 다른 애들은 다 이해하는 걸 나만 이해를 못 해서다. 이 말을 엄마한테 하면 엄마는

"넌 수학을 잘해 다만 네가 안 해서지. 그리고 너 자신을 스스로 낮추려고 하지 마."

라고 하신다. 하지만 나는 엄마가 한 말에 나는 찬성하지 않는 편이다. 물론 엄마가 한 말처럼 안 해서 못할 수도 있고 아니면 능력상으로 수학을 잘 못 할 수가 있다. 그리고 나는 현실을 말한 거뿐이기 때문에 별문제는 없다고 본다. 그리고 난 이해력이 부족한 거 같다. 이건 내 생각이고 잘 모른다. 하지만 내 생각에는 무조건 이해력이 부족한 것 같다고 느낀다.

종이 쳤다. 상관없었다. 어차피 자습 시간이었다. 수학 문제가 아주 잘 보인다. 하지만 풀 방법을 모른다. 분명 수학 선생님이 뭐라고 말을 해 준 것 같은데 기억을 못 한다. 이걸 못 풀어 수학 선생님께 가서 모른다면,

'너 같은 머리론 2학년 건 못해. 넌 일단 학원 끊고 다시 기초부터 하고 다시 와.'라고 하신단다.

이 말이 얼마나 스트레스를 받게 하는 말인지 모르는가 보다. 아마 수학 선생님은 수학을 잘해 나같이 잔소리를 듣진 않았을 것이다. 부럽다. 나도 선생님처럼 타고난 머리가 있었다면 뭐, 타고난 머리가 있다고 해도 선생님들은 인성이 안 됐다면서 계속 뭐라 할 것이다.

내 친구들이랑 나는 절대로 싸우지 않고 PC방을 가지 않는다. 뭔가 앞뒤가 맞지 않다고 생각하겠지만 우린 그냥 괴롭히는 거만 좋아

하고 막 심하게 돈을 뺏거나 감금하지 않는다. 하지만 게임은 많이 한다. 하지만 난 게임도 그다지 많이 하진 않는다. 딱 1시간만 한다. 다른 애들에 비해 나는 많이 하지 않는다. 내가 친구들하고 게임을 하려고 친구들한테 메시지를 보내고 막 컴퓨터를 켰을 때였다.

'삑- 삑- 삑- 삑- 삑-'

엄마가 왔다.

"벌써 왔냐?"

엄마가 물었다.

난 그때 해드셋을 쓰고 있어서 엄마의 말이 잘 안 들렸다.

"네~ 네~."

나는 뭐라는 지도 모르고 건성건성 대답했다.

그때 딱 한 대답만 귀에 잘 들어왔다.

"학교에서 사고 친 건 아니지? 아니면 누구 괴롭히던가."

"아니에요!"

나는 순간적으로 거짓말을 했다.

"너 엄마 오기 전부터 하고 있었지?"

엄마가 물었다.

"아니요! 전 엄마 왔을 때 컴퓨터 켰어요!"

엄마가 왔을 때 컴퓨터를 컨 건 맞았다. 거짓말이 아니었다. 난 컴퓨터게임을 딱 30분만 하겠다고 생각하고 했다. 하다 보니 30분이 됐다. 빨리 시간이 갔다. 역시 놀다 보면 시간은 빨리 간다. 컴퓨터를 끄고 나니 배가 고파졌다. 난 라면을 꺼내 먹으려고 할 때였다.

"너 점심 안 먹었어?" 엄마가 물었다.

"그냥 배고파서 먹는 거야."

뭐 배가 고프면 먹을 수도 있지. 그걸 가지고 뭐라 하지 않을 거다.

"그래 먹어라."

역시 배가 고프면 먹어야 된다는 건 엄마도 알 것이다.

나는 라면을 다 먹고 수학학원을 가기 위해서 준비를 하고 가려고 할 때 갑자기 수학학원이 가기 싫다는 생각이 들었다.

"저 오늘 수학학원 안 가면 안 돼요?"

나는 가기 싫다는 생각이 들자 바로 말했다. 의도적으로 말한 게 아니라 갑자기 나도 모르게 말한 것이다.

"안 돼! 빨리 수학학원 갔다 와."

엄마가 절대로 안 된다는 듯 말씀하셨다. 나는 엄마가 무슨 말을 할지 뻔히 알고 있었다. 왜냐하면 엄마는 특별한 날 빼고는 학원을 절 때 빼주지 않기 때문이다.

"아…… 수학학원 가기 싫다."

나는 계속 중얼거리며 갔다. 중얼거리며 가다 보니 금세 수학학원에 도착했다. 나는 수학학원에 들어가서 내 자리에 앉아서 숙제를 폈다. 나는 숙제에 대해 큰 기대를 하지 않았다. 그건 선생님도 마찬가지일 거다. 나는 내 숙제를 내고 그냥 내 숙제를 채점할 때까지 기다리고 있었다.

앞에 매긴 애들의 틀린 개수를 보았다. 별다를 게 전혀 없었다. 잘 하는 애들은 잘하고 못 하는 애들은 여전히 못 하는 것 같다. 이제 내 숙제를 매길 차례가 됐다. 선생님이 내 숙제를 매기는데 신기한 듯이 매겼다.

"수학 숙제할 때 누가 도와줬니?"

수학 선생님께서 나한테 물었다.

"아니요."

나는 평소처럼 아무렇지도 않다는 듯 말했다.

"그래? 숙제가 다 맞아서 물어봤다. 봐! 하면 되잖아."

선생님은 매긴 숙제를 나한테 주셨다. 조금 있다가 진도를 나가야

했다. 학원에서 수업은 약 1시간 정도 한다. 1시간을 넘겨서 마칠 때도 있고 50분에 마치는 경우도 있다. 오늘은 숙제 검사만으로 30분을 소요했다. 그런데 평소의 선생님과는 달리 여유 있어 보였다. 수학 학원에서 진도를 나가도 오늘은 왜인지 모르겠지만 문제가 잘 풀어졌다. 나는 기분 좋게 학원을 마치고 집으로 갔다.

집에 도착했을 때 역시 기분이 좋았다. 집에 와보니 거의 잘 시간이었다. 나는 서둘러 씻고 자려고 했다. 그런데 내 칫솔을 보니 너무 오래됐다는 걸 알았다. 나는 칫솔을 바꾸려고 거실에 칫솔이나 치약을 보관해두는 서랍을 열어 보았다. 그런데 서랍에는 치약이 많아서 칫솔이 있는지 없는지를 구별하기 어려웠다. 결국 나는 엄마한테 물어봤다.

"엄마 칫솔 없어?"

내가 물었다.

"있어 왜?"

"칫솔 바꿔야 해."

"여기 있다."

나는 새 칫솔로 이빨을 닦았다. 이빨이 잘 닦였다. 난 새 칫솔로 이빨을 깨끗이 닦은 뒤 잤다.

"일어나, 학교 가야지."

엄마가 깨우는 소리가 들렸다. 오늘은 일찍 깨워 준 거 같다. 시간을 확인해보니 7시 20분이다. 나는 교복을 갈아입고 밖에 나갔다. 어제저녁이랑 똑같았다. 김치찌개에다 밥이다. 난 빨리 먹고 갔다. 난 학교에 가자마자 폰을 냈다. 그러고 나서 수학학원 숙제를 하면서 친구들을 기다렸다. 기다리는 동안 수학 숙제를 다하고 책상을 가만히 바라보고 있었다. 그때 정인이가 왔다. 때맞춰 온 거다. 난 바로 정인이한테 갔다.

"어제 어땠어?" 내가 물었다.

"어제 바빴었어. 학원을 계속 연달아 가서 11시에 다 마치고 왔어. 뭐 힘들었어."

정인이는 학원 때문에 힘들게 산다는 걸 알았다.

"너 참 힘들게 사는구나. 나는 학원을 하나밖에 안 가는데."

내가 위로해주면서 말했다.

"그렇지 넌 부럽다. 학원 갔다 와서 쉬고……."

부럽다는 듯 말했다.

이야기를 하다 보니까 친구들이 한두 명씩 오기 시작했다. 친구들끼리 모여서 얘기를 하다 모니 반 애들도 오기 시작했다. 종이 쳤다. 우혜만 오지 않았다. 왜 안 오는지 궁금했다. 우혜는 종이치고 5분 후에 들어왔다. 담임 선생님은 없으셨다. 조금 있다가 담임 선생님께서 오셨다. 아침 자습 시간에 할 게 없었다. 난 책을 한권 뽑아 와서 읽는데 영 읽기가 싫었다. 그래서 나는 읽는 척만 하고 읽지 않았다.

'딩~ 동~ 댕~ 동~ 딩~ 동~ 댕~ 동~.'

1교시를 시작하는 종이 쳤다. 1교시는 과학이었다. 나는 과학책을 꺼냈다 그런데 모둠이 생각나지가 않았다. 그래서 다른 애들에게 물어본 다음 겨우 찾았다. 내가 모둠을 찾아서 앉은 다음 종이 쳤다. 과학 선생님께서 들어오셨다.

"저번 시간에 실험했었죠?" 선생님께서 물어보셨다.

"네."

"물이 끓는 온도를 측정하는 실험과 물체가 녹는점을 알아보는 실험을 했어요."

"기억 잘하고 있네요. 기록은 잘해놨나요?"

"네!"

모든 애들이 말했다.

"잘했어요. 오늘 기록한 내용으로 수업을 할 거예요."

선생님이 수업을 시작하셨다.

"물이 끓는 온도는 몇도? 발표해 볼 사람?"

한 명도 없었다. 반은 조용해졌다.

반 애들은 상당히 긴장을 한 애도 있고 안 한 애도 있어 보였다. 잘 말해 반반이었다. 나는 나를 시킬까 봐 걱정이 되면서 긴장도 되었다.

선생님은 계속 수업을 이어 나갔지만 여전히 나는 딴짓을 하면서 수업을 듣지 않았다. 그때 선생님이 내 옆을 지나가면서 나를 봤지만 나는 교과서를 펴고 교과서를 보는 것처럼 하고 딴짓을 하였기에 선생님이 못 보고 가신 거다.

"볼펜 돌리지 마."

그런데 펜을 돌리는 건 보신 거 같다.

쉬는 시간 종이 울리자, 나는 곧장 친구들에게 갔다. 나랑 친구들은 이번 주 일요일에 시내를 가기로 했다. 그런데 하나도 조사한 게 없었다. 심지어 버스를 몇 시에 타야 되는지 몇 번을 타야 되는 지도 몰랐다. 그런데 오늘은 몇 번을 타야 하고 몇 시까지 만나야 하는지 알려 줄 거라고 생각했다.

"이번 주 시내 갈 때 버스 몇 번 타고 갈 거야? 그리고 몇 시에 만날 거야?"

내가 물어봤다.

"몰라."

아직도 안정해진 거 같다. 시내 가서 할 일은 뻔하다. 그냥 돌아다니는 거다. 그런데 문제인 건 이렇게 조사를 안 해서 시내를 갈 수 있냐는 것이다. 고민이 됐다. 내가 그냥 조사할지 아니면 애들이 조사할 때까지 기다리던지,

"그냥 내가 조사할까?"

"그래."

친구들은 제발 내가 조사하라는 듯 말했다.

다음 시간은 사회이다. 왜 하필 사회인 걸까? 아, 보니 오늘 지금까지 우혜를 본적이 한 번밖에 없다. 그래서 나는 우혜가 어디에 있는지 궁금해졌다. 왜냐하면 종이 쳤고 선생님이 와 계셨기 때문이다.

"오늘 몇 쪽 하기로 했죠?"

선생님께서 반 전체를 둘러보면서 말씀하셨다. 둘러보다가 나를 보면서 말했다.

"몇 쪽 해야 하지?"

난 순간 당황했다.

"오십육 쪽이요."

"아닐 건데."

선생님께서 날 쳐다보면서 말씀하셨다. 나는 더욱 긴장하면서 당황했다. 내가 생각하기론 분명 오십육 쪽인데.

"다음부터 몇 쪽 하는지 잘 기억해둬."

난 억울했다. 난 분명 기억해 뒀는데……. 조금 짜증이 났지만 참았다. 선생님은 계속 수업을 했지만 난 그렇게 잘 듣진 않았다. 그냥 조금 듣다가 딴짓하고 다시 듣다가 딴짓을 했다. 난 잠시 옆을 보았다. 우혜는 오른쪽 맨 끝에 있었다.

"쟨 저기 있었구나."

나는 중얼거렸다.

"다음 시간에 숙제 있다. 꼭 해 와라."

나는 무슨 숙제인지 못 들었다. 나는 짝에게 물어보려고 했는데 그때 종이 쳤다. 나는 바로 친구들에게 갔다.

"선생님이 내주신 숙제 뭐였어?"

"몰라."

나는 우혜한테 물으러 갔다. 나는 우혜를 부르기 싫어서 살짝 쳤다. 그런데 살짝 칠려고 한 게 너무 세게 친 거 같았다. 우혜가 갑자기 넘어지면서 벽에 이마가 부딪히면서 이마가 까지고 피가 꽤 나는 거 같았다. 나는 깜짝 놀랐다. 주위에 있는 애들도 놀란 거 같았다.

그때 한 애가 선생님께 말하러 갔다. 우혜는 보건실에 갔다. 이마에 피가 나는 거 같았다. 당황스러웠다. 그때 선생님께 말하러 갔던 애가 왔다.

"선생님이 수업 마치고 내려오래."

나는 4교시에 수업이 하나도 들리지 않았다. 그리고 4교시가 끝난 뒤 점심도 제대로 못 먹었다. 5교시를 시작하는 종이 쳤다. 음악 시간이었다. 음악실에 가야 했다. 내가 음악실에 온 지 1분 만에 음악 선생님께서 들어오셨다. 만약 1분만 늦게 왔으면 큰일 날 뻔했다. 나는 수업이 귀에 잘 들어오지가 않았다.

"15번 일어나. 내가 방금 뭐라고 했지?"

"죄송합니다. 잘못 들었어요."

"집중하라고 했다. 다음부터 집중해서 잘 들어."

"네."

나는 집중이 안 되는데 집중을 하려니까 더 어려웠다.

그렇게 7교시가 지나갔다. 나는 선생님께 내려갔다.

"우혜도 데려와."

나는 우혜도 데리고 왔다.

"데리고 왔어요."

선생님은 나보고 말했다.

"어머니께 전화해서 오시라고 해."

나는 엄마한테 전화를 드렸다. 곧 엄마가 오셨다. 나는 복도 밖에 나가 있었다. 선생님이 엄마와 상담을 하는 거 같았다.

엄마가 상담을 마친 뒤 난 엄마와 같이 집으로 갔다. 엄마는 집으로 가는 동안 말을 한마디도 하지 않았다. 집에 도착한 뒤에야 말을 했다.

"넌 어떻게 애를 쳐서 넘어뜨려 이마에 흉터가 생기게 만들어?"

"그건 내가 일부로 한 게 아니야."

그러자 엄마는 어이가 없다는 듯이 말했다.

"그럼 왜 그랬는데?"

"뭐 물어보려다가."

엄마가 갑자기 말했다.

"난 너하고 말하기 싫으니까 방에 들어가."

난 방으로 들어갔다. 나는 우울한 마음에 침대에 누웠다.

낮잠을 잠깐 잔다고 생각했는데, 평소보다 잠을 푹 잤다고 생각했다. 일어나 보니 벌써 아침이었다. 분명 난 오후 5시에 잤는데 뭔가 이상했지만 일단 나가 보았다. 식탁 위에는 밥이 차려져 있고 쪽지가 있었다.

'일어났으면 밥 먹고 학교 가.'

라고 적혀있었다. 나는 평소와는 다르다는 느낌을 느꼈다. 나는 항상 어제 무슨 일이 있어도 언제나 활기찼는데 오늘은 기운이 없었다. 아무리 기운이 없어도 조금 있으면 기분이 나아질 거라고 믿었다.

교실에 도착하니 또 다른 애인 최병운이라는 애가 날 불렀다. 나는 처음 보는 애여서 전학 온 애인 줄 알았는데 전학을 오자마자 남한테 자연스럽게 말하는 건 어렵다. 나는 불러도 이유는 몰랐다. 그냥 부르니까 갔다.

"숙제가 뭐였어?"

"무슨 숙제?"

나는 무슨 숙제가 있었는지도 몰랐다.

"모르면 저리 가!"

병운이가 말했다. 나는 너무 어이가 없었다. 불러놓고 저리 가라고 하다니……. 나는 내 자리로 가고 있었다. 나는 숙제도 기억 못 하는데 자리를 기억하고 있다는 게 신기했다. 그런데 병운이는 계속해서 이유 없이 나를 따라오고 있었다. 내가 사리에 앉으려고 할 때 갑자기 병운이가 의자를 뒤로 뺐다. 나는 그 자리에서 넘어져 버렸다. 어이도 없고 억울했다. 아무것도 안 했는데 갑자기 의자를 뒤로 빼다니. 나는 일단 참고 의자에 다시 앉았다. 그런데 아무리 생각해 봐도 억울했다. 나는 아침 자습 시간이 끝난 뒤 물어보려고 했다. 그런데 아침 자습 시간이 길게 느껴졌다. 종이 치자마자 병운이한테 가서 왜 의자를 뺏는지 물어보았다. 물어봤는데 병운이는

"난 그런 적 없는데."

라고 말하면서 살짝 웃었다. 이건 장난인 건 나도 아는데 장난치곤 너무 심했다. 나는 이번 거는 그냥 넘어가기로 했다. 시간표를 보니 1교시가 국어였다. 국어 선생님께서는

"오늘은 모둠 수업을 할 거예요."

국어 선생님은 뭔가 바뀐 거 같았다. 하지만 나는 신경 쓰지 않고 선생님이 말씀하시는 거에만 집중했다.

"일단 모두 다 뒤로 나가 있어."

보니까 선생님 마음대로 정하려는 거 같았다. 나는 나가서 가만히 있었다.

"보자 김지우 여기 앉아."

나는 5모둠에 앉게 됐다.

"그다음 최병운, 김지우 옆에 앉아."

국어 선생님이 말씀하셨는데 나는 뭔가 모둠이 잘 안 돌아갈 거 같았다. 선생님은 계속 모둠을 짜고 있었는데 나는 오직 모둠이 망했다는 생각밖에 안 들었다. 그리고 나는 내 옆이 병운이라서 또 나를 괴롭힐까 봐 나는 걱정이 되면서 짜증이 났다. 갑자기 병운이는 내 필통을 가져가더니 내 필통을 뒤지기 시작했다. 그러곤

"별거 없네."

라고 말한 뒤 다시 제자리에 두었다. 그래도 안 던진 거로 다행이었다. 왜 남의 필통을 마음대로 뒤지는지 모르겠다.

"왜 남의 필통을 뒤져?"

나는 중얼거렸다.

"뭐라고 중얼거리는 거야?"

병운이가 나한테 말했다.

"아, 아무것도 아니야."

나는 나도 모르게 말을 더듬었다. 만약 내가 말한 대로 말해 줬다면 분명 뭐라고 할 것이다. 심지어 나를 뺀 모둠원 전체가 병운 와 친하다는 것이다. 만약 내가 병운이한테 조금이라도 잘못할 경우 모둠원 전체에게 욕을 얻어먹는다.

"모둠 다 짜졌으니까 모둠 장을 정해야겠지?"

선생님께서 갑자기 말씀하셨다.

"5모둠 모둠 장 최병운."

아마도 5모둠은 정말로 망한 거 같았다. 모둠장이 병운이라니. 그래도 내가 모둠 장이 되는 거보단 나았다.

'최병운도 수업 시간엔 잘하나?'

나는 생각했다. 그래도 평소에 하는 행동으로 보니까 수업 시간에

도 집중을 하시 않고 떠들거나 장난을 칠 거 같았다.

"벌써 30분 넘게 지났네."

국어 선생님은 애매한 표정을 지으시며 말한 후,

"오늘은 여기서 마칩시다. 반장 인사."

나는 인사를 했는데 반장이 달라 보였다. 하지만 나는 반장이 달라진 거와는 나와 상관이 없었다. 나는 잠시 복도로 나가려고 하였다.

"잠시 이리 와봐."

병운이가 불렀다.

"싫어."

나는 거절했다.

"그냥 빨리 와봐."

나는 어쩔 수 없이 갔다. 가는데 갑자기 병운이가 발을 걸었다. 나는 넘어졌다. 나는 넘어지면서 책상 모서리에 머리를 박았다. 머리에 멍이 들었고 살짝 까였다. 나는 일단 보건실에 뛰어갔다. 다행히 이마가 찢어지지 않아서 다행이었다. 올라가니까 학교 스피커에서 수업종이 울렸다. 수업 종은 여전히 듣기 싫은 소리다.

선생님은 안 와 계셨고 병운이는 친구들과 함께 웃고 떠들고 있었다. 난 저런 애들이 싫었다. 그런데 보고 있는데 갑자기 내 모습을 보는 거 같다는 생각이 내 머릿속을 스치고 지나갔지만 나는 아무것도 아닌 듯 그냥 무시했다. 나는 내 자리에 가만히 앉아 있었다. 이번 시간은 사회인데 선생님이 반에 들어오지 않으셨다. 조금 있다가 체육 선생님께서 대신 들어오셨다.

"오늘 여러분 사회 선생님은 출장으로 안 오셔서 자습합니다."

체육 선생님이 들어 오시자마자 말씀하셨다.

"자습 시간인데 뭐하지?"

나는 할 게 없어서 혼잣말로 중얼거렸다. 책상에는 샤프와 지우개만 있었다. 공책도 없다. 그리고 심지어 가방 안에 이면지도 없다. 가방 안에는 필통만 있었다. 어이가 없었다. 어떻게 가방 안에 필통만 들어있을 수가 있는지.

선생님이 엎드리지 말라는 말은 하지 않았으니까 나는 엎드렸다. 그런데 엎드린 지 얼마 안 돼서 종이 쳤다. 나는 쉬는 시간이 싫다. 쉬는 시간마다 병인이 같은 애들이 나를 계속해서 괴롭히니까. 이번 쉬는 시간도 나를 괴롭힐 게 너무 뻔했다. 나는 그래서 내 자리에 가만히 앉아 있었다.

가만 앉아서 생각하니 반에 있는 모든 애들이 바뀌었다는 걸 이제 알았다. 이상했다. 어떻게 이렇게 될 수 있는 건지. 그리고 우혜는 없고 나는 왕따가 되는 신세가 되었다. 왠지 모르겠다. 그리고 친구들까지 다 사라졌다. 당황스러웠다.

다음 시간은 체육 시간이라고 했다. 일단 먼저 체육복으로 갈아입고 체육 하는 장소를 물어보려고 인조에게 다가갔다.

"오늘 체육 어디에서 해?"

"오늘 아마도 체육관에서 할걸? 정확히는 모르겠어. 일단 체육관 봐 아니면 운동장이겠지."

정확히는 모르니 체육관에 가보라고 하니 나는 일단 체육관에 가 보기로 했다.

"그래, 고마워."

나는 체육관으로 갔다. 다행히도 체육관에서 하는 것이 맞았다. 나는 일단 맨 먼저 병인이가 있는지 봤다. 다행히 없었다. 나는 아무 생가 없이 서 있었다. 계속 서 있다 보니까 종이 쳤다. 체육 선생님께서 오셨다. 반 애들은 다 와있었다. 그중에 체육부장이 제일 늦게 왔다.

"오늘도 체조 뛰어넘겠습니다. 자유 시간 가지세요. 대신 공은 차지 마."

나는 딱히 할 게 없었다. 그래서 나는 무대에 걸터앉아 있었다. 나는 앉아서 애들이 뭐 하는지를 보았다. 선생님은 어디 가셨다. 그리고 체육관에는 우리 반밖에 없었다. 병인이는 공을 가지고 나와서 차기 시작했다. 나는 뭔가 불안했다. 내가 맞을 거 같았다. 병인이는 계속 공을 차고 있었다.

그러다가 나를 향해 찼다. 나는 결국 공에 맞았다. 그런데 병인이는 사과도 없이 계속 공을 찼다. 그러던 중 선생님이 들어오셨다. 그런데 병인이를 보고서 아무 말도 하지 않았다. 그리고 아무도 누가 공에 맞았다고 하는 애들은 딘 한 명도 없었다. 나도 밀하지 못했다.

"모여라."

벌써 마칠 시간이다.

'시간이 왜 이렇게 빨리 가지?'

나는 속으로 생각했다.

다음은 점심시간이다. 나는 점심시간이 제일 싫다. 점심시간이 길기 때문에 병인이가 괴롭힐 게 뻔했다. 그래서 나는 점심시간에 도서관에 가 있으려고 했다. 나는 점심을 먹기 위해 줄을 섰다. 그런데 나는 운도 없었다. 하필이면 병인이 뒤에 섰다. 다행히 병인이는 아무말도 하지 않았다.

수업이 다 끝나고 나는 홀로 집으로 왔다.

밥을 먹고는 내 방에 들어가서 『마법의 시간여행 불타는 도시를 구하라』라는 읽으려고 했다. 그런데 갑자기 『마법의 시간여행』이라는 책이 왜 집에 있는 건지 궁금해졌다. 그런데 생각해 보니 책을 샀으니까 있다는 생각이 들었다. 그래서 나는 집에 왜 이 책이 있는지는 그만 생각하고 침대에 누워서 책을 읽기 시작했다. 나는 아무 페이지를 폈다. 내가 편 페이지는 56쪽이다. 읽으려고 할 때,

"씻고 자라."

엄마가 말했다. 어차피 나는 말을 안 해도 씻고 잘 생각이었다. 나는 일단 씻고 침대에 누웠다. 그런데 잠이 잘 안 왔다. 그래도 나는 그냥 계속 눈을 감고 있었다. 그러다가 나도 모르게 잠이 들었다.

나는 7시에 일어났다. 그런데 어제와는 다른 거 같았다. 그래서 나는 거울을 보았다. 나는 한 28살쯤 되어 보였다. 나는 깜짝 놀랐다. 그냥 자고 나니까 어른이 되어있다니. 나는 내 스마트폰을 켜서 달력을 봤다. 2032년 6월 8일 금요일이다. 이건 불가능한 일이다. 내가 5년을 거슬러 올라간 2023년에 갔다면 조금이라도 이해가 가는데 2032년이라니. 어이가 없었다.

한 1시간? 2시간?쯤 지났을까? 나는 1, 2시간쯤 생각에 빠진 거 같다. 아니면 멘탈이 갑자기 무너져서 그런 거일지도 모른다는 생각이 들었다.

내가 이렇게 있으면 안 되겠다는 생각과 동시에 나는 갑자기 내 직장이 뭔지, 하는 일이 뭔지 어떻게 하는지 어디에 다니고 있는지가 생각났다. 나는 이제 당황스럽고 어이가 없는 그런 생각이 더 멀어지고 신기한 생각과 마음이 더 와닿는 거 같았다.

갑자기 직장이 뭔지 하는 일이 뭔지 어떻게 하는 건지 어디에 다니는 건지가 다 생각나다니. 나는 시간을 봤다. 시간은 넉넉한 거 같다. 회사에 몇 시까지 출근해야 하는지는 모른다. 나는 출근 시간을 모를 때 갑자기 당황스러웠다. 직장인이 출근 시간을 모르는 것은 의사가 응급 전화를 받고 언제 나가야 하는지 모르는 것과 같은 것이다. 그래서 나는 지금 바로 나갔다. 나갔을 때 시간이 8시 36분쯤 됐다. 내가 다니고 있는 회사는 서울특별시에 있는 한 전자제품 회사에서 일하고 있다.

나는 전자제품 디자인부에서 일하고 있다. 나는 회사에 들어갔다. 다행이 늦게 온 거 같지는 않았다. 나는 내 자리로 가서 앉았다. 나는 그냥 가만히 앉아서 생각하고 있었다.

그때 뒤로 누군가 지나갔다. 누구인지 보니까 최병인이다. 나는 겁에 질렸다. '만약 병인이가 나를 알아보고 나를 괴롭히면 어쩌지?'라는 생각에 더 겁에 질렸다. 나는 모르는 척하면서 계속 생각했다. 병인이는 뒤에서 한 번 일부로 치고 갔다. 병인이는 나를 알아보는 거 같다. 나는 걱정스러웠지만 다행이라고도 생각했다. 다행이라고 생각한 이유는 어차피 한번 자고 나면 다르게 되기 때문이다. 아니, 다시 모든 게 원래대로 돌아갈 수도 있다.

'나는 시간이 최대한 빨리 가면 좋겠다.'라고 생각했다. 하지만 시간은 정말 중요할 때만 느리게 가는 거 같다.

'아…… 시간은 왜 이럴 때만!' 나는 힘이 빠지면서 짜증이 났다. 그때 마침 점심이 다 되어갔다. 이제 조금만 있으면 점심이다. 점심을 먹을 때가 됐다. 나는 회사 안에 있는 구내식당에 가서 밥을 먹었다. 점심을 먹고 쉬는 시간이 꽤 많이 남았다. 나는 그냥 음료를 뽑아 먹으려고 가고 있는데 옆에서 커피를 들고 가던 병인이가 고의로 그런 건지 아니면 실수로 그런 건진 모르겠지만 내 옷에 커피를 살짝 쏟았다.

"괜찮아?"

병인이는 살짝 웃으면서 말했다. 나는 짜증이 났지만 나의 이 화난 마음을 외면으로 나타내는 것은 옳지 않은 생각이 내 머릿속을 스치고 지나갔다. 하는 수 없이 나는 다시 일에 들어갔다. 나는 처음 해보는 일이라서 하기 어려웠다.

아이디어도 생각이 안 나서 시간만 허무하게 시간을 보내는 거 같았다. 그리고 아이디어가 나긴 해도 내가 생각기엔 그렇게 좋은 아이디어가 아닌 거 같았다. 즉, 좋은 아이디어가 아닌 것이다. 회사에서 아이디어가 생각이 않나서 어영부영 시간만 낭비하고 퇴근 시간이 되어 퇴근을 했다.

내가 퇴근할 때 나는 병인이도 같이 퇴근하는 것을 보았다. 그래서 나는 서둘러 퇴근을 했다. 난 이번에 처음으로 직장에서 처음으로 일하고 퇴근 한 것이라서 그런 건지 뭔가 새로웠다. 그리고 적응이 되지 않아서 어려웠고 적응이 안 된 상태에서 너무 무리한 거 같아서 금방 몸살이라도 날 것 같았다. 퇴근하고 집에 가고 있을 때 같은 디자인부에서 일하고 있는 수혁이 와서 말을 걸었다. 처음 봤는데 계속 쭉 봐왔던 것처럼 친근하게 느껴졌다.

"오늘 어땠습니까?"

"나쁘진 않고 좋은 거도 아니고 그냥 뭐 괜찮았습니다."

"네. 그럼 다행이네요."

나는 집에 갔다. 나는 너무 피곤했다. 나는 바로 씻고 잤다. 나는 꿈에서 이상한 밝은 빛 아니, 내 눈으로 볼 수 없을 정도로 밝은 빛을 보고 잠에서 깼다.

나는 그 빛을 보고 갑자기 일어났다. 나는 일어나자마자 컴퓨터 달력을 확인해 보니까 2018년 6월 6일이다. 나는 내가 꾸었던 꿈을 한번 되새겨 보았다. 아무리 생각해 보아도 꿈이 아닌 거 같이 생생했다. 한참 생각에 빠져 있었다.

"어 뭐지?"

나는 눈에서 무언가 흐르는 것을 느꼈다. 나는 처음에는 내가 왜 우는지 몰랐다. 하지만 나는 이 눈물이 뭘 의미하는지 금방 알 수 있었다. 이 눈물의 의미는 나 자신의 반성이었다.

내가 지금까지 내가 한 일을 되새겨 보았다. 지금까지 일을 생각해 보니 나는 나보다 강한 자에게는 말 한마디도 못 걸고 빌빌 붙어서 하라는 일을 다 하면서 약한 자에게는 강하게 하는 짓……. 가장 인간답지 않은 짓이다. 그래서 나는 이 짓을 저지른 것을 후회하고 반성하면서 울고 있던 것 같다.

"꿈……. 꿈이 정말 현실 같았어. 그러고 보니 내가 우혜가 된 거 같기도 하고."

나는 혼잣말로 나만 들리게 작게 말했다. 나는 이제야 우혜가 괴롭힘을 받아 괴로웠다는 것을 알았다. 나는 이때까지 우혜가 괴로운 줄도 모르고 계속 괴롭힌 게 너무 한심했다. 나는 학교에 가서 바로 우혜한테 사과를 하려고 마음먹었다. 나에겐 쉬운 일이 아니었다. 나는 밥을 빨리 먹고 학교에 갔다.

"나는 우혜한테 어떻게 사과하지?"

나는 이 말만 되풀이하면서 학교로 갔다. 학교에 도착한 후 나는 우혜가 있는지 봤다.

우혜는 벌써 와서 자기 자리에 앉아있었다. 나는 우혜한테 가서 사과부터 하려고 갔다. 하지만 평소에 모습을 좋지 않게 보여주고 저지른 일에 자신의 잘못을 인정하지 않고 그에 대한 잘못에 책임을 다하지 못하던 사람이 갑자기 남에게 자신의 잘못을 인정하고 사과를 하는 모습은 정말 특별한 일이 없는 이상 있을 수 없는 일이다.

그래서 영 사과를 하러 가니까 자신감이 없어졌다. 그래도 나 자신이 이제부터 반성을 하고 올바르게 살겠다는 의미로 사과를 해야겠다고 생각했다. 하지만 어떻게 하든지 생각에 지나치지 않았다. 나는 한참 동안 복도를 돌아다녔다. 나는 복도를 한참 동안 돌아다니면서 지금 우혜한테 사과를 해야 할지 고민을 많이 했고 없는 자신감을 최대한 만들어 냈다.

결국 나는 우혜한테 사과를 해야겠다고 결심하고 교실에 들어가서 잔뜩 긴장한 표정으로 우혜 자리로 갔다. 나는 우혜 옆에 한참 동안 서 있었다. 우혜는 그냥 아무렇지도 않은 듯이 자신이 계속해서 풀고 있던 수학 문제를 풀었다.

"이때까지 괴롭혔던 거 미안해."

나는 없는 자신감을 다시 한번 최대한 가져서 말했다. 목소리는 작았지만 내가 노력할 수 있는 대로 최대한 노력해서 말했다.

"그래, 괜찮아."

우혜는 처음에는 당황한 표정을 짓다가 조금의 시간이 지난 뒤 웃으면서 나의 사과를 받아 주었다.

'다행이다.'

나는 다행이라고 생각했다. 만약 그럴 리가 없겠지만 내가 용기 내서 사과를 했는데 우혜가 사과를 받아주지 않는다면 나는 용서를 받을 수가 없었을뿐더러 좌절하고 절망했을 것이다.

"사과를 받아줘서 고마워."

나는 난생처음으로 우혜한테 고마워 라는 말을 했다. 당연하겠지만 많이 떨렸다. 우혜는 당황한 표정으로 사과를 받아줬다. 나였어도 당황했을 거다. 갑자기 나한테 못되게 굴고 괴롭혔던 애가 나한테 와서 사과를 하면 당황했을 것이다.

그래도 다행이었다. 우혜가 내 사과를 받아 주니⋯⋯. 나는 이제 절대로 지금까지 내가 한 행동을 반복하지 않을 것이다.

먹구름이 끼여 어두웠던 하늘은 언제 그랬냐는 듯이 화창해졌다.